weber**:wort**

Nach fünf Jahren mit Nick wacht Ella eines Morgens als Single auf. Er hat Schluss gemacht. Mit nur fünf Worten. Fragen und Selbstzweifel quälen die 27-Jährige. Wie lange dauert Trennungsschmerz? Ist Alleinsein ein Makel? Und warum hat Nick sie überhaupt verlassen?

Wo auch immer das Leben Ella nach der Trennung hintreibt, landet die Online-Journalistin in der Raucherecke. Dort trifft sie auf unterschiedlichste Menschen. Fremde, die als feuergebende Randfiguren auftauchen und sie inspirieren, triggern oder aufbauen. Und Bekannte, denen Ella regelmäßig begegnet.

Die Gespräche mit ihnen lassen Ellas Mut und Lebenslust auflodern und sie erfährt immer mehr über die wichtigste Person in ihrem Leben – sich selbst.

Anke Weber, 1967 in Hannover geboren, ist Journalistin und Autorin. Sie war über zwanzig Jahre Radioredakteurin und hat mehrere Romane veröffentlicht. Ihre wöchentliche Kolumne über das Landleben erscheint seit Jahren in verschiedenen Tageszeitungen. Die Autorin lebt im Aller-Leine-Tal in Norddeutschland.

Website: www.ankeweber.de
Instagram: @ankeweber_author

Anke Weber

RAUCHERECKE

Roman

weber:**wort**

Originalausgabe
1. Auflage 2024
© 2024 Anke Weber · weberwort
Alle Rechte vorbehalten
Jede Verwertung ist nur mit Zustimmung der Autorin zulässig.
Das gilt insbesondere für Vervielfältigungen, Übersetzungen
und die Einspeicherung und Verarbeitung in elektronischen
Systemen (Text- und Data-Mining gemäß §44b UrhG).
Covergestaltung, Covermotive und Satz: Anke Weber · weberwort
Herstellung und Verlag: BoD · Books on Demand GmbH,
In de Tarpen 42, 22848 Norderstedt
Druck: Libri Plureos GmbH, Friedensallee 273, 22763 Hamburg
ISBN: 978-3-759-75873-6

www.ankeweber.de

»Die Appetitlosigkeit
am Anfang und Ende einer Beziehung
ist das einzig Verlässliche in der Liebe.«

Wohnung

Wie sehr ihr Herz verbrannt war, merkte Ella erst am Mittag, als sie den Aschenbecher ausleerte und die Reste ihres zusammenfantasierten zukünftigen Lebens in den Mülleimer kippte. Nick hatte über zwanzig Zigaretten, aber nur einen Satz gebraucht, um mit ihr Schluss zu machen.

»Es passt nicht mehr so.«

Für jedes gemeinsame Jahr ein Wort. Mehr hatte er nicht mehr für sie übrig gehabt. Mit Heulkrämpfen verhält es sich ähnlich wie mit Kotzattacken – man spürt sie kommen, hat aber keine Zeit mehr, sie niederzukämpfen. Es gelang Ella noch knapp, den frisch aufgebrühten Kaffee abzustellen, bevor der Schmerz in ihr detonierte und sie sich auf die Holzdielen sinken ließ.

Es waren wohl nur fünfzig Minuten vergangen, in Ellas Gedanken jedoch fünf gelebte Jahre mit Nick, als sie sich wieder aufrappelte. Mit ihrem abgestandenen Kaffee kauerte sie sich auf die Kissen in der Fensterbank und starrte auf die unbelebte Straße, hinaus in den unablässig fallenden Aprilregen. Die Sitzecke im fast bodentiefen Schaufenster des ehemaligen Uhrmacher-Ladens war mit Abstand der beste Platz in ihrer Wohnung. Dabei hatte sie das Fenster bei ihrem Einzug noch mit Milchglasfolie bekleben wollen, um sich vor Blicken von außen zu schützen. Es war Nick gewesen, der gesagt hatte, sie würde gleichermaßen den Blick von innen nach außen blockieren. Was hatte er damit gemeint? Einfach nur pragmatisch: wenn du Folie auf das Fenster klebst, kannst du nicht rausgucken? Oder war es mehr gewesen? Also Kritik: du bist mir zu introvertiert? Hatte er gemeint, dass sie nicht aus sich herausgehen könne? Im besten Fall hatte er ihr einen liebevollen Ratschlag geben wollen: schau dich draußen um, dort, wo das Leben spielt, und genieße es. Fand er sie zu melancholisch?

Es nervte sie, dass sie schon wieder jeden seiner Sätze sezierte. Jedes Wort mit der Pinzette anfasste. Wie bei einer Obduktion. Als würde sie irgendwo im Satz noch Spuren seiner Liebe finden.

Ella nahm einen Schluck Kaffee und tastete nach Zigarettenschachtel und Feuerzeug. Nur noch eine Zigarette. Fuck. Sie würde rausgehen müssen, um sich am Kiosk Nachschub zu holen.

Najah hätte sich kaum ein unglücklicher dreinblickendes Wesen vorstellen können, als sie Ella auf den Türöffner drücken und matt die Stufen in den umgebauten Straßenbahnwaggon steigen sah.

»Mädchen! Du siehst aus wie ein vom Regen zerfleddertes Eichhörnchen.«

Ella versuchte ein Lächeln.

»Kaffee?«

»Zigaretten«, erwiderte Ella.

»Hier, nimm erst mal eine von mir.« Najah hielt Ella die Schachtel hin, steckte sich selbst eine an und öffnete das Kippfenster hinter sich. Sie rauchte nur in Ausnahmefällen im Kiosk. Dass dies ein solcher war, sah sie Ellas verquollenen Augen an. Ohnehin war bei dem Wetter kaum jemand unterwegs und der nächste Bus kam erst in zwanzig Minuten. Mit einem Ansturm von Kundschaft war nicht zu rechnen.

Najah klemmte ihre Zigarette in den Aschenbecher und setzte Wasser auf. Falls Ella reden wollte, würde ein Kaffee sicher helfen. Ohne erneut nachzufragen, zählte sie löffelweise das feine Pulver in die silberne Kanne. Sie vermisste die zerbeulte Dallah ihrer Großmutter, die sie in Syrien hatte zurücklassen müssen. Aus der Messing-Kanne hatte der Kaffee aromatischer geschmeckt. Zumindest bildete sie sich das ein. Während sie etwas Kardamom zum Kaffee gab, bemerkte Najah das Zittern der Hand, mit der Ella ihre Zigarette zum Mund führte. Noch nie hatte sie die junge Frau so aufgelöst gesehen. Fahrig. Verstört. Hoffentlich war niemand gestorben. Daran dachte Najah immer zuerst, wenn etwas offensichtlich Schlimmes passiert war. Dass jemand gestorben sein könnte.

Im Wasserkocher begann es zu rauschen. Najah nahm einen schnellen Zug von ihrer Zigarette, klemmte sie zurück in den Aschenbecher, goss das Wasser auf und rührte den Kaffee um. Als sie die Kanne hochnahm und auf den Gaskocher stellte, fuhr ihr ein Schmerz ins Handgelenk. Das war in letzter Zeit häufiger passiert. Bisher hatte Najah es ignoriert. Auch jetzt ging sie darüber hinweg und griff erneut nach ihrer noch qualmenden Zigarette.

»Nicht viel los heute?«, fragte Ella, nur um etwas zu sagen.

»Nein. Bei dem Wetter.«

Rauchend richteten beide den Blick nach draußen, wo der vom Wind gepeitschte Regen die zarten Blütenrispen der Spiersträucher zerpflückte. Ella hatte das Gefühl, dass das Leben gerade genau das mit ihr machte.

»Schade um die schönen Blüten«, sagte Najah. »Gestern war das noch so eine Pracht.«

Gestern, dachte Ella. Ihre Unterlippe bebte. Hastig zog sie an der Zigarette. Sie wollte auf keinen Fall in Tränen ausbrechen.

In der silbernen Dallah begann der Kaffee zu brodeln. Gerade noch rechtzeitig, bevor das Gebräu überkochen konnte, drosselte Najah die Gasflamme. Ella sah zu, wie sie hinter dem Tresen hantierte. Wie sie karamellisierte Cashewkerne in ein Schälchen schüttete, Tassen auf Unterteller stellte, Löffel zurechtlegte und alles auf einem Tablett anordnete. Solange das Klappern und Klimpern für Geräusch sorgte, war es nicht nötig, zu sprechen. Sie drückte ihre Zigarette im Aschenbecher aus. Najahs Kippe klemmte noch in einer der Vertiefungen. Wie eine Metapher. Noch nicht halb aufgeraucht und schon von selbst erloschen. War das mit Nicks Liebe zu ihr passiert? Wie lange er Anlauf genommen hatte, für seine fünf Worte. Mit Belanglosigkeiten über den Tag war er eingestiegen. Irgendwas an der Druckmaschine hatte geklemmt. Seine ausführliche Schilderung, wie er dem Fehler auf den Grund gegangen war, hatte Ella durch sich durchrauschen lassen. Erst während er von Veränderungen, nicht nur in seinem Business, gesprochen hatte, war sie hellhörig geworden. Vielleicht war es der Klang seiner Stimme gewesen. Oder sein Blick? Wahrscheinlich die vielen nervös gerauchten Zigaretten. Intuitiv hatte sie geahnt, dass da etwas Ungutes auf sie zurollte.

Najah schenkte den Kaffee ein, brachte das Tablett zu dem schmalen Holztisch und setzte sich davor auf die Bank, wobei sie mit der flachen Hand auf den Platz neben sich klopfte.

Wenn Ella sich wegen des mangelnden Vorrats an Zigaretten zu Hause noch selbst verflucht hatte, so war sie jetzt sicher, dass ihr an diesem beschissenen Tag nichts Besseres hätte passieren können. Der ausrangierte Triebwagen mit seinem honigwarmen Licht erschien ihr wie ein Kokon. Als würde die Welt da draußen nicht existieren. Hörbar atmete sie ein und aus. Ein Seufzer wie ein Versuch, das Erlebte abzuschütteln.

»So schlimm?« Najah stand auf, holte ein Frotteehandtuch und rubbelte die Nässe aus Ellas Haaren.

Matt zuckte Ella mit den Schultern. »Wie lange dauert Trennungsschmerz?«

Najah hörte auf zu rubbeln. »Wie lange hat die Liebe gedauert?«

»Nicht lange genug. Fünf Jahre. Plus ein paar Wochen.« War es tatsächlich erst im März gewesen, als Nick ihren

Jahrestag vergessen hatte? Im Rückblick kam es Ella wie ein Vorzeichen auf die vergangene Nacht vor, das sie hätte bemerken müssen. Vier Mal hatte er diesen Tag zu etwas Besonderem gemacht. Letztes Jahr mit einem Picknick in einer ehemaligen Fabrikhalle. Nick war Meister darin, Lost Places aufzuspüren. Er hatte ihr die Augen verbunden und sie auf dem Gepäckträger seines Fahrrades durch die halbe Stadt gefahren. Es war ein trockener, aber kalter Tag gewesen. Die Arme um seinen Körper geschlungen, die Wange an seinen Rücken geschmiegt, hatte sie versucht, den Weg anhand der Geräusche, Gerüche und Fahrbahnbeschaffenheit zu erraten. Das Verkehrsgeräusch hatte bald ab- und das Vogelgezwitscher zugenommen. Statt Asphalt hatte Ella Schotter unter den Reifen gespürt. Nick hatte sie absteigen lassen und in ein Gebäude geführt. Es war zugig. Aber sobald er ihr die Augenbinde abgenommen hatte, wurde Ella von einer Welle wärmender Zuneigung überwältigt. Auf dem Boden lag Nicks große Matratze, über der er eine Patchwork-Decke ausgebreitet hatte. Daneben vier Stumpenkerzen und ein Holzbrett mit Käse, Weintrauben und Baguette. Das konnte Nick: Üppigkeit durch Minimalismus erzeugen. Immer wieder hatte er auf diese Weise ihre Liebe befeuert. Drei Worte auf einem abgerissenen Zettel. Zwei miteinander verbundene Kirschen auf dem Tellerrand. Ein Herz aus Rasierschaum auf dem Badezimmerspiegel.

»Das ist lange.« Najah rubbelte wieder. Gedankenverloren. Und blieb die wahre Antwort schuldig.

»Du kennst die Antwort nicht«, stellte Ella fest.

»Wenn jemand stirbt, so heißt es, dauert die Trauer ein Jahr. Ein erstes Weihnachten ohne den geliebten Menschen, ein erster Geburtstag, ein erstes Eis, ein erster Sommer. In diesem einen Jahr erinnerst du dich jeden Tag. So war es vor ein paar Tagen. So war es letzte Woche. Letzten Monat. Und irgendwann: So war es vor einem Jahr. Danach hört es nicht auf. Aber es verwässert. Mit jedem Jahr etwas mehr.«

»Klingt traurig«, murmelte Ella nur, obwohl sie längst wusste, wie seltsam sich Geburtstage oder sogar ganze Jahreszeiten anfühlten, wenn der Tod einen Platz im Leben einnahm.

»Es IST traurig.« Najah verbot sich jeden Gedanken an die Vergangenheit. Das Bild, das sich ihr aufdrängte – die abgewinkelten Beine, der aufgerissene Mund – schüttelte sie mit der gewohnten Vehemenz ab. Sie musste nach vorne schauen. Najah legte das Handtuch zur Seite, setzte sich wieder und schob Ella eine Kaffeetasse zu. »Trink. Solange er noch heiß ist.«

Ella umfasste die Tasse mit beiden Händen. Als könnte deren aufgeheizte Keramik den kalten Schock der Nacht in Wärme umwandeln. Mit der Zeitverzögerung einer schlechten Internetverbindung nahm sie Najahs Antwort wahr: Es IST traurig.

Hinter den kürzesten Sätzen verbergen sich oft die längsten Geschichten. Für den Moment, den ein letzter Wassertropfen braucht, um sich von der Armatur zu lösen und im Waschbecken zu landen, wollte Ella Najah fragen. Nach der Geschichte hinter den drei Wörtern. Stattdessen brachte sie nur einen weiteren Seufzer hervor. »Also bin ich jetzt ein Jahr lang traurig?«

Insgesamt betrachtet, würde es vielleicht so sein. Doch Najah hatte es sich zu eigen gemacht, die Zeit in kleinste Abschnitte zu zerlegen und sich von einer guten Sache zur anderen zu hangeln. Vom Anblick einer Blüte zum Schluck gesüßten Tees im Mund. Vom Duft gerösteter Nüsse zur

Buchlektüre am Abend. Aufmunternd tätschelte sie Ellas Hand, wobei sie sich wieder einmal ihrer eigenen faltig gewordenen Haut bewusst wurde. »Du darfst nicht aufhören, die Momente zu lieben. Jeder Tag ist gut zu dir.«

Ella nippte an ihrem Kaffee, vorsichtig, um sich nicht die Lippen zu verbrühen, schmeckte den Kardamom und lächelte. »Kardamom ist gut zu mir.«

»Komm her, du verunglücktes Eichhörnchen.« Najah zog Ella zu sich heran und hielt sie eine Weile fest. Und solange es jemanden gibt, der einen in unsicheren Momenten festhält, ist ein Tag nicht ganz verloren. Jedenfalls fühlte sich Ella ein bisschen geborgen und weniger allein in Najahs Armen. Sie schloss die Augen und ließ sich in Najahs Körperwärme fallen, die nach Waschmittel, einem Hauch von Schweiß und Gewürzen roch.

Nachdem Ella sich eine Weile später aus der Umarmung gelöst hatte, der Kaffee war inzwischen abgekühlt, leerte sie die Tasse. Mit zusammengekniffenen Augen blickte sie auf die körnigen braunen Schlieren und versuchte, im Kaffeesatz-Muster ein schlüssiges Bild zu erkennen. Seit sie regelmäßig bei Najah einkehrte, war ihr das Kaffeesatzlesen zu einem liebgewonnenen Ritual geworden. »Sieht aus wie eine Brücke mit drei Torbogen«, sagte sie und stellte die Tasse vor Najah auf den Tisch.

Nickend betrachtete Najah das Motiv.

»Und?« Ella tippte gegen den Tassenrand. »Was bedeutet das jetzt?«

»Was denkst du selbst?«

Ella starrte auf die Schlieren. »Dass ich über die Brücke gehen soll? Das tiefe Tal überwinden oder sowas?«

Der Unmut in Ellas Stimme war unüberhörbar. Zu

gerne hätte Najah ihr gesagt, dass alles ganz leicht sei. Aber das war es nicht. Das war es nie. Sie stand auf, um sich die Zigarette zu holen, die sie vorhin in den Aschenbecher geklemmt hatte. Wie oft hatte sie früher Brandlöcher erzeugt, wenn sie das getan hatte. Seit es diese Brandschutz-Zigaretten gab, die von alleine ausgingen, sobald man nicht mehr daran zog, musste sie sich darum keine Sorgen mehr machen. Während sie sich die angerauchte Kippe wieder ansteckte, betrachtete sie Ella. Wie deren zierliche Hand sich zögernd aus dem überlangen Strickpullover-Ärmel herausbewegte, nach der Tasse griff und diese leicht ankippte. Es rührte Najah, wie Ella in dem Muster aus Kaffeesatz Antworten suchte.

»Ich kann auch durch einen der Torbögen gehen.« Nachdenklich fixierte Ella die Schlieren. »Es gibt VIER Wege.«

»Sogar mehr. Wenn du die Kombinationen mitdenkst.«

»Na super. Und woher soll ich wissen, welchen Weg ich wählen soll?«, fragte Ella.

»Das«, entgegnete Najah, drückte die Zigarette endgültig aus und setzte sich wieder, »wird sich zeigen. Vertrau deinem inneren Kompass.«

»Der ist kompletter Schrott.« Mit einer Drehung aus dem Handgelenk ließ Ella den Löffel, den ihre Finger die ganze Zeit bearbeitet hatten, quer über den Tisch schlittern. »Sonst hätte er mir ja wohl mal ein Zeichen gegeben, dass ich auf dem falschen Weg bin.«

Najah nahm den Löffel vom Tisch und legte ihn bedächtig auf ihren Unterteller. »Es gibt keine falschen Wege.«

Der Regen prasselte auf die Stahlhülle der Straßenbahn, die weit vor Ellas Zeit schon wer weiß wie viele Menschen durch die Stadt gefahren hatte, die Türmechanik zischte und herein kullerte ein mehrstimmiges Kichern, gefolgt von drei etwa zehnjährigen Mädchen, die sich die Nässe aus den Haaren schüttelten wie junge Hunde. Ein roter Cockerspaniel, ein schwarzer Pudel und ein fauvefarbener Briard. Glitzernde Wassertropfen perlten über die Ärmel ihrer Funktionsjacken, und aus ihren Mündern sprudelte glucksendes Geplapper, als wäre dieser graue und zutiefst deprimierende Tag eine fröhliche Party.

Ich nehme dies. Oder lieber das. Vielleicht drei davon. Ich mag lieber die Gelben. Wollen wir auch die Roten? Keine Kerne! Oh, süße Mandeln! – Drei Freundinnen im Neo-Paradies der bunten Tüten. Wie lange war es her, dass Ella nach der Schule am Bushaltestellen-Kiosk mit Mareike und Esma weiße Mäuse, saure Schnüre und Lakritz gekauft hatte? Die Mädchen tippten abwechselnd mit ihren Zeigefingern gegen die Glasscheibe am Tresen, hinter der Najahs köstliche Vielfalt selbst gerösteter und gewürzter Nüsse, Kerne und Trockenfrüchte lag. Najah und Ella nahmen jede ihre Tasse und erhoben sich.

»Gibst du mir noch schnell drei Schachteln?«, fragte Ella und stellte ihre Kaffeetasse, in der die Torbögen zu einem konturlosen schmuddeligen Aquarell verlaufen waren, auf die Arbeitsfläche hinter dem Tresen. Ihr Blick streifte die Mädchen, die unbeirrt weiterquasselten und Kleingeld zählten. Ella fragte sich, wann sie aufgehört hatte, bunte Tüten, Mareike und Esma für den Mittelpunkt ihres Lebens zu halten.

Mareike war im Begriff zu heiraten. Ihren Denne, der eigentlich Dennis hieß und den sie im Grunde schon ewig kannte, aber erst während ihrer Ausbildung zur Industriekauffrau in der Berufsschule für sich entdeckt hatte. Ella hatte bis heute kaum eine Ahnung, wie Mareikes Arbeitsalltag aussah, was wahrscheinlich auf Gegenseitigkeit beruhte. Sicher hatte sie ähnliche Bilder im Kopf wie ihr Denne, der bei jeder Begegnung mit Ella die Reporterin Karla Kolumna aus den Bibi-Blocksberg-Filmen erwähnte. Mit einem gequälten Lächeln ließ sie den abgegriffenen Vergleich durchgehen, ohne ihm ihren Online-Magazin-Alltag näher zu erläutern. Er hatte ohnehin die Vorstellung, dass Ella überwiegend über vergnügliche, politisch korrekte oder popkulturelle Sachen plaudernd mit ständig feiernden sowie kaffeetrinkenden Stadtmenschen in Räumen herumsaß und Spaß hatte. Sie konnte es ihm nicht vorwerfen. Ihr Bild von Dennes Leben, zwischen Job, Freiwilliger Feuerwehr und Zigarettenschachtelnsammeln für den fünfundzwanzigsten Geburtstag von Laura oder Lena, war ebenso klischeehaft.

»Ella?« Najah hielt ihr die drei Schachteln Zigaretten hin.

»Danke.« Das sogenannte Schockbild auf der Packung, zum Glück nicht das mit dem immer wieder falsch gedeuteten Arschloch, zeigte eine rauchende Mutter mit Kleinkind, was Ella in Erinnerung rief, dass ihre Familienidee nun auf Eis lag. Nicht, dass es sich um eine konkrete Planung gehandelt hätte wie bei Mareike und Denne, die nach der Schule im Landkreis geblieben waren und jetzt diskutierten, in wessen Dorf sie ein Haus bauen sollten. Es hatte sich mehr um eine nicht terminierte Gewissheit gehandelt. Sie und Nick und die Zukunft. Noch gestern war sie davon ausgegangen, dass heute ein gemütlicher Teil davon werden würde. Ein nicht erwähnenswerter Zeitabschnitt, den sie mit Nick zwischen Bett und Küche verbracht hätte. Regentropfenzählend. Kaffeekochend. In nichts als dem langen Strickpullover vor dem Herd stehend und Spaghettisoße rührend. Nicks Atem für einen hingehauchten Kuss in ihrem Nacken. Müßig den Tag vergeudend und sich selbst in ihrer von Netflix-Serien gesäumten Zweisamkeit völlig genügend. Ella spürte die Tränen an der Oberkante ihrer Unterlider, während sie mit zittrigen Händen versuchte, ihr Portemonnaie zu öffnen.

»Geh nur«, sagte Najah. »Ich schreibe es auf.«

»Danke«, presste Ella hervor. Sie stopfte die Zigarettenschachteln in ihre Manteltaschen, derweil die Mädchen neben ihr diskutierten, ob sie von gerösteten Kichererbsen kichern müssten und welche Menge nötig sei, um eine entsprechende Wirkung zu erzielen. Ella drückte gerade auf den Türöffner, als sie eines der Mädchen hinter sich flüstern hörte, dass die Frau statt der Zigaretten lieber Kichererbsen hätte kaufen sollen.

An jedem anderen Tag hätte Ella etwas erwidert. Zumindest gelächelt. Doch ihr fehlte schlichtweg die Energie. Die Türen zischten und Ella war bereit, den Rest des Tages, oder besser noch den Rest ihres Lebens, ihr seelisches Tief zu zelebrieren.

In der darauffolgenden Nacht begriff Ella, was es bedeutete, nicht schlafen zu können. Es handelte sich nicht um die Art von Aufregungsschlaflosigkeit, die sie in der Vergangenheit vor Prüfungen schlecht hatte einschlafen und zu früh aufwachen lassen. Diese neue Schlaflosigkeit war vielmehr das Spinnrad, auf dem sie ihre diffusen Gedankenbausche zu einem Garn verspann, das bis in die Morgendämmerung reichte. Verfangen in dem Knäuel aus Fragen und Nichtantworten, strauchelte sie mit Kopfschmerzen in den Tag, nahm zwei Aspirin und teilte der Redaktion mit, dass sie vorerst im Homeoffice bleiben würde.

Stumpf stromerte sie durch die Wohnung. Starrte aus dem Fenster. Kauerte sich auf dem Bett zusammen. Nahm Nicks Foto von der Pinnwand, drückte es an ihre Brust und weinte. Nur ein Mal ging sie zum Vorratsschrank in der Küche und nahm sich einen Keks. Die Appetitlosigkeit am Anfang und Ende einer Beziehung ist das einzig Verlässliche in der Liebe. Bei der konkreten Vorstellung zu kauen und zu schlucken, zog sich Ellas Kehle zusammen. Sie legte den Keks auf den Küchentisch.

Ein paar Tage vermied Ella den Kontakt zur Außenwelt, duschte wenig und rauchte viel. Ständig checkte sie ihre Nachrichten, immer in der Hoffnung, dass Nick sich noch einmal melden würde. Dass es noch irgendetwas zu sagen gäbe. Doch von Nick kam kein weiteres Wort.

Zugeschwallt wurde sie stattdessen in der Whatsapp-Gruppe, die sich mit der geheimen Planung diverser Hochzeitsüberraschungen für Mareike beschäftigte.

Kann jemand Tanne, Kirschlorbeer oder Buchsbaum fürs Kranzbinden besorgen?

Nehmen wir weiße Schleifen oder lieber weiße Rosen für die Deko?

Ich kann am 15. nicht. Da sind wir im Urlaub. Finden wir einen anderen Termin für den Junggesellinnen-Abschied?

Was halten die Brautjungfern von gelben Kleidern? Das hat Mareike sich gewünscht.

What the fuck! – Gelbe Kleider? Kommentarlos registrierte Ella die Rufe nach ihrer Meinung.

Ella?

Ella, bist du da? Was sagst du dazu?

Ein aufgeregt blinkender Vorwurf auf ihrem Display. Entnervt warf Ella ihr Handy auf die Wolldecke zu ihren Füßen.

Sie hasste übertrieben zelebrierte Junggesellinnen-Abschiede und Brautjungfern, die mit einer Welle Halloween-Kürbisse aus Amerika nach Deutschland geschwappt waren. Und in dieser Phase, da sich ihr Leben weit von Hochzeiten und sonstigen Zukunftsplänen entfernt hatte, steigerte sich ihre Abneigung bis hin zur Kotzgrenze. Der bloße Gedanke an die Hochzeit – sogar Hochzeiten überhaupt – machte sie aggressiv. Und wenn eine Hochzeit schon im wortwörtlichen Sinne die Hoch-Zeit war, was sollte danach noch kommen als ein beständiger Sinkflug? Abrupt stand Ella auf, nahm ihre Zigaretten und stapfte auf Socken durch die alte Werk-statt-Tür nach draußen, um sich auf die kleine Holztreppe im Hinterhof zu setzen.

Hinterhof

»Hey, Ella!« Ihr Nachbar Marte hockte vor seiner Tür auf dem Betonpflaster und öffnete nacheinander mehrere Farbtöpfe.

»Hey.« Ella sah kurz auf ihre Füße, zuckte mit den Schultern und ging auf Socken zu ihm. »Neues Projekt?«

Vor Marte lag ein verwittertes Sprossen-Fenster mit rostigen Griffen. Die drei Glasscheiben waren noch völlig intakt und offenbar frisch geputzt. Daneben eine Palette, auf die er gerade hellgraue Farbe fließen ließ.

»Arbeitstitel: Durchblick.« Marte legte den Kopf in den Nacken und sah in Ellas Gesicht. »Mehr weiß ich noch nicht.«

»Könnte ich auch gebrauchen.«

Der für Ella ungewohnt bittere Tonfall überraschte Marte. Auch die fahrige Art, wie sie sich eine Zigarette ansteckte, war so gar nicht typisch für sie.

»Willst du eine?« Ella hockte sich neben Marte und hielt ihm die Schachtel hin.

»Gerne.« Martes Zeigefinger und Daumen waren an den Spitzen grau, die Farbe noch feucht, weshalb er die Zigarette etwas ungelenk mit Mittel- und Ringfinger aus der Schachtel angelte. Weil Ella lächelte – zum ersten Mal, seit sie aus der Tür getreten war –, wischte Marte den Farbklecks, den sein Zeigefinger beim ersten Zug spürbar feucht über seiner Oberlippe hinterließ, nicht weg. »Was meinst du damit? Dass du Durchblick gebrauchen könntest?«

»Alles gerade ein bisschen verworren bei mir.«

Marte betrachtete Ellas zur Fensterscheibe gesenkten Augenlider und den dunkelbraunen Wimpernkranz, der die perfekte Form einer Mondsichel hatte. Er klemmte sich die glimmende Zigarette zwischen die Lippen, nahm den dicken Borstenpinsel und schrieb in hellgrauer, auf dem Glas fast transparent wirkender Farbe: *DURCHBLICK FÜR ELLA.* Je ein Wort auf jede Scheibe.

Erst beim zweiten L des dritten Wortes kapierte Ella.

Marte schob den Fensterflügel zu ihr rüber. »Für dich.«

»Wow. Das ist echt cool. Aber … so hatte ich das doch nicht gemeint.«

»Weiß ich. Trotzdem.« Marte stand auf. »Drink?«

Mit einer Mischung aus Berührtheit und Irritation strich Ella mit der flachen Hand über den Fensterrahmen. »Vielen Dank. Das ist echt toll.«

»Drink?«, fragte Marte erneut.

»Was hast du denn da?«

»Was möchtest du?«

»Alkohol?« Ella verzog vage das Gesicht.

Er brachte Gin Tonic.

Nach dem zweiten Drink und nachdem Marte nach Nick gefragt hatte, fing Ella an, zu erzählen. Nichts davon kommentierte Marte. Bei sich dachte er allerdings, dass Nick schon immer ein egozentrisches Arschloch gewesen war. Im Verlauf des vierten Gin Tonics, Ella hatte inzwischen eine neue Zigarettenschachtel aus ihrer Wohnung geholt, Taschentücher von Marte angenommen und seinen um ihre Schultern gelegten Arm als Trost zugelassen, lallte sie: »Und jetzt muss ich alleine zu dieser scheiß Hochzeit.« Sie brauchte eine Weile, bis sie ihr Schluchzen in den Griff bekam. Nachdem sie sich halbwegs beruhigt hatte, schnäuzte sie ins Taschentuch und räusperte sich mit dem Fazit, dass sie da nicht alleine hinkönne.

»Klar kannst du.«

»Auf keinen Fall. Erstens hasse ich es, irgendwo alleine

hinzugehen. Und zweitens: Sie werden … Schon der Gedanke triggert meinen Fluchtinstinkt. Sie werden einen männlichen Single aus dem Nachbardorf neben mich setzen, der mir stundenlang von seinem verkackten Hobby erzählt oder meint, dass der Klimawandel nur Wetter ist.«

»Quatsch.«

Ella ging im Geiste die Jungs in Mareikes und Dennes Freundeskreis durch. »Sorry, aber du hast keine Ahnung von Dorfhochzeiten.«

»Okay.« Mit dem Fingernagel schabte Marte die angetrocknete Farbe von seiner Oberlippe. »Dann nimm MICH mit.« Er vermied den direkten Blickkontakt und sah auf Ellas Füße, immer noch nur in Socken. Ihre Haarstoppeln auf der nackten Haut zwischen Socken- und Jogginghosenrand hatten sich aufgestellt. Sie fror. Und antwortete nicht. »Das Angebot steht.« Marte stand auf, holte eine Decke aus seiner Wohnung und legte sie Ella um die Schultern.

»Du weißt schon, was das bedeutet? Die machen den ganzen Scheiß. Mit Kirche, Baumstamm durchsägen und Shots kippen bis zum nächsten Morgen.« Es war Ella absolut nicht möglich, sich Marte, der in Berlin aufgewachsen war, auf Mareikes Hochzeit vorzustellen. Andererseits erschien die Option besser, als alleine auf der Hochzeit herumzustehen und Fragen nach Nick zu beantworten. Fragen, die mit Marte an ihrer Seite kaum jemand stellen würde. Und weil er lediglich mit einem unerschrockenen Schulterzucken reagierte, war die Sache besiegelt.

»Abgemacht.« Ella streckte ihre Beine aus und zog, da ihr nun ebenfalls die Haarstoppeln auf ihren Schienbeinen bewusst wurden, die Socken über die Jogginghosen-Bündchen, was sie sogleich ärgerte. Ja. Auch Frauen hatten borstige Haare an den Beinen. Selbsthass kniff in ihre Eingeweide. Einer, der weit über Beinhaare hinausging. Der sie in einem sekundenschnellen Wurf ihre ganze Minderwertigkeit spüren ließ. Nicht einmal zu der beschissenen Hochzeit konnte sie alleine gehen. Resigniert stieß sie Luft durch die Nase. »Bleibt nur noch Samstag.«

»Samstag?«

»Ein Konzert. Dummerweise habe ich mich regelrecht darum gerissen, den Konzertbericht zu schreiben. Nur, um auf die Gästeliste zu kommen. Und da stehe ich jetzt drauf. Plus eins. Was cool war, als ich noch davon ausging, dass Nick mitkommt.« Sie hasste den Gedanken, sich einsam mit ihrer Kamera durch die Menge schieben zu müssen. »Aber alleine …« Wie arm war das denn, sich vor Marte so zu outen? Ella knetete ihre Fußspitzen mit den Händen. »Hast du vielleicht Lust, mitzukommen?«

Marte wusste die Antwort schon, bevor er in einem Kopf-Comic im Zeitraffer verschiedene Szenarien durchlief, sich in Züge springen sah und mehrmals die Orte wechseln. Doch er hätte direkt das Beamen erfinden müssen, um den Geburtstag seiner Mutter mit Ellas Konzert zu kombinieren.

»Lust schon. Aber Samstag passt leider gar nicht.« Er wünschte, Ella würde wahrnehmen, wie riesig sein Bedauern war. »Samstag feiert meine Mutter ganz groß ihren Geburtstag in Berlin.«

»Oh, na klar. Kein Ding.« Mit zusammengepressten Lippen imitierte Ella ein Lächeln. »Welche von beiden?«

»Paula. Die leibliche. Sie steht auf große Feste. Wegbleiben ist keine Option.«

»Nein, auf gar keinen Fall. Aber war eine Frage wert.« Ella fühlte sich, als würde am Ende einer rauschenden Party das Licht angeknipst, während sie selbst gerade erst den Mut gefasst hatte, sich auf der Tanzfläche der Musik hinzugeben. Ernüchterung kroch ihr in den Körper.

»Noch eine Zigarette?« Marte hatte seine Schachtel bereits in der Hand.

Ella schüttelte den Kopf. »Ich gehe mal rein. Bin völlig fertig.« Sie bückte sich nach dem Fenster, doch Marte wehrte ab.

»Ich erledige das schon.«

»Danke.« Ella faltete die Decke zusammen und hielt sie Marte hin. »Für alles.«

»Gerne. Jetzt schlaf erst mal. Und wegen Samstag – du bist Journalistin. Du gehst ständig überall alleine hin.«

Klar. Das wusste sie auch. Aber ein Konzert war keine Pressekonferenz. Das war eine andere Situation. Ella kniff die Lippen zusammen.

»Stell dir einfach vor, du gehst in den Supermarkt. Ein stinknormaler Einkauf.«

Es war süß, dass er sie aufzumuntern versuchte. Trotzdem zuckte Ella wenig überzeugt mit den Schultern. »Gute Nacht.«

»Schlaf gut.« Marte sah ihr nach und verfolgte das An und Aus der Zimmerbeleuchtung in Ellas Wohnung, bis sie eine halbe Stunde später das letzte Licht ausgeknipst hatte.

Am nächsten Morgen, Ella war erneut in aller Frühe aufgewacht, stand das Sprossenfenster vor ihrer Hintertür. *DURCHBLICK.* An einem der verrosteten Griffe baumelte eine Karte. Eine mit Aquarell kolorierte Federzeichnung, die Marte noch in der Nacht angefertigt haben musste. Ella betrachtete das hellgrüne – wahrscheinlich in Anlehnung an ihren grünen Pullover – Strichmenschlein mit Einkaufswagen, das auf der linken Kartenhälfte in einer scheinbar nicht endenden Menschenschlange vor der Supermarktkasse stand. Schräg über die Szene zog sich das Wort *SUPER-MARKT*. Auf der rechten Seite der Karte tanzte das gleiche Strichmenschlein in einer angedeuteten Menschenmenge vor einer Bühne, wobei quer über dieser Kartenhälfte das Wort *KONZERT* stand. Rechts oben in die Ecke hatte Marte seine Signatur gesetzt. Schon seine geschwungene Schrift, schwer lesbar und dennoch einer ästhetischen Formgebung folgend, glich einem Kunstwerk. Ella drehte die Karte um. Sie brauchte eine Weile, bis sie die Nachricht entziffert hatte: *Ella unter Menschen.*

Konzert-Club

Vor dem Einlass schlängelte sich Ella an den Wartenden vorbei, ging zum Gäste-Counter und sagte ihren Namen. »Plus eins ist kurzfristig abgesprungen. Sorry.«

Der Satz hatte ihr alle Kraft abverlangt. Sie hatte ihn sich auf dem Weg zurechtgelegt und sich eingeschärft, nicht in Tränen auszubrechen, wenn sie ihn sagen würde. An der Fluss-Brücke hatte sie einen Stopp einlegen müssen, um in Tränen auszubrechen – die Hände haltsuchend um das eiserne Geländer gekrallt. Es war ein dringliches, jedoch stilles Weinen gewesen, einem eiligen Toilettengang gleich. Kurz darauf löste sie sich wieder vom Brückengeländer und wischte mit dem Zeigefinger unter ihren Augenlidern entlang, um mögliche Schlieren von Wimperntusche zu entfernen. Während sie in Gedanken unablässig das Wort *SUPERMARKT* wiederholte, fädelte sie sich erneut in die von der Straßenbahnhaltestelle zum Club eilende Menschenmenge ein.

Nun, da sie den Satz gesagt hatte und sich das Bändchen um das Handgelenk legen ließ, fragte sie sich, wie viel Kraft Nick für fünf Worte hatte aufbringen müssen.

Das Papierbändchen kratzte. Die Zeiten, da sie jedes Konzertband wochenlang am Arm getragen hatte, waren längst vorbei. Trotzdem bedauerte sie, dass sie kein spektakuläreres Bändchen, eines aus Stoff wie bei einem Festival, als Relikt dieses einschneidenden Ereignisses zurückbehalten würde. Ihr erstes Konzert ohne Begleitung. Lächerlich, daraus eine große Sache zu machen. Dennoch. Hier, wo alle hergekommen waren, um heftigst das Ausgelassensein zu zelebrieren, bildete sich Ella ein, die Leute könnten ihr Alleinsein wittern. Wie einen unangenehmen Geruch, den sie ausschwitzte. Den Dunst des Keinefreundehabens. Alleinsein als Stigma. Aber niemand schien sich für sie zu interessieren. Alle waren mit sich selbst beschäftigt, eilten zur Garderobe, verstauten Geld und Handy moshpitsicher oder holten sich noch ein Bier, bevor sie sich einen Platz vor der Bühne eroberten. Sie schnappte Satzfetzen auf.

»Der Prüfer war echt ein Arsch.«

»Und dann hat sie gesagt, dass sie gerade keine Lust darauf hat und ist weggegangen.«

»Willst du auch ein Bier?«

»Das war so unfassbar peinlich. Ich in Unterhose, die Tür vom Wind zugeknallt und dann …«

Gerne hätte Ella gewusst, was dann passiert war, doch der zweite Teil des Satzes wurde vom Jubel für die auf die Bühne tretende Vorband übertönt. Wer noch verbal kommunizieren wollte, musste schreien.

»Ich gehe noch mal aufs Klo!«

»Die sind so krass! Ich stehe total auf die!«

Die Kamera hoch über den Kopf haltend, quetschte sich Ella durch die Menge bis zum Bühnenrand. Klick. Klick. Klick. Fotografie offenbart auch immer einen Blick auf die Person hinter der Kamera. Das hatte sie beim Kurs für Pressefotografie gelernt. Insofern versuchte sie, die Vorband, die sie weder kannte, noch für besonders talentiert hielt, aus einer freundlichen Perspektive abzulichten. Aber es gelang ihr nicht, in den Fan-Modus zu switchen. Wie ein

Avatar führte ihr Körper die nötigen Handlungen aus, während Ellas inneres Seelenwesen ihm dabei zusah. Ihr geistiges Ich hatte sich von ihrem physischen Ich abgespalten und beide gingen in Sachen Spaß leer aus.

Sie hätte nicht herkommen sollen. Ihr Bauchgefühl hatte schon zu Hause rebelliert. Hieß es nicht immer, dass es sich gut anfühlte, die Komfortzone zu verlassen? Was für ein Fuckup. Das hier fühlte sich absolut nicht gut an.

Der Hauptact betrat die Bühne. Ellas Lieblingsband brachte die Menge von Song eins an zum Brodeln. In jeder Faser ihres Körpers spürte sie das Verlangen, Teil dieser Energie zu sein. Mitzumachen. Überschäumende Freude zu empfinden. Stattdessen saß sie fest. Lebendig gefangen im Vakuum des Liebeskummers. Wie damals nach der Blinddarm-OP. Abgeschottet hinter dem Fenster ihres Krankenhauszimmers hatte sie zusehen müssen, wie alle anderen draußen die Sommerleichtigkeit feierten.

So war es auch jetzt. Wie nach einer OP. Am offenen Herzen. Ohne Betäubung. Nick und ein Skalpell. Aufflammender Schmerz. Benommen bahnte Ella sich einen Weg durch die Menge. Raus. Sie musste hier raus. Irgendwo an den Rand, wo kein fremder Körper sie mehr berühren konnte. Dass eine seelische Verletzung derart körperliche Schmerzen bereiten konnte, hatte sie nicht gewusst.

Die Zugaben zogen wie ein Film an ihr vorüber. Stumm und weitestgehend steif verfolgte sie von weit hinter der Bar das Geschehen. Nur aus Pflichtgefühl zog sie die Sache bis zum Ende durch, bis das Licht anging und die Stagehands das Equipment abbauten. Direkt mit den immer noch Frohmut versprühenden Menschen zur Bahn zu pilgern, schien Ella unmöglich. In Zeitlupe löste sie sich aus ihrer

Ecke, kaufte an der Bar ein Bier und ging vor die Tür, wo sie sich im Außenbereich des Clubs auf eines der Paletten-Podeste setzte. Während sie beobachtete, wie die von den Moshpits zersprengten Grüppchen wieder zueinanderfanden, klemmte sie sich eine Zigarette zwischen die Lippen und tastete nach ihrem Feuerzeug. Fuck. Es musste ihr in der Menge aus der Tasche gefallen sein. Suchend sah sie sich um.

Nur zwei Armlängen entfernt zog sich Weronika ihren BH aus. Überfüllte Damen-Toiletten nervten sie. Es war also keine Option, zum Wechseln ihrer durchgeschwitzten Kleidung den Toilettenraum aufzusuchen. Aber das war nur die eine Sache. Mit Gesten dieser Art trotzte sie anerzogenen Mustern und gesellschaftlichen Erwartungen. Und ihre Umwelt sollte diese kleine Rebellion durchaus wahrnehmen. Aus dem Augenwinkel registrierte sie Ellas Suche nach einem Feuerzeug ebenso wie die Tatsache, dass diese sich angesichts ihrer nackten Brüste überrascht abwendete.

»Feuer?« Weronika fasste in ihre Hosentasche und bot Ella ihr rotes Plastikfeuerzeug an.

Ella hatte wenig Lust, mit der halbnackten Frau zu kommunizieren, sah aber gezwungenermaßen auf. »Danke.«

»Musste sein.« Weronika deutete auf ihr zurechtgelegtes Top und einen Kapuzenpulli mit Bandaufschrift und streifte sich beides in einer flüssigen Bewegung über. »Je älter ich werde, desto weniger bin ich bereit, für irgendwas zu frieren. Früher habe ich das gemacht. Für ein bisschen Coolness in einem bestimmten Outfit rumgezittert.« Schulterzuckend stopfte sie ihre durchfeuchteten Kleidungsstücke in einen Jutebeutel. »Ein Punkt fürs Alter. Es wird egaler, was andere Leute denken.«

Ella versuchte, das Alter der Frau in deren Gesicht abzulesen. Über vierzig. Unter sechzig. In diesen Jahrgängen kannte sie sich optisch nicht aus. Sie erschienen ihr alle mittelalt.

»Dreiundfünfzig.«

»Sorry. War das so offensichtlich?« Ella kniff die Lippen zusammen.

»Okay – hier kommt eine Weronika-Lebensweisheit: Entschuldige dich bloß nicht für alles, was du sagst oder tust.« Weronika strich sich durch ihre glatten gefärbten Haare und lachte auf, als sie Ellas verwunderten Blick auffing. »Na ja, ist eher ein Mantra. Mein Lässigkeitsmuskel ist nicht so durchtrainiert, wie ich es gerne hätte. Die Sorry-Sagerei habe ich halbwegs im Griff. Alleine-zum-Konzertgehen wird weiter geübt. Ist heute erst mein drittes Mal. Sich als Gesichtsälteste in einen Moshpit aus Zwanzigjährigen zu stürzen, bleibt eine Herausforderung.«

Weronika also. Ella sah ihr dabei zu, wie sie sich eine Zigarette anzündete und stellte sie sich im Moshpit vor. Wahrscheinlich war das Altersdiskriminierung, aber es wäre ihr lieber gewesen, sie hätte sie für eine Mutter halten können, die ihr minderjähriges Kind abholt. So, wie Ellas Mutter damals vor den Konzerthallen gewartet hatte. Die verschwitzten Klamotten und die an den Schläfen feuchten Haarsträhnen – schulterlang und burgunderrot – zeugten allerdings davon, dass Weronika den Auftritt heftig abgefeiert hatte. Was Ella beeindruckend fand und daher antwortete, dass sie zum ersten Mal alleine auf einem Konzert gewesen sei und es sich wie eine krasse Mutprobe angefühlt habe.

»Ich hätte das auch viel früher wagen sollen. Nichts ist

so frustrierend, wie sich selbst im Weg zu stehen. Du bist mir in Sachen Mut weit voraus.«

»Eigentlich hatte ich nur keine andere Wahl«, erwiderte Ella. »Ich muss einen Konzertbericht schreiben.« Sie zeigte auf ihre Kamera.

Der Zeitpunkt wäre perfekt gewesen, um sich diese über die Schulter zu hängen und zu verabschieden. Aber es fehlte Ella an Entschlusskraft, weshalb sie das Gespräch weiterlaufen ließ.

»Man hat fast immer eine Wahl. Aber egal, wofür du dich entscheidest – das ganze Leben ist eine Mutprobe. Besonders für eine Frau. Ich war früher im Außendienst für eine Versicherung. Täglich rein in irgendwelche Wohnungen und diesen Fremden begegnen. Mit nichts gewappnet als dem großen Bedürfnis, gut anzukommen.« Eine Flut von Bildern konfrontierte Weronika mit ihrem jüngeren Ich und Szenen, die längst verschüttet gewesen waren. Männerhände auf ihren Oberschenkeln. Nicht nur einmal. Zur Rettung hatte sie dann ihren Freund erwähnt, selbst wenn sie gerade keinen hatte, und die Situation weggelächelt. Warum hatte sie nur immer zu allem gelächelt?

Aufgewühlt zündete sie sich direkt eine neue Zigarette an. Wo war sie stehengeblieben? Ach ja, das Bedürfnis gut anzukommen. Sie räusperte sich. »Aber als Everybody's Darling folgt einem unweigerlich der Schatten des Selbstverrats.«

Der Satz kratzte an Ellas Unterbewusstsein. Kurz. Oberflächlich. Nur ein kleiner Stacheldraht-Striemen. Ein Brennen, das schnell vergessen war. Warum erzählte diese Frau ihr das überhaupt alles?

Weronika zog an ihrer Zigarette. Heftig. Sodass beide trotz der Gespräche drumherum das Knistern des aufbrennenden Papiers hörten. »Wie auch immer«, sagte sie. »Gefallsucht ist kein guter Ratgeber. Es ist gut, sich der Wirkung auf andere bewusst zu sein. Aber es fühlt sich noch besser an, drauf zu scheißen.«

»Schreibe ich ins Notizbuch«, sagte Ella, hauptsächlich aus Höflichkeit, wobei sie jedoch zum ersten Mal an diesem Abend lächelte.

»Leider hinkt mein Verhalten meinen Worten oft hinterher.«

»Schade. Du hattest mich gerade zuversichtlich gestimmt. Willst du mir sagen, ich werde fünfzig und es wird kein bisschen besser?« Ella nahm einen Schluck von ihrem Bier.

»Es verändert sich. Aber im Grunde komme ich mir vor wie eine Zwanzigjährige, die im Körper einer Fünfzigjährigen rumlaufen muss.«

»Wie desillusionierend.«

»Eher erstaunlich, dass die Menschen diesbezüglich überhaupt Illusionen haben«, sagte Weronika. »Egal wie alt du bist. Letzten Endes geht es immer nur darum, dein Ding zu machen. Und nicht die Selbstachtung zu verlieren, wenn es mal nicht so läuft.«

»Mein Ding machen«, murmelte Ella, während sie ein streitendes Paar beobachtete. »Keine Ahnung, ob ich weiß, wie das geht.«

Langsam und beschämend kroch eine Erkenntnis in Ellas Bewusstsein: In den letzten fünf Jahren hatte hauptsächlich Nick die Vorlagen für ihre Lebensgestaltung geliefert.

Es war unmöglich, die Auseinandersetzung des Paares zu ignorieren. Zumal die Frau, die sich aus der Umarmung des Typen losgerissen hatte, mit energischen Schritten auf Ella und Weronika zukam.

»Habt ihr mal Feuer?« Ihr Tonfall mehr Aufforderung als Frage.

Weronika reichte ihr das Feuerzeug.

Die Frau, etwa in Ellas Alter, drehte sich zu ihrem Freund um, der ihr zögernd gefolgt war und nun wie versteinert vor ihr stand. Wortlos zog sie ihr Konzertticket aus der Hosentasche und zündete es an. »Das war der beschissenste Abend, den ich jemals hatte.« Eine verstörende Ruhe lag in ihrer Stimme. »Und ich habe keine Lust mehr. Weder auf deine scheiß Musik noch auf dich. Danke für nichts.« Mit eisiger Miene hielt sie ihrem Freund das Ticket am ausgestreckten Arm entgegen und ließ es, bevor sie sich am lodernden Papier verbrennen konnte, fallen. »Ich gehe jetzt nach Hause und höre endlich wieder meine Musik. Und ruf mich nicht an. Nie wieder.« Sie drückte Weronika das Feuerzeug in die Hand und eilte davon.

»Sorry«, murmelte der Typ, trat mit dem Schuh auf den glimmenden Ticketrest und lief der Frau ein paar Schritte hinterher. Auf halbem Weg stoppte er, kickte gegen einen liegengebliebenen Bierbecher und ging zurück in den Club.

»JETZT weißt du, wie es geht, dein Ding zu machen.« Weronika wühlte einen Zwanzig-Euro-Schein aus ihrer Hosentasche. »Also ich brauche ein Bier. Nimmst du auch noch eins? Geht auf mich.«

Ella trank aus. »Klar. Warum nicht. Ich bin übrigens Ella.« Es wäre ihr unhöflich vorgekommen, Weronika ein Getränk für eine namenlose Person kaufen zu lassen.

»Weronika«, sagte Weronika und nahm Ellas Becher.

»Der Typ von eben steht knutschend mit einer anderen am Tresen«, verkündete sie, als sie wieder auftauchte. »Wahrscheinlich ist das der Grund für die Ticket-Szene.«

Bevor Ella nach dem kalten Bier griff, zog sie ihren Pulloverärmel über die Hand.

»Ja, wird langsam echt kalt. Nächstes Mal nehme ich auch Wechselkleidung für untenrum mit. Sogar meine Unterhose ist durchgeschwitzt.« Weronika zerrte an ihrer Jacke, um den Stoff zwischen ihre Oberschenkel und die Sitzfläche zu bringen. »Aber solange es nur Schweiß ist. Mit dreiundfünfzig bist du ja schon froh, wenn du dir beim Pogen nicht in die Hose pisst.«

Ella lächelte höflich. Wie hatte sie nur einem eiskalten Bier mit dieser durchgeknallten Frau hier draußen zustimmen können? So viel Bier, das sie nun noch trinken musste. So viel Zeit, die rumzubringen war.

»Das war zu viel«, erkannte Weronika. »Ich lebe zu sehr in meinen Blog-Themen. Und vergesse immer völlig, dass das niemanden unter fünfzig interessiert.«

Ella runzelte die Stirn. »Ich dachte, du bist Versicherungskauffrau.«

»War ich auch. Aber dann sind«, Weronika stockte kurz, »Dinge passiert und ich habe begonnen, darüber zu schreiben. Quasi Schreibtherapie. Papier vollzutexten ist äußerst heilsam. Jedenfalls hat sich daraus dann der Blog entwickelt.«

»Und was ist das für ein Blog?« Ella war sich nicht sicher, was sie von Weronika halten sollte. Sie war schräg und etwas distanzlos. Allerdings auch beeindruckend.

»Eine weibliche Boomer-Auseinandersetzung mit der Welt.« Weronika schien auf eine Reaktion zu warten. Als Ella nichts erwiderte, hielt sie sich die Hand vor die Augen. »Sollte cool klingen. Hat nicht geklappt. Wechseljahre. Es geht um Wechseljahre. Klimakterium. Ich steckte mittendrin und habe mich geärgert, dass diesem Zustand seit

Generationen so ein Negativstempel anhaftet. Ich wollte Austausch ohne Scham. Offen. Ehrlich. Ein modernes Storytelling.« Weronika redete sich in Rage. Wie oft hatte sie blöde Witze über sich selbst verwirklichende Frauen im gesetzten Alter gehört. »Wir reden hier von einer natürlichen körperlichen Entwicklung. Das ist wie Zahnwechsel. Und daraus bastelt ja auch keiner irgendwelche Stereotype.«

»Verstehe ich nicht. Was hat das mit Zahnwechsel zu tun?« In Gedanken teilte Ella ihr Bier in noch zu absolvierende Schlucke ein und berechnete die Zeit, die sie dafür brauchen würde.

»Zahnwechsel ist eine schwierige Lebensphase. Nichts anderes bedeutet Klimakterium. Übersetzt heißt es einfach nur Leiter oder Stufe.«

»Wie Treppenstufe?«

Weronika nickte. »Genau. Lebensstufen. Früher wurde das Leben in Sieben-Jahres-Phasen eingeteilt. Vom Zahnwechsel bis zum Tod.«

»Alle sieben Jahre. Davon habe ich schon mal gehört.« Ella fragte sich, warum sie und Nick nicht einmal sieben Jahre gemeinsam geschafft hatten.

»Übrigens ging es in der Antike beim Klimakterium gar nicht um Frauen, sondern um Männer. Deren Sterblichkeitsrate war so hoch, dass sie sich gegenseitig gratuliert haben, wenn sie das kritische dreiundsechzigste Jahr überlebt hatten.«

»Ich gratuliere mir schon, wenn ich dieses Jahr überlebt habe.« Ella biss sich auf die Lippen. Das hatte sie nicht sagen wollen.

»Klingt nach einem Tiefpunkt. Darf ich fragen? Oder sollen wir das lieber aussparen?«

»Was mit Liebe«, blieb Ella vage. »Kann ich noch mal

dein Feuer haben?«

»Verstehe.« Weronika reichte ihr das Feuerzeug.

»Eigentlich wäre ich mit ihm heute zum Konzert gegangen. Aber er hat vor ein paar Tagen Schluss gemacht.« Ella atmete hörbar ein und aus. »Mit nur fünf Worten. Erklärung null Komma null.« Sie zündete die Zigarette an. »Wenn ich gekonnt hätte, wäre ich heute zu Hause geblieben. Ich bin nur hier, weil ich vor Wochen in der Redaktion darum gebettelt habe, den Termin machen zu dürfen. Meine Lieblingsband. Und ich habe nichts gefühlt. Als hätte jemand meine Glückshormone vakuumverpackt und ich kriege die scheiß Packung nicht auf.« Ella starrte auf die Glut ihrer Zigarette und fragte sich, warum sie das dieser fremden Frau erzählte.

»Ein Anton.« Weronikas Erinnerung an die Nacht, in der Anton in seinem Ford Gas gegeben und sie im Regen auf der Straße hatte stehen lassen, war glasklar. »Mit fünfzehn hat mich mein vier Jahre älterer Freund ohne Erklärung abserviert. Ein Jahr lang bin ich wie mit einem Speer im Magen herumgelaufen. Ein ganzes Jahr. Für einen Typen, mit dem ich nicht mal Sex hatte. Das Geheimnis, warum ich nicht schneller drüber weggekommen bin, war die fehlende Erklärung.«

»Und was ist deine Botschaft an mich?«

»Es gibt keine Botschaft. Es läuft immer gleich. Jemand will nicht mehr. Punkt. Am Ende ist die Begründung egal. Was bringt es, zu wissen, ob du ihn genervt hast, ob er eine andere hat, einfach nur frei sein will oder dich zu langweilig findet? Ist scheißegal. Du schaffst es sowieso niemals raus aus deiner Haut. Du kannst immer nur du selbst sein. Und wer will, geht ein Stück mit dir zusammen. Und wer nicht mehr will, zieht weiter. Das ist alles.«

»Wow. Klingt simpel.«

»Ist es nicht.« Weronika lachte. Nahm einen Schluck Bier. Lachte wieder und verschluckte sich. »Nein. Ist es auf gar keinen Fall.«

Ella fühlte sich plötzlich wieder unendlich müde, kalt und leer.

»Nach dem Bier aufbrechen?«, fragte Weronika. »Ich gönne mir ein Taxi. Möchtest du mitfahren?«

»Nee, nicht nötig. Sind nur ein paar Haltestellen bis zu mir. Das passt schon.«

»Sicher?« In ihren Kontakten suchte Weronika nach der Taxinummer. »Ich fühle mich nachts an Haltestellen immer unwohl.«

»Das versuche ich auszublenden. Und so spät ist es ja noch nicht.« Ella kroch tiefer in ihren Pullover. In Wahrheit hatte sie absolut keine Lust, alleine durch die Dunkelheit zu gehen. Wann war sie überhaupt das letzte Mal nachts alleine unterwegs gewesen? Meistens hatte sie Nick an ihrer Seite gehabt. Sogar im strömenden Regen nach einer langen Partynacht, wenn sie müde und mit zu viel Alkohol im Blut vor sich hingestolpert war, hatte er den Heimweg noch zum Abenteuer gemacht und ihren Energielevel wieder hochgekocht. Er hatte sie animiert, über Zäune zu klettern und Kirschen aus fremden Gärten zu essen. Er hatte ihr Abkürzungen über Fabrikgelände gezeigt und war mit ihr auf Gebäudedächer gestiegen, um ihr das weihnachtlich illuminierte Viertel zu zeigen. Niemand, da war sich Ella sicher, kannte die Stadt so gut wie Nick. Er bewegte sich auf ihren Straßen so vertraut wie in seiner eigenen Wohnung. Unterwegs mit ihm hatte sie sich nicht nur sicher, sondern rebellisch, wach und lebendig gefühlt.

»Erledigt«, verkündete Weronika. »Noch eine Zigarette und dann los? Das Taxi wird nicht lange brauchen.«

»Yep.« Ella löste sich aus ihrem Pullover-Kokon. »Wie heißt dein Blog eigentlich?«

»Unruhigundwechselhaft.«

»Zu Hause lese ich mal rein.« Ella stand auf. Sie sammelte die Zigarettenstummel ein, die sie zwischen sich gelegt hatten. »Hast du ausgetrunken? Dann bringe ich die Becher schnell zurück.«

Weronika nahm einen letzten Schluck, steckte ihren Becher in Ellas und schlenderte ihr langsam zum Eingang hinterher. Den Anflug von Neid auf Ellas jugendliche Statur drückte sie weg, indem sie sich in Erinnerung rief, welche Zweifel und Katastrophen trotz jeglicher Attraktivität ihr eigenes junges Leben begleitet hatten.

»Dein Pfand.« Ella gab Weronika das Kleingeld, als sie aus dem Club kam.

Das Taxi wartete bereits am Straßenrand.

»Na dann – war ein schöner Konzertausklang mit dir«, sagte Weronika. »Sicher, dass du nicht im Taxi mitfahren möchtest?«

Ella nickte. »Komm gut nach Hause.«

Die Taxitür schlug zu und Ella, die im Geiste ihren Heimweg simulierte, war sich plötzlich nicht mehr so sicher. Sie hob die Hand, um Weronika ein Zeichen zu geben. Aber es war zu spät. Das Taxi fuhr los.

Ella klemmte sich ihren Haustürschlüssel zwischen Mittel- und Ringfinger. Das hatte sie noch nie gemacht. Doch Weronikas Bemerkung hatte sie verunsichert. Also der Schlüssel als Waffe. Obwohl sie nicht daran glaubte, sich auf diese Weise ernsthaft verteidigen zu können. In ihrem Kopf spielten sich Krimi-Szenen ab, von denen Ella sich fragte, wie sie dort hineingelangt waren. Sie las und sah keine Krimis. Schon aus Selbstschutz vor genau diesen Gedanken. Abgesehen davon – es erschien ihr absolut nicht sinnvoll, ihrem empfindsamen Gemüt über die Grausamkeiten des Weltgeschehens hinaus noch weitere zuzumuten.

Mit Nick hatte sie niemals Angst gehabt. In der Straßenbahn malte sie sich aus, er würde an der nächsten Station einsteigen. Sie in den Arm nehmen. Seinen Mund an ihr Ohr legen und flüstern, dass alles nur ein Irrtum gewesen sei.

Er ging nicht ran, als sie ihn Stunden später anrief. Mitten in der Nacht. Was hatte sie gedacht? Ihr war immer noch kalt. Innere Kälte. Dagegen waren auch die Dusche und der Rotwein machtlos gewesen. Jetzt, da sie nicht direkt mit Nick sprechen konnte, ärgerte sie sich, dass er ihren Anruf am nächsten Morgen bemerken würde. Warum konnte man ins Leere gelaufene Anrufe nicht löschen? Wo blieb denn da die Menschenwürde?

Gegen Morgen kauerte sie sich im Bett zusammen. Mit Nick war es immer warm gewesen. Sogar ihre notorisch kalten Füße hatte er innerhalb von Minuten erwärmt. Sein ganzer Körper hatte sie von hinten umschlossen. Ein großer Mantel aus Haut, Haaren und Nick-Duft. Wenn sie sich in seinen Armen zusammengekringelt hatte, reichte sie ihm nur vom Hals bis zu den Knien.

Das einsetzende Läuten der sonntäglichen Kirchenglocken riss Ella aus einem kurzen und unruhigen Schlaf. Auf ihrem

Handy war eine Mitteilung von Nick. Fuck. Sie hatte ihm geschrieben. Der Wein! Vom Bett aus sah sie die geleerte Flasche auf dem Küchentisch stehen. Die Erinnerung an ihre vorwurfsvolle Frage, ob sie ihm noch nicht einmal eine Erklärung wert sei, sickerte in ihr Gedächtnis. Mit zitternden Händen öffnete sie seine Antwort.

Ella, natürlich bist du es mir wert. Es ist nur so: Es gibt keine echte Erklärung. Wir sind, wie wir sind. Und es passt für mich nicht mehr so.

Es klang ungefähr wie das, was Weronika gesagt hatte. Mit dem Handy in der Hand blieb Ella liegen und starrte auf die gegenüberliegende Wand.

Sie würde niemals eine Erklärung von Nick bekommen. Seine Antwort stand an der Wand. Schwarze Abtönfarbe auf weißem Putz.

Denk nicht an morgen. Vergiss gestern.

Er hatte den Spruch bei der Renovierung an die Wand geschrieben. Und ihn ihr gegenüber oft verwendet, wenn sie sich wieder einmal zu viele Gedanken wegen einer Sache gemacht hatte. Zweifel, Ängste und Sorgen wischte Nick mit der gleichen Leichtigkeit weg, wie Buchstaben von einer Tafel.

»Du weißt doch sowieso nicht, was morgen passiert«, pflegte er zu sagen und hielt vorauseilende Unsicherheiten für Energieverschwendung. Ebenso wie quälende Rückblicke. Als sie ihre Gesprächsrunden-Moderation verkackt hatte, ausgerechnet über Feminismus, und auf etwas Trost und Halt gehofft, war sein Kommentar knapp und schonungslos ausgefallen. »Vorbei ist vorbei. Das kannst du eh nicht mehr ändern.«

So würde es auch jetzt sein. Sie konnte es eh nicht mehr

ändern. Nick war niemand, der eine bereits totgesagte Sache wiederbelebte.

Mit dieser Erkenntnis begann Ella, die Wohnung zu putzen. Sie zog die Bettwäsche ab, stellte die Waschmaschine an, brachte den Müll raus, saugte in jedem Winkel, wischte und reinigte sogar Tastatur und Display ihres Laptops. Anschließend öffnete und bearbeitete sie die Post, die sich auf dem Küchentisch angesammelt hatte.

Flammendes Abendrot spiegelte sich in den gegenüberliegenden Fenstern, als Ella endlich den Konzertbericht anfing. Mechanisch arbeitete sie sich durch die verschiedenen Phasen des Auftritts, bezog sich auf die Set-List und beschrieb den Enthusiasmus des Publikums. Ein seelenloser Text, den sie zur Sicherheit speicherte, doch nicht zu veröffentlichen gedachte. Selbst die Fotos, die durchaus gelungen waren, versetzten sie nicht in die Stimmung, die dem Konzert und ihrer Lieblingsband gerecht geworden wäre.

Auf der Suche nach Inspiration schweifte Ella ins Netz ab und sah sich Instagram-Posts unter dem Hashtag der Band an. Der Klick zu ihrem eigenen Feed lag nahe und sie verlor sich in Bildern und Memes.

Du bist alt, wenn du da schon mal deinen Finger reingesteckt hast, stand in Druckbuchstaben über dem Foto eines orangefarbenen Wählscheibentelefons. Nicht alt – immerhin.

Es ist das Privileg junger Menschen, sich das Altsein nicht vorstellen zu können. Ella war sich nicht einmal sicher, ob Erwachsensein etwas war, das auf sie zutraf. Oder ob die Sieben-Jahres-Theorie, über die Weronika gesprochen hatte, auf sie anwendbar war. Mit einundzwanzig hatte sie Nick kennengelernt. Das passte. Doch jetzt, nur fünf Jahre später, war sie wie ein Teil, das aus dem Sieben-Jahres-Puzzle gefallen war. Verantwortung übernehmen und Familiengründung wären in dieser Phase dran, sagten schlaue Seiten im Netz. Hatte sie verkackt und war zurück auf Los geschickt worden? Zurück auf einundzwanzig? Und würde sie sich mit fünfzig beim Pogen in die Hose pissen? Dieser Teil des Gesprächs mit Weronika ging ihr nicht mehr aus dem Kopf. Den Namen des Blogs hatte sie sich gemerkt.

Unruhigundwechselhaft, tippte sie. Der neueste Eintrag war ein Konzertbericht mit Foto. Unter der Überschrift *Mutprobe Moshpit* las Ella den persönlichen Text einer Frau, die wegen ihres Alters in einer ihr ursprünglich vertrauten Welt völlig neue Erfahrungen macht.

Der Text berührte Ella und inspirierte sie. Auf magische Weise füllte sich ihr Kopf mit Sätzen. Gegen Mitternacht, Ella hockte schon seit Stunden in ihrer Fensternische, verselbstständigten sich ihre Finger und flogen über die Tastatur. Ihre eigenen Emotionen im Kontext mit der Set-List, der Bühnenshow und dem Ausnahmezustand der feiernden Menge zu beschreiben, den Kontrast zwischen depressiver Trennungsstimmung und der Ausgelassenheit der anderen, erleichterte sie.

Papier vollzutexten ist äußerst heilsam, erinnerte sie sich an Weronikas Worte. Ja, eine Schreibtherapie. Nach einer knappen Stunde setzte Ella den letzten Punkt.

Sie wusste, wann ein Text gut war. Und dieser war es. Ihn zu schreiben, war ein Akt der Befreiung gewesen. Aber er machte ihr Angst. Sie hatte sich nackt gemacht. Wollte sie denen da draußen wirklich diese Angriffsfläche bieten?

Eine Nacht drüber schlafen, würde ihr Vater raten. Raus damit, ihre Mutter.

Welchen Text würdet ihr veröffentlichen?, fragte sie ihre zu Freundinnen gewordenen Kolleginnen Adamma und Maschenka in einer Mail und hängte beide Dateien an.

Zwanzig Minuten später kam eine Nachricht von Maschenka. *Bist du okay?*

Halbwegs. Bist du morgen in der Redaktion?, tippte Ella.

Ja. Sehen wir uns?

Denke schon. Muss mich mal wieder blicken lassen. Welchen Text soll ich nehmen?

Eindeutig den mit Trennungsschmerz. Der ist WOW!, tippte Maschenka und schickte die Nachricht ab, um direkt in der nächsten weiterzuschreiben. *Ich hab das so gefühlt! Nichts ist so deprimierend, wie Traurigsein in einem Club mit Leuten, die Spaß haben. Tut mir echt so leid mit Nick. Dachte, du wolltest nur ein bisschen deine Ruhe haben. Hätte mich sonst längst gemeldet.*

Alles gut. Warum bist du überhaupt noch wach?

Krasse Serie. Kann nicht aufhören.

Ella schluckte. Sie wollte auch eine krasse Serie. Weltvergessen mit einer Schale Chips Netflix glotzen. Es war erst eine Woche her, dass Nick, statt genau das mit ihr zu tun, sie mit einem anderen Leben zurückgelassen hatte. Zögernd starrte Ella auf ihr Handy. Dann biss sie sich auf die Lippen, als würde sich Selbstmitleid wegbeißen lassen, und wünschte Maschenka noch viel Vergnügen.

Raucherzimmer Redaktion

Ella sah Maschenka schon von draußen durch die Fenster-front. Sie saß im Sessel, die Füße auf dem Hocker davor, sah konzentriert auf ihren Laptop-Bildschirm und rauchte. Die flamingofarbenen Spitzen ihres sonst silbergrauen Bobs mit dem kurzen, exakt geschnittenen Pony leuchteten in der Morgensonne. Neben Maschenkas Wesen, das Ella gleichermaßen rein und abgefuckt erschien, beeindruckte sie deren kompromisslos perfekter Style. Es war ihr ein Rätsel, wie es jemand schaffte, sich täglich voller Hingabe ein komplett neues Outfit zusammenzustellen. Jedes Teil vintage, aber insgesamt wie bei den angesagtesten Moden-schauen kombiniert. Ella selbst hatte sich wieder nur einen übergroßen Pulli aus dem Schrank geschnappt, ihre schwarze Jeans übergestreift und die Doc Martens angezogen, die sie einmalig so großzügig geschnürt hatte, dass sie stets hinein-schlüpfen konnte. Sie war zufrieden, wenn ihre Boots farb-lich zum Oberteil passten. Und dennoch – beim Anblick von Maschenka überkam sie von Zeit zu Zeit das trostlose Gefühl, das Leute befällt, sobald sie sich zu viele perfekte Instagram-Accounts ansehen. Das Wissen, dass sich hinter all diesen sorgsam hinoperierten Fotos reale Personen ver-bargen, die Stunden investierten, Maschenka sich dagegen für ihre Wirkung keinerlei Mühe geben musste, machte es nicht besser. Maschenka würde sogar im fahlgelblichen Poloshirt ihres Opas und in einer Discounter-Jeans wie eine Stilikone wirken.

»Hey!« Maschenka drückte ihre Zigarette hastig in den Aschenbecher, sprang auf und umarmte Ella, als diese den Raum betrat. »Wie geht es dir?«

Ella zuckte mit den Schultern. »Ich fange nicht direkt an zu heulen. Ist das schon ein Heilungsfortschritt?«

Maschenka drückte Ella fest an sich. »Was ist überhaupt passiert? Neulich schien doch noch alles bestens.«

Von außen bollerte jemand mit dem Fuß gegen die Tür. »Kaffee!«

Als gäbe es einen Zutritts-Code für das Raucherzimmer, rief Maschenka: »Welcher Sirup?«

»Zweimal Vanille, einmal Karamell«, antwortete Adamma, woraufhin Maschenka die Tür öffnete.

Adamma war bepackt mit einem Kuchenkarton, drei Bambusbechern mit Kaffee und ihrer Arbeitstasche. Nachdem sie alles abgestellt hatte, nahm sie Ella ebenfalls in den Arm. »Du Ärmste«, flüsterte sie. »Aber ...«, sie lehnte sich zurück und sah Ella in die Augen, »das ist der beste Text, den du je geschrieben hast.«

»Danke. Aber will ich fremden Leuten meine Seelenqualen offenbaren?« Ella warf sich in einen der Vintage-Sessel am Fenster. Wenngleich ihr Verstand in Dauerschleife wiederholte, dass eine Trennung keine Herabwürdigung ihrer Person war, gelang es ihr nicht, die negativen Zwischenrufe in ihrem Kopf zu stoppen. Wie Zecken bissen sie sich in ihr Gehirn und sonderten ein Sekret voller Selbstzweifel ab.

»Darüber musst du dir wohl später Gedanken machen. Max meinte eben, dass wir den Konzertbericht langsam mal online stellen sollten. Also raus damit.« Adamma reichte Ella den türkisfarbenen Becher. »Hier, dein Kaffee. Mit Karamell.«

Ella nahm einen Schluck. »Danke. Ich fühle mich umsorgt.«

»Will Max den Text nicht erst lesen?«, fragte Maschenka

und nahm sich den gelben Becher.

»Er meinte, wir hätten schon das richtige Gespür.« Adamma klappte ihren Laptop auf. »Dann lade ich ihn hoch, okay?«

»Mach einfach«, sagte Ella und verbarg ihr Gesicht in ihren Händen.

»Dein Leben ist kein Film, Ella. Du kannst die spannenden Szenen nicht aussparen.« Maschenka öffnete die Kuchen-Box.

»Du bist immer so realistisch«, murmelte Ella, nahm jedoch wieder ihre Hände vom Gesicht. »Oh! Chin Chin! Adamma! Hast du die extra für mich gemacht?«

»Ist online«, verkündete Adamma. »Und ja. Extra für dich.«

Ella steckte sich ein paar Teile des Gebäcks in den Mund. Bei Adamma sahen sie wie perfekte winzige Schmalzkuchen aus. Ein einziges Mal hatte Ella sich selbst als Chin-Chin-Bäckerin versucht. Sie könne eigentlich nichts falsch machen, hatte Adamma beteuert. Was nicht stimmte. Es stimmt nie, wenn das jemand sagt. Es kann immer etwas falsch gemacht werden. In der Küche machte Ella dauernd etwas falsch. Annähernd resigniert ernährte sie sich daher überwiegend von Grünzeug und Nudeln. Ihre unförmigen Chin-Chin-Teilchen hatten weder optisch noch geschmacklich etwas mit denen von Adamma, die sie nach dem nigerianischen Rezept ihrer Mutter zubereitete, gemeinsam gehabt.

»Habe auch was für dich. Hier.« Maschenka kramte ein Stoffknäuel aus ihrer Tasche.

»Deine Sari-Bomberjacke? Das geht nicht. Auf keinen Fall«, protestierte Ella.

»Doch. Geht.« Maschenka warf Ella die Jacke zu. »Du sagst doch immer, dass du mehr Style willst. Jetzt ist der beste Zeitpunkt.«

Freundinnen sind wie Sonne auf der Haut an einem Frühlingstag. Das wusste Ella schon lange. Und wenn Leute wie Maschenka und Adamma einem die Sonne direkt in die Venen spritzen, dann fangen Leute wie Ella, deren Haut vor seelischer Empfindsamkeit von innen schon brüchig geworden ist, direkt an zu heulen.

»Scheiße, ich habe echt keine Ahnung, wie es ist, verlassen zu werden. Aber es muss übel sein«, stellte Maschenka trocken fest. Sie zog eine Zigarette aus ihrer Schachtel und zündete sie an.

»Mit dir hat noch nie jemand Schluss gemacht?« Adamma war davon ausgegangen, dass Menschen ihres Alters zumindest diese eine Erfahrung gemeinsam hätten. Sie selbst kannte so viele Facetten von Schlussmachen, dass sie nicht auf die Idee gekommen war, dass andere Menschen knapp dreißig Jahre davon verschont geblieben sein könnten. Bei ihr hatte es im Grunde schon mit ihrem Vater angefangen.

»Nein. Niemals. Es läuft immer andersrum. Bevor ihnen ein Ende überhaupt in den Sinn kommt, kann ich ihre Eigenheiten längst nicht mehr ertragen. Essgeräusche. Penetrantes Licht-Ausgeschalte wegen des Klimawandels. Oder ganz normale Sachen. Wie bei Tim damals. Ich habe gesehen, wie er sich die Fußnägel geschnitten hat. Aus. Vorbei. Sogar beim Sex war der Gedanke an Fußnägel von da an übermächtig.«

»Du hast mit ihm Schluss gemacht, weil er sich die Fußnägel geschnitten hat?« Ella kannte Tim nur aus Maschenkas Erzählungen. Das alles war weit vor ihrer Zeit gewesen. Erst vor einem Jahr, sie hatte gerade in der Redaktion begonnen, waren Maschenka und Adamma Teil ihres Lebens geworden. »ALLE schneiden sich die Fußnägel.«

»Schon klar. Will ich aber nicht sehen. Ich weiß, dass ich ein Monster bin. Ich trage ein Massengrab im Herzen.« Maschenka schnippte die Asche ihrer Zigarette über einer leeren Erdnussdose ab und zuckte mit den Schultern. Als wäre ihr Tim jemals egal gewesen. In Wahrheit sehnte sie sich nach Zweisamkeit und kam der Sache, warum sie diese niemals aushalten konnte, einfach nicht auf den Grund. Was mit Kindheit vielleicht. Alles war ja irgendwas mit Kindheit.

Max, ihr Chef und Nicht-Chef, weil sie eine moderne Redaktion und somit ein Team waren, öffnete die Tür und fächelte sich mit der Hand vor der Nase herum. »Türrahmen-Konferenz«, sagte er und blieb konsequent dort stehen. Er betrat diesen Raum niemals. Kalten Rauch in seinen Klamotten verabscheute er und wollte ihn schon gar nicht zu seiner zweijährigen Tochter nach Hause tragen. »Wir müssen mal die nächsten Tage planen.«

»Ich habe nachher den Termin mit der Frau, die Hochzeitskleider aus alten Häkeltischdecken näht.« Maschenka drückte die erst halb gerauchte Zigarette aus und öffnete das Fenster. »Alle heiraten ja gerade. Die Kleider könnten so ein Trend-Ding werden.«

Das Wort Hochzeit erinnerte Ella an Mareike und ihre schuldig gebliebenen Antworten im Chat mit den anderen.

Max riss sie aus ihren Gedanken, indem er vorschlug, sie könne zu dem Thema eine Kolumne schreiben. Also Hochzeiten. Sie müsse doch bald zu einer, hätte sie neulich erwähnt. Und wie sich das jetzt anfühle, so frisch getrennt. »Super Text übrigens«, sagte er und erwähnte eine hohe Klickzahl innerhalb der letzten dreißig Minuten, die Ella nach Luft ringen ließ.

Adamma rief die Kommentare zu Ellas Konzert-Text auf und las eine Auswahl vor. Alle fühlten es so. Weshalb Ella befürchtete, den Rest des Jahres eine Getrennten-Kolumne schreiben zu müssen. Dennoch willigte sie ein.

»Und vielleicht noch eine Playlist zum Trennungsthema. Für unsere Rubrik Die zehn besten Songs bei …«, ergänzte Max.

»Herzlos«, beklagte Ella, nachdem Max die Tür hinter sich geschlossen hatte.

»Sieh es doch mal positiv. Du musst dich nicht zwanghaft mit anderen Dingen beschäftigen und kannst deine Emotionen in relevante Texte gießen. Er nutzt deine intrinsische Motivation«, erwiderte Adamma.

»Die er ihr einfach mal unterstellt.« Maschenka streckte ihre zusammengeballte Hand mit ausgestrecktem Mittelfinger Richtung Tür. »Vielleicht will sie sich gerade NICHT mit dem Thema beschäftigen und auf andere Gedanken kommen.«

Ella zündete sich schweigend eine Zigarette an und stieß den inhalierten Rauch des ersten Zuges mit einem lauten Atmer wieder aus. Diese scheiß Hochzeit ging ihr zunehmend auf die Nerven. Und intrinsisch oder nicht – es mangelte ihr insgesamt an Motivation.

Mareike hatte nur ein ironisches Lachen für sie übrig gehabt, als Ella einmal das Prinzip der aus dem Inneren sprudelnden Motivation erwähnt hatte.

»Ist Geld auch eine intrinsische Motivation?«, hatte Mareike gefragt und Denne hatte sich ins Gespräch eingemischt und »Werd erwachsen, Ella«, gesagt.

Vermutlich waren eine abgeschlossene Ausbildung, eine

Festanstellung bis zur Rente, ein Haus und eine Hochzeit mit Ende zwanzig das, was er für erwachsen hielt. Beneidenswert unkompliziert, dieses Leben, dem Mareike und Denne den Wir-haben-es-geschafft-Stempel aufdrücken würden. Aber auch irgendwie traurig. Häufig folgte dieser Lebensstruktur das Unglücklichsein. Die Eltern, die Ella aus ihrem dörflichen Freundeskreis kannte, lebten überwiegend nur noch nebeneinander her. Immerhin hatten ihre eigenen Eltern es geschafft, sich zu trennen, bevor das Einanderhassen eintreten konnte. Von dieser Art toxischer Atmosphäre, die auf alle Familienmitglieder überschlug, hatte sie zur Genüge in Mareikes Elternhaus geatmet.

»Die Sache mit der Playlist finde ich gar nicht so schlecht«, hörte sie Maschenka sagen.

»Ernsthaft? Du weißt schon, dass ich, abgesehen von ein paar Ausnahmen, die letzten fünf Jahre mit Nicks Musik gelebt habe, oder?« Ella gestand es sich nur ungern ein. Glich sie etwa der Frau, die nach dem Konzert das Ticket verbrannt hatte? Hatte sie wirklich immer nur die Musik von Nick gehört und es nicht einmal bemerkt? »Und es ist ja nicht nur die Musik. Ich hasse Bouldern! Der Geruch in den Hallen erinnert mich an Schulsport und auch den habe ich schon verabscheut.«

»Genau deshalb. Es wird Zeit für einen eigenen Sound und eigene Hobbys.« Dass ein Mensch seine Lebensgestaltung derart in die Hände eines anderen legen konnte, war für Maschenka, die überwiegend für sich selbst hatte sorgen müssen, absolut nicht nachvollziehbar. Sicher, ihre Großeltern waren liebevolle Menschen, aber es hatte nie eine Person gegeben, die ihr ein echtes Vorbild war oder sie mitgezogen hatte.

»Also Hochzeiten und Trennungen«, stellte Adamma fest. »Ich habe Bock drauf. Was haltet ihr davon, wenn ich die Hochzeitsbräuche verschiedener Kulturen zusammentrage? Sowas wie Salz im türkischen Mokka, Namen der Single-Freundinnen auf Schuhsohlen – ich glaube, das machen die Griechen, tunesische Henna-Malerei und nigerianischer Palmwein.«

»Woher weißt du den ganzen Scheiß?« Für Maschenka waren Ehen nichts als mittelalterliche Knechtschaften, die komplette Leben mit unhaltbaren Versprechen verhunzten. Für Hochzeiten hatte sie daher nichts übrig. Ihr Interesse an den Kleidern aus Häkeldecken war rein modischer Natur.

»Ich stehe drauf. Die Romantik, die Zeremonien. Wenn ich mal heirate, dann mit diversen Bräuchen aus aller Welt. Henna auf den Händen, farbiges Strumpfband. Ich meine – wie viel Humor steckt denn bitteschön in versalzenem Mokka, den der Bräutigam trinken muss, ohne das Gesicht zu verziehen?«

»Die meisten Leute nehmen diese Bräuche aber sehr ernst. Für die ist das keine Spielerei. Und genau das ist das Problem«, sagte Maschenka.

»Warum nehmen alle nur immer alles so ernst?« Adamma packte ihre Sachen zusammen. »Ich frage Max, wie er meine Idee findet. Und dann suche ich nach Hochzeitspaaren. Sofern er das Thema nicht abschmettert.«

»Wird er nicht.« Ella drückte ihre Zigarette in den Aschenbecher und zog die Bomberjacke über. »Und ich erstelle eine Playlist.«

Wenngleich die Jacke Ella nicht in ein neues Leben hüllte, so schenkte sie ihr doch ein besseres Lebensgefühl. Begleitet von Maschenkas Duft, schob sie sich beim Gehen durch die belebte Einkaufsstraße Chin Chin in den Mund. Der sonnige Tag hatte eine Menge Menschen ins Freie gelockt. Überall blühten Osterglocken und Primeln, Straßenmusik beschwingte den Gang der Leute und sämtliche Stühle vor den Cafés waren belegt. Ella ließ sich ein bisschen von dem Frohsinn auf der Straße mitreißen und kaufte sich ein Eis.

»Zwei Kugeln. Unten Nuss und oben Salted Caramel.«

Zackig kratzte Valentin, wie Ella auf dem Schild am Hemd las, hinter dem Tresen mit dem Portionierer über Salted Caramel.

Ella erstarrte. Jedes Mal, wirklich jedes Mal in der Eisdiele! Als würden Gehirne hinter dem Tresen einfrieren und nur das zuletzt Gehörte zuerst umsetzen können. Aber es war wichtig, dass Nuss unten war. So mochte sie es am liebsten. Viel zu oft hatte sie die falsche Reihenfolge mit einem Lächeln akzeptiert. Allerdings war es absurd, dass ihr Körper gerade völlig ausrastete und sämtliche Reaktionen eines schweren Konflikts durchlaufen ließ. Herzrasen, Stresshormone – was wusste sie schon, was da noch alles ausgeschüttet wurde.

»Entschuldigung.« Ein sich sofort wieder verflüchtigender Gedanke an Weronika schoss Ella durch den Kopf.

Valentin hielt inne und sah auf.

»Zuerst Nuss bitte.«

Leicht genervt, das war nicht zu übersehen, ließ Eis-Valentin die halbfertige Kugel wieder fallen, formte eine neue aus Nuss-Eiscreme und drückte eine Salted Caramel obendrauf.

»Danke.« Ella bezahlte und trat ein paar Schritte zur Seite. Mit geschlossenen Augen leckte sie über die obere Kugel. Salted Caramel. Oben!

Zumindest bei Eis war sie sich sicher, was sie mochte und wie sie es mochte. Und das hatte nichts mit Nick zu tun. Die ganze Eis-Sache mit oben und unten hatte sie wegen Kaschmir begonnen. Damals war es Vanille statt Nuss gewesen. Hunde können auf Nüsse allergisch reagieren.

Sie hasste Gedankenrempler. Da stand sie mal ein bisschen zufrieden in der Sonne und zack, rollten ihr die Erinnerungen an ihren toten Hund durch Kopf und Brustkorb. Wenn es erst, so wie jetzt, angefangen hatte, lief die Filmspule automatisch weiter. Gedankenmuster unterbrechen, hieß es ja immer. Aber niemand verriet in diesen Psychotipps, wo die Stopptaste war. Bei jedem Eis hatte Kaschmir mit schief gelegtem Kopf vor ihr gesessen und mit Speichelblasen an den Lefzen geduldig gewartet, bis sie mit der oberen Kugel fertig war. Mit einem einzigen Bissen hätte er die untere Kugel samt Waffel erledigen können. Doch wenn er an der Reihe war, hatte er es wie sie gemacht und seine lange Zunge immer wieder langsam über die cremige Oberfläche streifen lassen.

Geschmolzene Eiscreme floss auf Ellas Finger. Sollte sie sich wieder einen Hund …?

Du spinnst, schrieb Mareike später. *Ein Hund ist nichts für die Stadt.*

Ella vermisste ihren Kaschmir. Nick hatte den Doggen-Rüden niemals kennengelernt. Und auch nie verstanden, wie ein Hund, der schon lange tot war, noch ein Zusammenkrümmen ihrer Seele verursachen konnte. Aber er hatte auch nie mit Kaschmir in einem Bett geschlafen. Nie in seine seidigen Ohren geatmet und nie an seinen Pfoten gerochen. Sie liebte Pfotengeruch. Diese leicht muffelige Fellwärme, in der abends der Wiesenduft hing. Nichts auf der ganzen Welt war tröstlicher und beruhigender. Würde ein Stadthund nach Asphalt riechen? War sie eigentlich Stadt oder Land? In den Podcasts, die sie hörte, wurden den Gästen oft Entweder-oder-Fragen gestellt. Kaffee oder Tee? Berge oder Meer?

Kaffee. Und Meer. Das war leicht. Aber Stadt oder Land? Unmöglich, das zu beantworten. Und was war mit den vielen Dingen, von denen sie noch gar nicht wusste, ob sie ihr gefielen oder nicht?

Gegen Abend setzte sich Ella mit ihrem Notizbuch auf die Treppenstufe im Hinterhof und erstellte eine Tabelle mit drei Kategorien. *Mag ich. Mag ich nicht. Möchte ich mal ausprobieren.* Unter der Mag-ich-Spalte trug sie Hunde, Meer, Kaffee und Nudeln ein. Sie schrieb gerade *Sonne*, als sich Marte näherte und fragte, was sie so treibe.

»Ich versuche herauszufinden, was mir gefällt.« Ella tippte mit dem Stift auf das Papier.

»Dafür brauchst du eine Liste?« Marte sah sie ungläubig an.

»Sieht so aus. Ich bin mit Nick immer Bouldern gegangen. Dabei ist das gar nicht mein Ding. Also wird es Zeit, zu erforschen, was ich gerne mache.«

»Soll ich dir helfen?«, fragte Marte.

»Wie das denn?«

»Du sitzt gerne mit Leuten rum und redest. Du liebst Serien mit schrägen Charakteren. Du isst gerne Gemüse, rauchst nicht im Gehen, drehst durch, wenn du einen Hund siehst und trinkst gerne Gin Tonic, Caipirinha und Rotwein. Bei Hitze Bier mit Bitter Lemon und Wasser. Mit diesem Mix-Wunsch machst du das Personal in jeder Kneipe verrückt. Du schreibst gerne. Natürlich. Besonders Listen.« Er schmunzelte. »Und bist eine Sonnenanbeterin. In Doc Martens fühlst du dich für die Welt gewappnet. Wenn du türkisfarbene Gegenstände siehst, findest du sie meistens schön. Am liebsten isst du aus Müsli-Schüsseln, sogar deine Spaghetti …« Marte hätte seine Aufzählung ewig fortsetzen können, doch Ella unterbrach ihn.

»Woher weißt du das alles?«, fragte sie.

»Ein Sommer und ein Winter gemeinsamer Hinterhof.« Marte sah in Ellas Augen. Resedagrün. Auf der RAL-Farbtabelle die Nummer 6011. Die Farbe der Färberpflanze. Das hatte er direkt nach ihrer ersten Begegnung herausgefunden. Gleich würde sie ihren Blick senken und zu ihrer Zigarettenschachtel greifen. Beim Anzünden der Zigarette würde sie die linke Hand schützend vor die Flamme halten, obwohl gar kein Wind wehte. Dann würde sie einen Zug nehmen und anschließend mit dem Daumennagel kleine Streifen in den Filter drücken.

»Wow.« Ella senkte den Blick und nahm sich eine Zigarette. Nach dem ersten Zug bearbeitete sie den Filter mit ihrem Daumennagel. »Was denkst du, welche Musik mir gefallen würde?«

»Keine Ahnung«, antwortete Marte. »Find es heraus.« Er zeigte auf die Zigarettenschachtel. »Darf ich?«

»Ja klar.« Ella reichte sie ihm. »Wie war eigentlich der Geburtstag?«

»Ganz okay. Viel Alkohol. Gutes Essen. Mein alter Kumpel Halil war da. Wir sind Tür an Tür aufgewachsen. Selbe Klasse, gemeinsame Jugend. Wir haben bis morgens geredet.« Er gab ihr eine Kurzfassung ihrer Gespräche, hauptsächlich Anekdoten, die sie sich in Erinnerung gerufen hatten. »Und bei dir? Wie war das Konzert?«

»Ziemlich schräg. Ella allein unterwegs.« Sie lachte auf. »Wusste gar nicht, wie depri man sich beim Auftritt seiner Lieblingsband fühlen kann. Zum Nachlesen inzwischen auch online verfügbar.«

»Ich werde ein interessierter Leser sein.«

»Die krasseste Geschichte ist aber hinterher passiert.« Ella drückte ihre Zigarette auf der Betonstufe aus und ließ sie in den türkis glasierten Blumentopf fallen. Er war randvoll mit Kippen. Die Hälfte wahrscheinlich noch von Nick. Sie nahm sich vor, ihn später auszuleeren und abzuwaschen.

»Ich meine – ist doch irre. Erst eine Halbnackte, die ein Gespräch anfängt und dann eine Beziehungsstrapazierte, die ihr Ticket abfackelt. Das war schon durchgeknallt«, sagte Ella, nachdem sie Marte vom Showdown vor dem Club berichtet hatte.

Marte bezweifelte, dass ihm die Szene ebenso spektakulär wie ihr erschienen wäre. Frisch aus Berlin zurück, wunderte er sich mal wieder über gar nichts mehr. Allerdings fiel ihm die Frau auf der Party seiner Mutter ein. Ihre Hemmungslosigkeit beim Tanzen. Er sagte, er habe auch ein Weronika-Erlebnis gehabt und schilderte Ella, wie sie bei *So lonely* quasi ihre komplette Kleidung von sich geworfen hatte. Abgesehen von einem stretchigen engen Body, den sie als Unterwäsche trug.

»Shapewear«, warf Ella ein.

»Okay.« Auch Marte drückte jetzt seine Zigarette aus und kam auf die Musik zurück. »Jedenfalls ein guter Song. Könnte dir gefallen.«

»So lonely.« Ella kräuselte nachdenklich die Stirn. »Ich glaube, den kenne ich. Mein Vater fährt drauf ab.«

»Ja, das passt. The Police war in den Achtzigern angesagt.«

»Könnte ein Song für meine Trennungs-Playlist sein.«

»Deine was?«

»Ich muss für das Magazin eine Playlist erstellen. Ist eine regelmäßige Rubrik. Die zehn besten Songs bei … – Sonnenschein, beim Sex, Putzen oder eben bei Trennung«, erklärte Ella.

»Hat dir das etwa dieser Max aufgedrückt?«

Ella wunderte sich, dass Marte so angepisst klang. »Ist schon okay. Ich will ja sowieso die Musikfrage für mich klären.«

»Bei Sonnenschein wäre zielführender. Oder bei Hinterhofzigaretten. Meine Meinung«, murmelte Marte.

Hinterhöfe, notierte Ella später in die Mag-ich-Spalte. Anschließend schaltete sie die Bluetooth-Box an und scrollte, mit dem Handy auf dem Dielenboden ihrer Wohnung sitzend, durch ihre Musik. Überwiegend Playlists von Nick. Und ja, es war bequem gewesen. Er hatte einen guten Musikgeschmack. Aber wann hatte sie aufgehört, sich selbst um sich zu kümmern? Und vor allem: Warum?

Ella starrte auf die Wand.

Denk nicht an morgen. Vergiss gestern.

Nick. Überall Nick. In ihrem Kopf. An der Wand. Das machte sie wahnsinnig. Sie dachte aber an morgen! Und wollte gestern nicht vergessen. Entschlossen sprang Ella auf, schlüpfte in die Doc Martens und stapfte rüber zu Marte. Den Klingelknopf drückte sie extra lange. Sie wollte die Dringlichkeit selbst hören. Bevor sie sich umentscheiden würde.

Marte sah erstaunt aus, als er öffnete. Seine Haare waren nass und tropften dunkle Stellen auf sein graues T-Shirt.

»Ich brauche ein Bild«, sagte Ella. »Groß. Nur leihweise. Bis ich gestrichen habe.«

»Gerne. Du kannst dir eins aussuchen. Aber vielleicht besser morgen bei Tageslicht. Wegen der Farben.«

»Jetzt«, sagte Ella. »Kann ich jetzt eins haben?«

»Klar.« Marte machte die Tür weiter auf und ließ Ella eintreten.

Im Atelier, das direkt neben dem Flur lag und ursprünglich ein Lagerraum war, führte er sie zu einer Wand, an der mehrere großformatige Bilder lehnten. »Hier könnte was für dich dabei sein. Sind die groß genug?«

Ella nickte. »Das hier.«

»Bist du sicher?« Marte betrachtete die weiße Leinwand, auf die er flüchtig verschiedene bunte Hunde gemalt hatte, die aufgeklebte Festival- und Konzertbändchen als Halsbänder trugen.

»Hundert Prozent.« Ella griff nach dem Bild.

»Warte. Ich bringe es dir rüber.«

Marte schwieg, als er vor Ellas Wand stand und ihm der Grund für ihre überstürzte Suche nach einem Bild klar wurde.

»Ist nur geliehen. Ich streiche das bald über«, versicherte Ella. »Obwohl ich jetzt schon in die Festival-Hunde verliebt bin. Meine Bändchen liegen alle nur in einer Kiste.«

»Wenn du sie mir gibst, dann mache ich dir eins mit deinen.«

»Echt?«

»Klar«, sagte er. »Möchtest du dieses trotzdem erst aufhängen?«

»Unbedingt.«

»So viele Bändchen und du weißt nicht, welche Musik du gerne hörst?«, fragte Marte erstaunt, nachdem das Bild an der Wand hing.

Ella wühlte unentschlossen in ihrer Kiste. Das erste Festival. Und das, auf dem sie mit ihrem Vater Patti Smith gesehen hatte. Bastille. Kings Of Leon. Kakkmaddafakka. Fast erstaunt stellte Ella fest, dass sie auch vor Nick schon viele Konzerte besucht hatte.

»Offenbar hatte ich in einem früheren Leben doch mal einen eigenen Musikgeschmack«, sagte sie. »Wie viele Bändchen? Zehn? Wie auf deinem Bild?«

»Wie du möchtest. Ist ja eine Auftragsarbeit.«

Ella lachte. »Kann ich mir das überhaupt leisten?«

»Ein Abendessen«, antwortete Marte.

»Deal. Ich bringe dir meine Bändchen-Auswahl die Tage vorbei.«

Sie kramte weiter, nachdem Marte die Tür hinter sich geschlossen hatte. Ihr erstes Konzert. Mit Mareike und Esma. Wem sonst. Ihre Mutter hatte sie begleitet, weil sie zu jung gewesen waren. Gerade mal vierzehn. Sie hatten direkt vor der Bühne gestanden. Es war heiß und zu eng gewesen. Sie nahm das Ticket in die eine, ihr Handy in die andere Hand und rief Mareike an.

»Weißt du noch, unser erstes Konzert?«, fragte sie, während sie weiter das Ticket betrachtete.

»Wie kommst du denn jetzt darauf?« Mareike schnaubte amüsiert durch die Nase. »Klar erinnere ich mich. Esma ist kurz vor Schluss zusammengesackt und wurde von den Securitys im Bühnengraben rausgezogen. Wir haben die ganzen Zugaben verpasst.«

»Ich bin übrigens nicht mehr mit Nick zusammen«, sagte Ella. Sie hörte Mareike schweigen. Es dauerte eine gefühlte Ewigkeit, bis sie nachfragte.

»Was ist denn passiert?«

»Einfach das Leben, schätze ich.« Ella biss sich auf die Unterlippe. Heiserkeit kroch ihr in den Hals, und ihre Stimme drohte zu brechen.

»Hast du mit ihm Schluss gemacht?«

»Nein. Er. Ganz plötzlich. Er meinte, es passt nicht mehr so.« Ellas Stimme brach.

»Oh Süße. Das tut mir leid.«

Ella räusperte sich. »Schon gut. Geht schon wieder.«

»Also deshalb die Sache mit dem Hund«, vermutete Mareike.

»Nein. Das war nur so ein Ding beim Eisessen. Ich habe Kaschmir doch immer die untere Kugel gegeben. Irgendwie habe ich mich daran erinnert.«

Von Mareike kam ein Lachen. »Wie er schon Sabberblasen geschlagen hat, wenn wir nur an der Eisdiele vorbeigegangen sind.«

Ella stiegen erneut die Tränen in die Augen. Sie wusste, dass Mareike etwas Respekt vor dem Doggen-Rüden gehabt hatte. Er durfte ihr nie zu nahe kommen. Vor allem wegen des Sabbers. Mareike war mehr der Jack-Russel-Typ.

»Willst du morgen vorbeikommen? Ich habe frei. Küchentischgespräche?«

Ella war sich nicht sicher, ob sie das wollte. Sie willigte trotzdem ein. Es war eine gute Gelegenheit, mal wieder bei ihrem Vater vorbeizuschauen.

Morgen bin ich beruflich über Nacht in Stuttgart. Schade, schrieb er. Wie immer ohne Emojis. Er wolle nicht ahnungslos Sexting-Symbole verschicken und ungewollt übergriffig erscheinen, war seine Begründung. Es gab diese Anekdote, dass er mal eine Aubergine plus Lecker-Smiley an eine Kollegin verschickt hatte, um ihren köstlichen Auberginen-

Auflauf zu würdigen. Ella hatte keine Erinnerung an die besagte Frau, bezweifelte den Wahrheitsgehalt der Story jedoch nicht. Die Geschichten ihres Vaters hatten erfahrungsgemäß einen wahren Kern.

62

Werkstatt

Wann immer Ella mit dem Zug in ihren Heimatbahnhof einfuhr, kam ihr das Gefühl für die Gegenwart abhanden. In ihrem alten Freundeskreis schien ihr städtisches Leben nicht zu existieren. Weder der Hinterhof noch das Magazin. Gemeinsame Erlebnisse gab es nur, wenn Ella zu Besuch auf dem Land war.

»Na, mal wieder zu Hause?«, fragten sie dann, als wäre ihr Stadt-Wohnsitz nur ein vorübergehender Unterschlupf. Das Dorf war die einzige Blase, in der sie aufeinandertrafen. Sobald dies geschah, verlief ihr Umgang miteinander wie ein Rollenspiel, das alle kannten und akzeptierten.

Die Trennungsgeschichte war ihr und der Bahn längst vorausgeeilt. Was hatte sie denn gedacht? Das war der Stoff, aus dem sich Dorfgespräche nährten. Trotzdem zuckte sie zusammen, als Denne sie direkt darauf ansprach.

»Und du bist also wieder Single.«

Ein Aussagesatz mit Antwort-Erwartung. Das hatte Denne von seiner Mutter übernommen. Feststellungen mit Unterton waren in seiner Familie Standard-Sprache. Ella verzog ihr Gesicht zu einem gequälten Lächeln. Sie hatte keine Lust, auf diese Art von Kommunikation.

»Na ja, Nick war ja noch nie so beständig.« Denne wischte sich die öligen Hände in einem alten Lappen ab. Er war nach Feierabend nur kurz ins Haus gekommen, hatte sich umgezogen und in der Küche, wo Ella mit Mareike den Nachmittag verbracht hatte, ein Brot geschmiert. Jetzt schraubten er und Jonze in der Werkstatt an einem Rasenmäher herum. Auf der Werkbank standen zwei angetrunkene Bierflaschen.

»Und dein neuer Tischherr heißt also Marte.« Denne zog den Namen in die Länge. Das R sparte er aus. »Wie der Tee.«

Erstaunt sah Ella ihn an.

Mareike warf Denne einen zurechtweisenden Blick zu. Dann wandte sie sich mit dem Gesichtsausdruck eines Hundewelpen, der gerade ein Paar Schuhe zerlegt hatte, Ella zu. »Ich habe es ihm vorhin geschrieben.«

»Okay.« Dieses Mal zog Ella das Wort in die Länge. Sie hatte nicht mitbekommen, dass Mareike jemandem etwas geschrieben hatte. Vermutlich hatte sie es auf Klo getan, was Ella mindestens befremdlich fand. Sie und Mareike hatten stundenlang am Küchentisch gesessen und geredet. Zuerst ein bisschen über Nick. Hauptsächlich war es aber um die Hochzeit gegangen. Mareike hatte diese Gabe, Gesprächsthemen in ihre Richtung zu lenken.

»Dann brauchen wir ja einen neuen Tischherren für dich«, hatte sie gesagt, noch bevor sie den zweiten Becher Kaffee eingeschenkt hatte.

Tischherr. Allein das Wort löste Widerwillen bei Ella aus. In einem Gespräch mit Adamma und Maschenka würde es definitiv niemals vorkommen. Und warum brauchen? Klar, sie war froh, dass Marte sie zu der Hochzeit begleiten würde. Trotzdem hatte Ella große Lust, Mareike mitzuteilen, dass es kein Mangel war, als Einzelperson in einer Gesellschaft an einem Tisch zu sitzen. Stattdessen hatte sie mit einem »Nein« geantwortet und klargestellt, dass sie ihren Nachbarn Marte mitbringen würde.

Und nun schon wieder dieses Thema.

Jonze lehnte sich gegen die Werkbank und steckte sich eine Zigarette an. Er inhalierte tief und stieß den Rauch langsam wieder aus. Seine Pose, wie er da so im halb geöffneten Arbeitsoverall mit skinny T-Shirt drunter lehnte, rauchte und nachdenklich guckte, während ein süffisantes Lächeln seine Lippen zu umspielen begann, glich der eines Schauspielers, der in einer Schlüsselszene kurz davor ist, ein Geheimnis zu enthüllen.

»Weißt du«, er schnippte gegen die Zigarettenschachtel und hielt sie Ella hin, »sie hatten eigentlich mich für dich eingeplant. Du weißt schon. Das volle Programm. Erst die arrangierte Tischpartnerschaft auf der Hochzeit, dann Brautstrauß fangen und in zwei Jahren das Eigenheim neben ihnen bauen.« Jonze ließ, nachdem Ella die angebotene Zigarette genommen hatte, die Schachtel in einer Beintasche seiner Arbeitshose verschwinden. Die Zigarette klemmte kaum zwischen Ellas Lippen, da ließ er schon das Feuerzeug vor ihrem Gesicht aufflammen. »Und jetzt versaust du wieder alles.« Er griff in die Bierkiste, öffnete eine Flasche mit zackigem Handschlag an der Werkbank und bot sie Ella an.

Es hatte funktioniert. – Sie lachte, nahm die Flasche und stieß sie kurz gegen seine.

»Auf uns.«

Einen Moment sahen sich Ella und Jonze in die Augen. Es war alles noch da. Zeit und Kilometer hatten nichts ausgelöscht.

»Bleibst du über Nacht?« Jonze aschte auf den Fußboden.

Ella hatte sich nur auf eine Zigarette in Dennes Werkstatt blicken lassen und dann verabschieden wollen. Nun zuckte sie jedoch mit den Schultern, sagte »Yep«, wobei sie sich diese Laune selbst nicht so recht erklären konnte, und nahm zügig mehrere Schlucke aus der Bierflasche. Mareikes überraschte Miene ignorierte sie. Sie kannte deren nonverbale Anklage. Diesen Ausdruck beleidigter Enttäuschung. Als hätte Ella Verrat an ihrer Freundschaft begangen, weil sie nun doch blieb. Oder überhaupt Entscheidungen traf, ohne diese zuvor mit Mareike abzusprechen. So war es nicht nur bei ihrem Umzug in die Stadt gewesen. Sogar das Absetzen der Pille hatte Mareike mit diesem Blick quittiert.

»Wollt ihr jetzt etwa Kinder kriegen?« Mareikes Etwa?-Sätze waren wie Splittergranaten. Sobald sie losgingen, flogen Vorwürfe, die in der Seele stecken blieben. Im Fall der Kinderfrage, so hatte Ella herausgefunden, war Mareike der Ansicht, dass sie und Denne zuerst Kinder haben sollten, da sie schon länger in einer festen Beziehung waren. Nick außerdem nicht bodenständig genug sei, um Vater zu werden. Und wenn sie, wie Ella beteuert hatte, keine Kinder haben wollten, es ja wohl dämlich wäre, die Pille abzusetzen. Dass Ella sich schlicht gegen Hormone und für eine natürliche Verhütung entschieden hatte, erschien Mareike zu absurd, um es zu glauben. In ihrer Welt würde niemand eine so pragmatische Lösung für eine derart komplizierte Vorgehensweise aufgeben.

Ella vermisste plötzlich Esma. Mit ihr war alles leichter gewesen. Esma hatte die Verbindung zwischen ihr und Mareike, die bisweilen toxische Züge annahm, neutralisiert. Vielleicht hatte sich Mareikes einnehmendes Wesen aber auch nur gleichmäßig auf zwei Freundinnen verteilt und deshalb weniger präsent auf Ella gewirkt. »Habt ihr Esma eigentlich zur Hochzeit eingeladen?«

»Wie kommst du denn darauf? Wir hatten doch ewig keinen Kontakt mehr«, antwortete Mareike.

»Dachte nur. Der alten Zeiten wegen«, erwiderte Ella, »du weißt schon – versprochen ist versprochen und wird nicht …«

»… gebrochen«, ergänzte Mareike schlapp. »Scheiße.« Sie hatte nicht damit gerechnet, dass Ella sich an ihren Freundinnen-Schwur erinnern würde. Ausgerechnet Ella, der diese Sachen gar nicht wichtig waren. Heiraten und das alles. Traditionen. Darüber lächelte Ella immer nur mit dieser Mimik, die Mareike spüren ließ, dass sie beide in unterschiedlichen Welten unterwegs waren und Mareike den Schritt in die neue verpasst hatte. Ja, sie war auf dem Dorf geblieben. Mit Denne und biertrinkenden Leuten auf dem Hof, die zu fünfundzwanzigsten Geburtstagen Zigarettenschachteln oder Socken an Zäune hängten. Und auf einmal kam Ella mit Esma und den alten Zeiten.

Mareike schnappte sich ein Bier und setzte absichtlich burschikos einen Schraubenzieher zum Öffnen an. Ihr Blick glitt über Ellas Model-Beine, die in einer schwarzen Skinny-Jeans steckten und ebenfalls schwarzen 14-Loch-Doc-Martens endeten. Für das laute Ploppen, das der abfliegende Kronkorken verursachte, hatte sie lange geübt. Sie konnte AUCH cool. Und natürlich sah Ella sie fragend an und rätselte, was in ihr vorging. Sie würde das wohl nie kapieren. Mareike wollte Ella nicht wieder mit Esma teilen. Das hatte sie nie gewollt. Weshalb sie einfach nur erleichtert gewesen war, als Esma nach dem Abi aus dem Dorf und damit auch bald aus ihrem Leben verschwunden war. »Was soll's«, sagte sie, warf den Schraubenzieher in die Werkzeugkiste und trank.

»Na dann Prost.« Jonze tauschte erneut mit Ella einen Blick aus und ließ sich den restlichen Inhalt seiner Flasche, ohne abzusetzen, in die Kehle rinnen. Nachdem er damit fertig war, wischte er sich mit dem Handrücken über den Mund. »Könnte noch interessant werden, heute.«

»Habe ich was nicht mitbekommen?«, fragte Denne,

doch seine Frage blieb in der Luft hängen.

Durch die neben der Werkstatt gelegene Hecke zum Feld brach ein hechelnder durchnässter zotteliger Mischlingsrüde und stürzte sich schwanzwedelnd auf Ella.

»Viiieeehhhh!« Ella hockte sich hin, umarmte den Hund und ließ sich von ihm betatzen, beschnüffeln und ablecken, bis alles an ihr sandig war. »Wo hast du denn Selle gelassen, Vieh? Bist du abgehauen?« Sie senkte ihre Stimme. »Bist du etwa abgehauen?«

Der Hund zog den Schwanz an den Körper, senkte den Kopf und wackelte mit dem Hintern.

»Du bist abgehauen«, stellte Ella fest. Sie stand auf und klopfte sich den Schmutz von der Hose.

Der Hund machte derweil die Runde, schnüffelte an Dennes Schuhen, ließ sich von Jonze durchkraulen und lehnte sich gegen Mareike, die ihn schnell verscheuchte. »Du bist mir echt zu dreckig, Vieh. Wo ist Selle?« Der Hund sah zu Mareike auf und wedelte mit dem Schwanz. »Ich schreibe ihr besser mal, dass Vieh bei uns ist.« Sie nahm gerade ihr Handy aus der Jackentasche, als der Hund freudig zum Hoftor trabte.

Ella hatte Selle das letzte Mal im Spätsommer gesehen. Erst ein gutes halbes Jahr war das her, aber Selle schien die darkwashed Worker-Jeans ihres Bruders und dessen rubinrote Bomberjacke seitdem nicht mehr ausgezogen zu haben. Ella beugte sich zu Jonze. »Trägt sie zwischendurch mal was anderes?«

»Nein. Niemals«, antwortete er.

Und dass es so war, dass Selle niemals etwas anderes trug, war mehr, als Worte es hätten ausdrücken können. Ella ging auf Selle zu und nahm sie schweigend und fest in den Arm.

»Ella. Wie schön, dass du hier bist«, sagte Selle.

»Schön, dich zu sehen.« Ella meinte es ernst. Sie hatte zwar lange nicht an Selle gedacht, doch jetzt spürte sie deutlich, wie sehr sie Wulfs Schwester die ganze Zeit über vermisst hatte. »Trinkst du ein Bier mit uns?«

Selle zuckte mit den Schultern. »Klar. Warum nicht.«

»Ich kann immer noch nicht richtig atmen«, sagte Selle später. Zwischen ihnen lag ein Haufen leerer Fläschchen. Zeug, das hochprozentig genug war, um Sprachzentren im Gehirn auszuschalten. Sie hatten ein Lagerfeuer entfacht. Wie viele Male zuvor. In der Feuerschale, die Denne von seinen Eltern zum Achtzehnten bekommen hatte und die, seit er mit Mareike zusammengezogen war, vor der Werkstatt zum zentralen Treffpunkt für die »jungen Leute«, wie Dennes Eltern sagten, geworden war.

»Als würde der Moment, in dem die Polizei vor der Tür stand, nie vergehen.« Selle legte den Kopf in den Nacken und kippte sich den Rest Pfeffi aus der kleinen Flasche, die sie seit einer Weile zwischen ihren Fingern hin und her gedreht hatte, in den Mund.

Ella hatte sich auf einer der rustikalen Holzbänke ausgestreckt, lehnte an Jonzes Schulter und kraulte Vieh, dessen Kopf auf ihrem Schoß lag. Sie stellte sich vor, dass Wulf irgendwie in diesem Hund weiterexistierte. Wie eine Art Restenergie, die bei ihnen geblieben war. Und bevor sie darüber nachdenken konnte, ob es womöglich besser wäre, diese Vorstellung für sich zu behalten, lallte sie: »Manchmal glaube ich, dass er noch da ist und in Vieh steckt. Und sich gerade heftigst darüber amüsiert, von mir gekrault zu werden.«

»Du verträgst echt keinen Alkohol, Ella.« Mareike stand auf und ging Richtung Haustür. »Ich schmiere uns mal ein paar Brote, damit das hier nicht ganz übel endet«, rief sie über die Schulter.

»Pizza!«, rief Denne ihr hinterher. »Lass uns Pizza bestellen!«

Ella kraulte noch immer Vieh und so langsam glaubte sie tatsächlich, dass Wulf in diesem Fell steckte und mit ihr kommunizierte. Er war der Typ gewesen, mit dem man entweder im Bett lag, auf dem Hochsitz saß oder Autoteile kaufte. Es war ihm immer egal gewesen, was die anderen über ihn gesagt oder gedacht hatten. Egal, dass andere meinten, nur aus reinrassigen Jagdhunden könnten brauchbare Jagdhunde werden. Er hatte Vieh, diesen riesengroßen Straßenmix aus dem Tierschutz, zu einem ausgebildet. Einfach, weil er es gekonnt hatte. Egal, ob es cool war, den Ford Fusion in Avalonblau von seiner Oma zu fahren. Er fuhr ihn, weil der Wagen taugte, wie Wulf zu sagen pflegte. Und egal, dass niemand außer ihm noch eine Worker-Jeans im Stil der 1980er Jahre trug. Er trug sie, weil sie die Eier nicht einquetschte und für alles Taschen hatte. Er hatte nicht geahnt, dass die Dinger eines Tages wieder angesagt sein würden.

»Ich nehme eine Spezial. Doppelt belegt!«, rief Ella deshalb.

»Da ist Salami drauf!«, rief Mareike zurück.

»Egal!« Ella machte sich eine Zigarette an und achtete darauf, Vieh nicht den Rauch ins Gesicht zu pusten.

»Aber du bist Vegetarierin!« Mareike stand immer noch zwischen Lagerfeuer und Haus.

»Heute nicht!« Mit dem Daumennagel drückte Ella Rillen in den Filter.

»Für mich auch eine Spezial doppelt belegt!« Selle warf Ella einen Blick zu, warm wie eine Umarmung.

»Drei!« Jonze hob seinen Arm und grinste in die Runde. Es war gut, dass sie mal wieder beisammen saßen. Richtig gut. Und Ella neben ihm. Okay, sie war schon ziemlich angetrunken. Sonst würde ihr Kopf nicht an seiner Schulter lehnen. Aber sie war nicht so betrunken, dass sie das nicht merkte. Sie sah zu ihm auf und grinste zurück. Was für eine großartige Idee, eine Spezial zu bestellen. Eine, wie sie nur von Ella kommen konnte.

»Kapiert«, sagte Denne. »Für mich auch eine.« Wie geil war das denn? Er fühlte sich wie damals, als jedes wichtige Ereignis von Rauchschwaden gerahmt war. Er rauchte nur noch selten. Mareike mochte es nicht. Schon gar nicht im Haus. Aber jetzt nahm er sich eine aus Ellas Schachtel, die da so rumlag, Ella nickte, und Jonze gab ihm Feuer. Denne fing einen missbilligenden Blick von Mareike auf, die wieder zurück zur Feuerschale kam. Sie hielt sich ihr Handy ans Ohr und er hörte sie die Bestellung aufgeben. »Viermal Pizza Spezial doppelt belegt und eine Hawaii.«

Nicht wahr, oder? Sie nahm eine Hawaii? Offenbar hatten auch die anderen die Bestellung verfolgt. Alle sahen Mareike an.

»Was ist? Verurteilt ihr mich etwa, weil ich nicht Wulfs Lieblingspizza nehme?« Mareike knibbelte, das Telefon noch in der Hand haltend, mit einem Fingernagel den Nagellack auf einem anderen ab.

»Niemand verurteilt dich.« Jonze steckte sich ebenfalls eine an.

»Ihr guckt aber so.«

Ella hob Viehs Kopf an, schlüpfte aus ihrer Position zwischen Hund und Jonze und krabbelte auf allen vieren zu Mareike, die sich wieder auf die niedrige Eichenbank gegenüber gesetzt hatte.

»Die Pizza ist eben unsere Art zu trauern.« Ella richtete sich auf und umarmte Mareike.

»Willst du etwa sagen, dass ich nicht trauere, wenn ich keine Pizza Spezial esse?«

Erstaunt sah Ella zu Mareike auf. »Nein. Das will ich nicht sagen.«

»Er wird nicht wieder lebendig, nur weil ihr eine Pizza bestellt, die eigentlich keiner von euch mag.«

»Nein. Das wird er nicht. Aber so eine Gedenk-Pizza kann auch nicht schaden.« Selle griff in ihre Hosentasche und holte eine kleine Dose hervor.

Alle erkannten sie sofort.

»Einer war noch drin. Fertig gedreht.« Selle nahm einen dünnen Joint, das Blättchen vorne zusammengezwirbelt, aus der Dose. »Ist wahrscheinlich schon trocken. Ich habe ihn immer für einen besonderen Anlass aufgehoben.«

»Wow.« Jonze hauchte das Wort andächtig. »Da haftet noch sein Speichel dran.«

»Das ist eklig.« Mareike verzog das Gesicht.

»Ist es nicht eine Ehre, sich posthum Wulfs DNA reinzuziehen?« Ella wollte aufstehen und zurück auf ihren Platz neben Jonze gehen, doch Mareike hielt ihre Hand fest und kicherte.

»Fuck ja. Lasst uns das Teil rauchen. Wisst ihr noch? Unser erster Joint am Fluss? Den hatten wir auch von Wulf.«

Alle erinnerten sich. Mareike war anschließend mit Denne im Gebüsch verschwunden und die beiden hatten unüberhörbar hemmungslosen Sex gehabt.

»DEIN erster Joint«, bemerkte Jonze.

»Ja, dann eben MEIN erster Joint«, erwiderte Mareike.

»Übrigens mein einziger.« Sie hatte oft darüber nachgedacht, mal wieder zu kiffen. Nur mit Denne, ganz für sich. Immerhin hatte sie damals den einzigen enthemmten und jemals besten Sex mit Denne gehabt. Vergleichsmöglichkeiten mit anderen Partnern hatte sie ohnehin nicht. Manchmal dachte sie daran. Es mal auszuprobieren. Über Tinder. Nur der Sache wegen. Wie sollte sie denn wissen, ob die längst festgefahrene Routine mit Denne guter oder schlechter Sex war? Sie wusste, was im Zusammenspiel mit ihm zu tun war, um sich zumindest ab und zu einen Orgasmus zu verschaffen. Das schon. Insgeheim sehnte sie sich jedoch nach mehr Fantasie.

»Und ich war noch gar nicht dabei. Kleine Schwestern wurden damals ausgegrenzt.« Selle betrachtete den Joint. Es war die ganzen Monate über ein gutes Gefühl gewesen, etwas zu haben, das niemand sonst hatte. Ihn jederzeit rauchen und sich der Illusion hingeben zu können, sie würde diesen Moment mit Wulf teilen. Sie hatte sich vorgestellt, den Joint eines Tages alleine zu rauchen. Im Baumhaus, wo sie und Wulf abends oft zusammengesessen und über alles Mögliche geredet hatten. Dass sie ihr Kleinod spontan in dieser Runde angeboten hatte, war eine emotionale Reaktion, von der sie schon jetzt nicht mehr wusste, ob sie sie nicht morgen bereuen würde.

»Bist du dir sicher, dass du den heute mit uns rauchen möchtest?«, fragte Ella.

Selle hob die Arme. Wie eine, die lange versucht hat, die Hand vor ein angebohrtes Wasserrohr zu halten und irgendwann loslässt. »Womit kann man sich schon sicher sein? Das wissen wir ja inzwischen, dass nicht einmal sicher ist, ob wir morgen noch alle da sind.«

War Nick überhaupt noch da? Irgendwo? Wenn auch nicht bei Ella? Würde sie jemand informieren, wenn ihm etwas zustoßen würde? Zu seinen Eltern hatten sie kaum Kontakt gehabt. »Die machen sich gegenseitig kaputt, das muss ich mir nicht mehr ansehen«, war sein Statement auf entsprechende Fragen gewesen. Ella hatte nie herausgefunden, was in Nicks Familie vorgefallen war. Er hatte stets abgeblockt, sobald sie das Thema angesprochen hatte. »Die Gegenwart ist das einzige, was du hast. Die Vergangenheit kannst du nicht mehr ändern. Und ob du Teil der Zukunft bist, nicht wissen. Also lass uns …«, hatte er immer gesagt und dann einen Vorschlag gemacht. Jetzt einen Film sehen, an den See fahren, küssen, tanzen, durch die Stadt laufen, Blumensaat verstreuen. Nick hatte immer eine Idee gehabt.

»Sicherheit ist eine verdammte Illusion.« Jonze stand auf und warf ein Stück Holz aufs Feuer.

»Ist nicht alles eine Illusion?«, fragte Selle. »All unsere Lebensentwürfe? Diese unterschiedlichen Blasen, in denen wir leben? Das sind doch nur Hülsen, die wir mit irgendwas füllen, von dem wir uns vorgaukeln, dass es einen Sinn ergibt. Und am Ende bleibt von uns allen nur ein Haufen Asche, an den sich nach ein paar Jahren gerade mal eine Handvoll Leute erinnert.«

»Die dann im Namen der Asche Pizza bestellen«, sagte Mareike.

»Wahrscheinlich ist sogar die Pizza eine Illusion. Kommt die bald mal?« Denne nahm sich ein neues Bier. Was sollte dieses Gelabere über Illusion und Lebenshülsen, über Sinn und Sicherheit? Wulf war tot und die Sache mit der Pizza eine lustige Idee. Aber das war's auch schon. Er hatte Hunger.

Ella ließ die Sätze durch sich hindurchrauschen. Sie betrachtete Jonzes kantiges Profil im Feuerschein. Es erklärte sich ihr immer noch, dass sie damals mit ihm zusammen gewesen war. Wenngleich nur kurz. Wobei ein Jahr und zwei Monate mit siebzehn schon als lange Zeit galten. Er hatte nie erfahren, dass sie fast übergangslos mit Wulf Sex gehabt hatte. Niemand wusste es. Abgesehen von Vieh. Dieses kleine Geheimnis hatte Wulf mit ins Grab genommen. Und eines Tages würde Ella es ihm gleichtun. Bis dahin würde sie es aufbewahren – in einer Schatzkiste tief in ihrer Seele. An Selles Stelle hätte sie den Joint mit niemandem geteilt. Nicht einmal für eine Million Euro.

»Endlich!«, rief Denne. »Die Pizza!«

Als Jonze einen warmen Karton auf Ellas Schoß legte, war sie betrunken genug, um keine Gedanken mehr an Salami auf der Pizza zu verschwenden, von der sie nun einen großen Bissen nahm. Vies Speichel tropfte auf ihre Hose. Ella riss ein Stück Rand ab, hielt es ihm hin und der Hund zupfte es ihr behutsam aus der Hand. Ein eingespieltes Ritual, das selbst nach Jahren nicht in Vergessenheit geraten war. Zu den besten Pizzen ihres Lebens zählten die, die sie mit Wulf, Kaschmir und Vieh im Bett gegessen hatte. Die Hunde in der Mitte liegend, die Köpfe ihnen zugewandt. Geduldig wartend auf die Stücke, die Wulf und Ella ihnen zuteilten.

»Merkwürdig, dass er nur bei dir bettelt«, nuschelte Mareike mit vollem Mund.

»Ist doch klar, wenn er bei ihr immer was bekommt«, sagte Denne.

»Du und Vieh. Das ist echt ein Bild. Wie ein altes Ehepaar.« Jonze wischte sich mit dem Ärmel Pizza-Fett vom

Mund.

Manchmal hätte Ella ihm gerne die Wahrheit gesagt. Jonze war jemand, der das verdient hatte. Doch sie kannte ihn. Er hätte nicht damit umgehen können. Es war damals keine Option gewesen, ihn darüber aufzuklären, dass seine Ex-Freundin übergangslos mit seinem besten Freund abhing. Wer hätte auch ahnen können, wo ein paar gemeinsame Hundespaziergänge enden würden?

»Du solltest wieder einen Hund haben«, sagte Jonze. Er wusste es einfach. Dass Ella mit Hund glücklicher sein würde. Sie hatte immer so gestrahlt, mit ihrem Kaschmir an der Seite. Als konnte die Welt ihr nichts anhaben, solange nur er bei ihr war.

»Wie soll das gehen, in der Stadt?« Ella ahnte, dass er recht hatte. Sie fühlte sich vollständiger, wenn sie das Fell eines Hundes berührte und dessen Geruch einatmete.

»Komm zurück aufs Land.« Jonze sah sie herausfordernd an. Er hatte sich nicht gewundert, als sie in die Stadt gezogen war. Langfristig hatte ihre Psyche die Impuls-Armut auf dem Dorf nicht ausgehalten. Reizarm, hatte sie es genannt. Das Wort drehte oft Runden in seinem Kopf.

»Wie soll das gehen?«, wiederholte Ella. Obwohl sie wusste, dass es kein Zauberwerk wäre, ihren Job in der Stadt mit einer Wohnung auf dem Land in Einklang zu bringen.

»Weißt du, wir leben hier nicht mehr hinter dem Mond«, bemerkte Denne. »Wir haben Glasfaser.«

»Du arbeitest doch sowieso dauernd im Homeoffice. Wenn ich dich anrufe, bist du immer in deiner Wohnung. Stell dir vor – Homeoffice mit Hund.« Mareike wusste genau, dass Ella diese Äußerung noch tagelang umtreiben würde.

Dauernd. Immer. Mit einem Stück Pizza schluckte Ella,

um Fassung bemüht, auch Mareikes Worte hinunter. »Manchmal«, sagte sie nachdrücklich, »schreibe ich im Homeoffice. Manchmal in der Redaktion. Aber ebenso oft bin ich unterwegs. Zu Terminen, Interviews und Veranstaltungen.« Der Appetit war Ella vergangen. Das Hundethema setzte ihr zu. Und Mareikes Formulierungen kratzten an ihrer Seele. Sie hielt ihre Pizza-Packung in die Höhe. »Will noch jemand?«

»Gib her.« Denne konnte immer essen. Egal was. Egal wann.

»Was ist eigentlich mit dem Joint?«, fragte Jonze. »So zum Nachtisch?«

In ihrer Hosentasche umklammerte Selle die Dose mit der Hand. Sie hatte den Joint wieder eingepackt, als der Pizzabote kam, und gehofft, das Thema hätte sich erledigt.

»Ich bin raus.« Mareike gähnte.

»Du warst doch eben noch so euphorisch.« Jonze stand auf und holte den letzten Karton mit Pfeffi-Fläschchen aus der Werkstatt. »Einen letzten?« Er hatte vor, Mareike wieder an den Start zu kriegen. Sie feierte gerne. Und er wollte verhindern, dass sich die Runde zerstreuen würde. »Weil Ella da ist«, bettelte er.

Sie schüttelte den Kopf. »Muss morgen wieder arbeiten.« Mit einer laschen Umarmung verabschiedete sich Mareike von Ella, winkte den anderen zu und ging ins Haus.

Denne zögerte, trank die Runde Pfeffi mit und folgte Mareike.

»Warte!« Selle sprang auf. »Kann ich noch kurz aufs Klo?«

»Ich lasse offen. Weißt ja, wo es ist.« Denne wankte, fing sich wieder und brabbelte was von der Glut, um die Jonze sich kümmern solle.

Jonze stellte sich zu Ella, die dichter ans Feuer gegangen war und sich darüber die Hände rieb. Er hätte sie gerne genommen, diese Hände, die sich auf seiner Haut so weich angefühlt hatten.

Das Wesen von Momenten ist, dass sie schnell verrinnen.

Ella hockte sich hin, schlang ihre Arme um Vieh, drückte ihre Nase an dessen Ohr und roch an ihm.

Hinter ihnen näherten sich Selles Schritte. »Kalt geworden.«

Ella blickte auf. »Ich werde mich auch mal aufmachen. Merkwürdig, jetzt in das leere Haus. Ist noch nie vorgekommen, dass mein Vater weg war, wenn ich hier geschlafen habe.«

»Ich komme bei dir mit rum. Ist ja nur ein Schlenker.« Selle deutete betreten auf die Feuerschale. »Können wir da nicht Wasser reinkippen?«

»Passt schon. Ich mache den Flammenhüter. Ist ja schnell runtergebrannt.« Innerlich lachte Jonze auf. Nichts brannte da schnell runter. Gar nichts.

Er ließ sich von Ella und Selle umarmen, klopfte Vieh auf den Schenkel und sah ihnen hinterher. Ella taumelte etwas. Den Mix aus Schnaps und Bier hatte sie noch nie vertragen. Nicht nur einmal hatte er ihr die Haare gehalten.

»Irgendwie habe ich ein schlechtes Gewissen,«, sagte Ella auf der Straße.

»Jonze kommt schon klar.« Selle grinste. »Er steht immer noch auf dich.«

»Quatsch.« Ella stolperte. »ER hat doch damals Schluss gemacht.«

»Vorsicht. Der Bordstein.«

Mit der gleichen Albernheit, mit der sie früher in den

Morgenstunden die Zeltdisco verlassen hatten, hangelten sie sich bis vor Ellas Haustür.

»Absacker?« Mit dem Schlüssel stocherte Ella am Schlüsselloch herum. »Bier und Wein gibt es hier immer. Vielleicht finde ich sogar was Lustigeres.«

Sie fanden Rotwein und stopften sich Chips dazu rein, was ihnen die Energie gab, den Abend noch einmal Revue passieren zu lassen.

»Du und Wulf«, sagte Selle unvermittelt. »Ich weiß es.« Überrascht sah Ella auf.

»Ich bin seine kleine Schwester aus dem Zimmer nebenan. Was habt ihr denn gedacht?« Selle zündete sich eine Zigarette an. »Ich vermisse ihn.«

»Hast du …«, setzte Ella an.

»Es jemandem erzählt?«, fragte Selle. »Nein.«

»Ich dachte immer, es sei unser Geheimnis. Seins und meins. Dass es nur uns gehören würde. Manchmal male ich mir aus, dass wir ein Paar geworden wären. Später mal.« Ella nahm sich ebenfalls eine Zigarette.

»Warum war es eigentlich ein Geheimnis?« Selle schob Ella das Feuerzeug über den Küchentisch zu. Es war lange her, dass sie in diesem Haus gewesen war. Ellas Vater hatte den Hippie-Flair nach dem Auszug von Ellas Mutter durch minimalistisches Industrial-Design ersetzt. Er baute ständig etwas. Wie diesen Tisch. Selle strich mit der Hand über die fein geschliffene Eichenplatte. Wulf hatte es als Kind geliebt, Ellas Vater in der Werkstatt über die Schulter zu sehen. Stundenlang hatte sie an seiner Seite dort ausgeharrt.

Ella zog an ihrer Zigarette und legte den Kopf in den Nacken. Aus ihren gespitzten Lippen entwich eine schmale Säule, als würde sie den Rauch durch einen Strohhalm blasen. »Wir haben es nicht bewusst zu unserem Geheimnis gemacht. Jedenfalls am Anfang nicht. Es ist einfach passiert. Du weißt schon – unsere Hundespaziergänge, nachdem ich nicht mehr mit Jonze zusammen war. Zuerst habe ich bei Wulf nur nach Antworten auf meine Fragen gesucht. Er war immerhin Jonzes bester Freund. Wir haben Jonzes Charakter in seine Einzelteile zerlegt, jeden Satz zerfleddert, den er jemals mir gegenüber geäußert hat und Beziehungs- analysen erstellt, mit denen wir uns fürs Psychologiestudium hätten einschreiben können. Ganz nebenbei hat er meine Seele geheilt, was so unendlich guttat. Und dann hingen wir immer länger zusammen ab. Ich könnte dir nicht einmal sagen, zu welchem Zeitpunkt wir uns das erste Mal geküsst haben.«

»Also ich könnte es dir sagen. Jedenfalls den ersten Sex.« Es machte Selle Spaß, Ella ein bisschen aufzuziehen. »Mein Tagebuch vergisst nichts.«

»Nicht dein Ernst.« Ella hielt sich die Hände vor das Gesicht, während sie sich gleichzeitig fragte, was genau Selle damals wohl notiert hatte.

»Ich finde, er hätte wenigstens die Siebenundzwanzig schaf- fen können«, murmelte Selle. »Das wäre zumindest legendär gewesen.«

Der Club 27 und Wulfs Tod. Der Gedanke drängte sich auf. Zumal Wulf Kurt Cobain verehrt hatte. »Dafür haben seine Gitarren-Skills nicht gereicht.« Ella lachte. »Abgesehen davon. Er war legendär. Schon mit sechsundzwanzig.«

»Und bekifft genug, um mit dem Auto einem Reh aus- zuweichen. Wie kann ein verfickter morscher Birkenstamm sowas machen? Wie konnte er überhaupt so bekifft Auto fahren? Und warum hat nicht wenigstens das Reh überlebt?«

Selle lächelte schwermütig.

»Vieh hat überlebt.« Der Hund hob den Kopf, als Ella seinen Namen erwähnte.

Selle holte die Dose hervor, öffnete sie und legte den Joint zwischen Ella und sich auf den Tisch. »Du bist die einzige, mit der ich den rauchen will.«

»Jetzt?«

»Warum nicht?«

»Es ist nicht …«, Ella suchte nach Worten, »zeremoniell genug?«

Selle lachte auf. »Er hat die Dinger im Gehen geraucht. Schon die Kerze auf dem Tisch ist zeremoniell genug.« Sie zündete die Kerze an.

»Ja, jetzt fühl ich es auch.«

Selle nahm das Feuerzeug. Die Flamme loderte auf, als sie das Teil ansteckte. Die ersten Züge rauchten sie stumm, jede mit ihren eigenen Gedanken an Wulf.

»Schmeckst du sie schon?«, fragte Ella, nachdem sie den Joint erneut an Selle gegeben hatte.

»Was?«

»Seine Spucke«, sagte Ella und beide prusteten los.

Es war ein alberner Joint. Trockene Krümel in Papier brannten zwischen ihren Fingern auf, während sie kichernd ein paar Intimitäten über Wulf in den Raum bliesen.

»Das war's.« Selle drückte den aufgerauchten Joint aus. »Die letzte unzeremonielle Zeremonie.«

Ella streckte sich neben Vieh auf dem Teppich aus und schloss die Augen, als er seinen Kopf auf ihren Brustkorb legte. Es ist das Wesen eines wohligen Dämmerschlafs, Zeit und Raum auszublenden und innerhalb weniger Minuten scheinbar stundenlang anhaltende Parallel-Welten zu erschaffen. Trance, Traum, Vision – Ella wusste nicht, woher die Bilder gekommen waren. Abrupt schob sie Viehs Kopf zur Seite und setzte sich wieder auf. »Ich habe noch einen Joker.«

»So gut wie der Joint?«

»Nachhaltiger.« Auf allen vieren krabbelte Ella zu ihrem Rucksack, wühlte darin herum und holte ihr Notizbuch hervor. Sie löste das Gummiband, das die Seiten zusammenhielt, und zupfte, so vorsichtig, als würde es sich um ein vor dem Zerfall befindliches Pergament handeln, einen gefalteten Zettel aus der Innentasche. Mit den Fingerspitzen entfaltete sie das Papier.

Selle hatte Ella schon manchmal weinen sehen, aber niemals hatte diese dabei gelächelt. »Es muss etwas sehr Schönes sein«, sagte sie leise und stieß, nachdem Ella das geheimnisvolle Blatt auf den Tisch gelegt hatte, einen überraschten Laut aus. »Wulfs Tattoo!«

Die mit schwarzem Fineliner gezeichnete Schwalbe schien aus dem elfenbeinfarbenen Papier aufzusteigen. Genau so hatte es auf seiner Brust gewirkt. Selle hatte immer das Gefühl gehabt, die Schwalbe würde direkt aus seinem Herzen flattern. Sie wusste genau, woher das Blatt mit den ausgerissenen Ecken am linken Rand stammte.

»Das hat er aus seinem Skizzenbuch gerissen. Es liegt neben meinem Bett. Vor dem Schlafen blättere ich es manchmal durch. Ich habe mich schon tausend Mal gefragt, was auf der fehlenden Seite gestanden hat.«

»Warum nichts verloren geht, auch wenn es verloren geglaubt«, murmelte Ella. »Das hat er mal gesagt. Keine Ahnung, was er damit meinte. Aber gerade passt es irgendwie.« Sie ging zum Kühlschrank. Trank vor der geöffneten

Tür aus einer Wasserflasche. »Ich war dabei.« Sie nahm eine weitere Flasche Mineralwasser aus dem Kühlschrank. »Als das Tattoo gestochen wurde. Irgendwann, ich glaube, die Tätowiererin war gerade dabei, den linken Flügel zu stechen, hat er diesen Satz geflüstert: Warum nichts verloren geht, auch wenn es verloren geglaubt.«

Selle schüttelte den Kopf, als Ella ihr die Flasche hinhielt. Sie brauchte etwas Stärkeres. Etwas, das sie so durchschütteln würde wie das Blatt Papier, das vor ihr auf dem Tisch lag. Sie zeigte auf den Selbstgebrannten von Ellas Vater, der neben dem Kühlschrank im Regal stand. Wortlos nahm Ella den Schnaps, zwei Gläser und schenkte ein. Sie stießen an, sahen sich in die Augen und kippten die Shots in der Art, die nötig ist, wenn sich Unfassbares ereignet. Mit einem schnellen Ruck des Kopfes nach hinten.

»Wir lassen es uns stechen.« Ella knallte ihr leeres Glas auf den Tisch.

Selle schenkte nach und hielt ihr Glas in die Höhe. »Okay«, sagte sie, stürzte den Schnaps hinunter und ließ, wie Ella zuvor, das Glas auf den Tisch krachen.

»Selbe Tätowiererin?«

»Hundertpro.« Selle betrachtete die Zeichnung. »Welche Stelle?«

»Weiß nicht. Können wir noch in Ruhe entscheiden.«

»Wann hat er es dir gegeben?« Selle tippte auf das Papier.

»Gleich nach dem Termin. Er meinte, er brauche es nicht mehr, weil das Motiv für immer auf seiner Haut sei.« Ella sah Wulf vor sich stehen und sein Hemd zuknöpfen. Auf dem Brustkorb die großflächige Plastikfolie, mit der das Tattoo abgeklebt war. Sie erinnerte sich an den ironischen Unterton, als er sagte, sie könne es sich ja tätowieren lassen, wenn er mal tot sei – zur Erinnerung an ihre geheime Liebe.

Damals hatte sie gelacht. Wie immer, wenn Wulf über ihre merkwürdige Beziehung gescherzt hatte. Was häufig vorgekommen war. Sätze in der Art, dass sie mal mit achtzig heiraten würden. Stumm hatte sie ihm vor der Tür der Tätowiererin einen fragenden Blick zugeworfen. Mit dem Aufflackern einer Ahnung. Dem Spüren einer tief liegenden Schicht, auf die sie keinen Zugriff hatte. Doch Wulf hatte ihren Blick ignoriert, einen weiteren Knopf des karierten Flanellhemdes geschlossen und kurz seinen Arm angehoben, um unter seiner Achsel zu schnüffeln, weil er vor Schmerzen geschwitzt und wegen des frischen Tattoos vorübergehend Duschverbot hatte.

»Duschen wird sowieso überbewertet«, war sein Kommentar gewesen. Anschließend hatte er sie in ein veganes Restaurant eingeladen, obwohl er selbst vermutlich lieber einen fetten Fleisch-Burger gegessen hätte.

»Ich hätte nie gedacht, dass dieses Stück Papier seine Haut überlebt.« Mit dem Handy machte Ella ein Foto von der Zeichnung. Dann, bemüht, sich ihr schweres Herz nicht anmerken zu lassen, schob sie das Blatt Selle zu. »Die Seite sollte an ihren ursprünglichen Platz zurückkehren.«

»Niemals. Er hat sie DIR die geschenkt. Ganz sicher mit der Absicht, dass du sie besitzt.« Selle schob das Blatt zurück.

»Danke.« Lächelnd faltete Ella die Zeichnung wieder zusammen. »Soll ich uns mal einen Kaffee machen?« Sie deutete auf das Fenster. Hinter den Bäumen im Garten zeichneten sich dunkelrote und violette Schlieren am Himmel ab.

»Schon Morgen.« Selle streckte sich auf ihrem Stuhl nach hinten. »Kaffee wäre super.« Sie stand auf und stellte sich ans Fenster, während Ella mit dem Espressokocher hantierte. Eine Weile hingen beide ihren Gedanken nach.

»Warum mögt ihr euch eigentlich, du und Mareike?«

Ella schüttelte ein Tetrapak mit der Aufschrift Barista. Sie wusste nie, wie sie die Flüssigkeit aus Erbsenprotein nennen sollte, ohne Milch zu sagen. »Das hier oder Kuhmilch?«

»Das Barista-Zeug«, antwortete Selle.

»Wie kommst du jetzt auf Mareike?« Ella fragte sich das nicht wirklich. Selles Gespür für Untertöne in zwischenmenschlichen Interaktionen war so fein wie der Geruchssinn eines Hundes. Sie witterte den kleinsten Kackhaufen.

»Weiß nicht. Alle sagen immer, dass ihr beste Freundinnen seid. Aber wenn ich euch begegne, wirkt eure Freundschaft eher …«, Selle suchte nach Worten, »toxisch?«

Im Espressokocher begann der Kaffee zu brodeln. Mit einem Schulterzucken schaltete Ella die Herdplatte aus. »Es ist kompliziert.« Sie nahm zwei graue Steingutbecher aus dem Schrank. »Es passt vielleicht nicht mehr so wie früher.« Ein Gedanke an Nick flimmerte auf. Daran, dass er sie mit einer ähnlichen Formulierung abserviert hatte. Ella schüttelte den Kopf. »Irgendwann hat es mit Mareike mal gepasst. Nehme ich jedenfalls an. Wir waren fast jeden Tag zusammen. In der Schule, beim Reiten. Einfach immer. Und wenn nicht, dann haben wir uns hinterher alles haarklein erzählt. Ich kenne mein Leben ohne Mareike nicht. Obwohl mich ihre Sprüche manchmal echt nerven, kann ich es mir ohne sie nicht vorstellen. Wir wissen, was wir bekommen, wenn wir aufeinandertreffen. Und haben gelernt, damit umzugehen. Was nicht heißt, dass wir es immer toll finden.«

»Verstehe«, sagte Selle, obwohl das nicht der Wahrheit entsprach. Aber woher sollte Ella von den Spitzen wissen, die Mareike regelmäßig in deren Abwesenheit abfeuerte?

Der Kaffee tat beiden gut. Schweigend rauchten sie noch eine Zigarette.

»Wann gehen wir?«, fragte Selle beim Abschied an der Haustür.

Ella hockte sich auf den Fliesenboden und schlang ihre Arme um Vieh, der sofort aufgestanden war, als Selle ihre Jacke genommen hatte. »Sobald die Tätowiererin einen Termin frei hat. Ich rufe da heute an.«

»Okay.« Selle wartete, bis Ella sich seufzend von Vieh löste. Dann ging sie rückwärts, den Blick zu Ella haltend, zum Gartentor. »Bis bald.«

»Sehr bald, hoffentlich. Ich würde am liebsten sofort hingehen.« Ella blieb, auch nachdem Selles Schritte und das leise Plingpling von Viehs Hundemarke längst verklungen waren, noch eine Weile in der Tür stehen und hing ihren Erinnerungen an Wulf nach.

Im Zug stöpselte sich Ella ihre neuen Noise-Cancelling-Kopfhörer ins Ohr und wünschte, sie könnten auch Gedankenlärm eliminieren.

War sie komplett durchgeknallt? Wollte sie sich wirklich aus einem sentimentalen Moment heraus eine Schwalbe tätowieren lassen, von der sie nicht einmal wusste, welche Bedeutung sie für Wulf gehabt hatte? Auf ihre Frage hatte er damals nur mit einem Lächeln geantwortet. Sie öffnete den Webbrowser auf ihrem Handy und tippte *Schwalbe Symbol* in das Suchmaschinenfeld. Mehrere Ergebnisse standen direkt im Zusammenhang mit Tätowierungen. Dass die Schwalbe schon im 19. Jahrhundert bei Seemännern ein beliebtes Motiv war, erstaunte Ella. Ein Textausschnitt beschrieb, dass sich Matrosen Schwalben häufig auf die Brust tätowieren ließen, damit diese nach dem Tod auf See ihre Seele in den Himmel tragen würden. Sie machte ein Bildschirmfoto.

Lassen sich heute offenbar auch viele Leute stechen, wenn eine geliebte Person gestorben ist. Noch Fragen?, kommentierte sie darunter und schickte das Foto an Selle.

Manche Entscheidungen fallen erst nach Monaten oder gar Jahren, andere dagegen innerhalb von Sekunden. Ella entschied sich exakt in diesem Moment. Sie würde sich die Schwalbe auf die Brust tätowieren lassen. Kleiner als die von Wulf. Aber auf die Brust. Möglicherweise beruhte ihr Entschluss allein auf Rührseligkeit und Nostalgie. Und ja, vielleicht war das durchgeknallt. Aber es war das erste Mal seit der Trennung von Nick, dass sie sich einer Sache tausendprozentig sicher war.

So schnell, wie sie sich angesichts ihrer überzeugten Entscheidung gut gefühlt hatte, zog der Gedanke an Nick sie wieder hinunter. Ein Schüttelreflex durchfuhr Ellas Kopf und Schultern. Wie ein Versuch ihres Körpers, unerwünschte Eingebungen aus sich herauszuschütteln. Die Frau auf dem Sitz gegenüber musterte sie irritiert. Ella nahm den Kopfhörer aus ihrem rechten Ohr, sagte, sie habe nur an etwas denken müssen, und steckte den Stöpsel zurück ins Ohr. Nick hätte sich nicht erklärt.

Wie oft hatte er ihr gesagt, dass sie sich nicht dauernd rechtfertigen solle? »Es ist okay. Du bist okay. Wann kapierst du das endlich?«

Stumm wiederholte sie seine Worte wie ein Mantra. Es war besser gewesen, sie aus seinem Mund zu hören. Eine nicht nur auf Nick bezogene, sondern sich tief durch alle Facetten ihres Lebens ziehende Schwermut machte sich in ihr breit. Als hätte Nick mit der Trennung einen Virus freigesetzt, der an jede Körperzelle andockte und diese mit sämtlichen je empfundenen Selbstzweifeln und Ängsten infizierte.

Der Zug fuhr in einen Tunnel, sodass Ella anstatt der Landschaft ihr verschwommenes Spiegelbild im Fenster sah. Erkenntnisse entspringen oft den scheinbar nebensächlichsten Details. Ella begann zu ahnen, dass ihr Schmerz hauptsächlich in ihr selbst begründet lag.

Bahnhofsvorplatz

Vor dem Bahnhofseingang alleine zu rauchen, erschien Ella armselig. Doch die Zugfahrt war mental anstrengend gewesen, der Drang nach einer Zigarette groß. Am Aschenbecher standen zwei Frauen in Hörweite.

»Es ist Zeit«, sagte die im dunkelblauen Trenchcoat, der fast bis zu ihren weißen Sneakern reichte. »Ihr seid doch schon lange nicht mehr glücklich.«

»Ich weiß nicht, wie das gehen soll. Finanziell. Und mit Imara. Sie ist erst fünf. Das ist alles so kompliziert.« Mit schnellen Stößen drückte die Dunkelhaarige ihre Zigarette auf dem Metallrand des Aschenbechers aus. Sie sah auf ihr Handy, das in einer pinkfarbenen Hülle steckte. »Ich muss los. Die Bahn fährt gleich.«

Die beiden umarmten sich. Glitten zögernd auseinander, die Verbindung noch für einen Moment mit den Händen haltend.

»Ayanna.« Die Frau im Trenchcoat wirkte besorgt.

»Ja?«

»Abhängigkeit ist keine Basis für eine Beziehung.«

»Ich weiß. Ich weiß doch«, sagte die Dunkelhaarige, löste ihre Hände und machte ein paar Schritte rückwärts. »Bis bald.«

Mit angemessen höflichem Abstand ging Ella um die beiden herum, drückte ihre Zigarette auf dem dafür vorgesehenen Gitter am nächsten Mülleimer aus und machte sich auf den Weg zu ihrer Wohnung. Die Ampel an der Kreuzung vor ihr schaltete auf Rot. Das Paar auf der gegenüberliegenden Straßenseite wirkte auch nicht mehr glücklich.

Glück. Liebe. Abhängigkeit. War es wirklich noch Liebe

gewesen? Oder hatte sie sich mit Nick nur sicherer gefühlt? Das vibrierende Handy in ihrer Hosentasche ignorierte sie, bis sie in ihrer Wohnung am Küchentisch saß.

Ein verpasster Anruf von Mareike, drei Mitteilungen von Maschenka. Ella hatte keine Lust, Mareike zurückzurufen, und öffnete die Nachrichten von Maschenka. Wie es war, wollte diese wissen. Und ob sie sich morgen sehen würden. In der dritten Nachricht – Maschenka schickte ihre Mitteilungen nach spätestens drei Halbsätzen los, um dann im nächsten Feld weiterzuschreiben, was ihrer Meinung nach die Kommunikation beschleunigte – fragte sie, ob Ella vor ihrem Abendtermin noch Lust auf einen Kaffee habe.

»Fuck!« Ella bekam Herzrasen. Was für ein Abendtermin? Vielleicht sollte sie, wie von Maschenka hundertfach vorgeschlagen, doch einen digitalen Kalender mit Erinnerungsfunktion einrichten. Papierfetischistin nannte Maschenka sie wegen ihrer Vorliebe für Notizbücher und den gebundenen Kalender in Hosentaschengröße, den Ella jetzt aus ihrem Rucksack hervorkramte. Die Eröffnung der Pop-up-Galerie war mit drei Ausrufungszeichen versehen und neongelbem Textmarker umrandet.

Pop-up-Galerie

Es war nicht schwer, die Künstlerin, die sich Mülla nannte, zwischen all den Leuten in dem leerstehenden Bekleidungsgeschäft auszumachen. Sie stand vor einem dreidimensionalen Löwenkopf aus Zigarettenfiltern, die sie über einen langen Zeitraum von der Straße gesammelt hatte.

»Es war aufwendig, aber vor allem ekelhaft«, sagte Mülla, als sie Zeit für Ella und das Interview fand. Das Kleid aus grünen Stoffresten mit einer Bordüre aus schimmernden Glas-Fundstücken schlackerte um ihre Knöchel und gab bei jeder Bewegung den Blick auf die Flipflops aus Treckerreifen frei.

»Genau genommen ist es keine Kunst«, sagte Mülla über ihr Werk. »Eher ein Statement. Oder ein Inspirationsversuch. Es gibt auf der Welt tonnenweise Müll, sodass es im Grunde möglich ist, jeden nur vorstellbaren Gebrauchsgegenstand daraus herzustellen.«

Ella war beeindruckt von Müllas Engagement für die Umwelt und ihren Werkstücken. Und unter diesem Eindruck erging es ihr wie den meisten Menschen. Es ist unmöglich, sich vor einer Person zu verbeugen, ohne sich selbst kleiner zu machen. Nach dem Interview fühlte sich Ella so unbedeutend, dass sie die Veranstaltung direkt verlassen wollte. Lediglich Falk, ein Radio-Journalist und -Moderator, den sie von anderen Terminen kannte, hielt sie kurz vor dem Ausgang zurück.

»Du willst doch nicht schon gehen«, sagte er und versprach eine unvergleichliche Aussicht auf die Stadt, wenn sie ihn auf eine Zigarette in die Raucherecke begleiten würde. Zögernd willigte Ella ein. Falks Interesse strich wohltuend über ihre zerknitterte Seele. Insgeheim sehnte sie sich nach

Zugehörigkeit in dieser Gesellschaft und Falk war einer jener Menschen, die immer, egal bei welchem Termin, dazugehörten. Seinem Beruf entsprechend war er ein wortgewandter Entertainer und charismatischer Unterhalter, um den sich die Menschen scharten. Es wunderte Ella, dass er sie angesprochen hatte. Ihre Bekanntschaft beruhte auf wenigen Wortwechseln, da sie einige Male gemeinsam vor irgendwelchen Türen gelandet waren, um zu rauchen. Falk war zwar stets freundlich, aber Ellas Empfinden nach eher desinteressiert gewesen. Zugegebenermaßen fühlte sie sich nun geschmeichelt.

»Warte kurz, ich hole uns ein Getränk.« Ohne eine Antwort abzuwarten, ließ Falk sie stehen und steuerte mit großen Schritten auf den Tresen zu.

Um nicht komplett verloren zu wirken, wandte sich Ella dem nächstgelegenen Objekt zu. Ein aus Plastiktüten geformtes Baby in einem verrosteten Kinderwagen. Daneben, auf dem Fußboden, eine geöffnete Windel und darin die Nachbildung eines Kothaufens aus Plastikteilen. Hinter sich vernahm Ella Gesprächsfetzen darüber, dass Mülla dafür alle Materialien aus dem städtischen Fluss gefischt habe. Sie nahm sich vor, dieses Detail für ihre Reportage zu recherchieren, während sie den Info-Text zu dem Objekt las.

»Eklig, oder?« Falk reichte ihr ein Glas Rotwein.

»Mikro-Plastik in Neugeborenen. Verstörend«, erwiderte Ella.

»Möchte nicht wissen, was ich so an Plastikteilen ausschei…«, Falk stoppte mitten im Wort.

»Genau. Zuviel Information.« Ella hielt ihr Glas gegen das Licht einer Kugel-Lampe aus rostigen Drähten. »Hoffentlich ist wenigstens der Wein plastikfrei.«

»Gehen wir?« Falk deutete auf die stillstehende Rolltreppe. »Wir müssen da hoch, wenn wir eine rauchen wollen.«

Die obere Etage war nahezu leer. Nur wer zur Raucherecke oder zum Klo wollte, hielt sich im ersten Stock auf. Niemals hätte Ella hier den langen Balkon, der sich hinter einer Fensterfront über die gesamte Seite des Gebäudes erstreckte, vermutet. Von der Straße aus hatte sie ihn noch nie bemerkt. Ihr wurde klar, warum sich die Leute im Galerie-Raum unten nicht gegenseitig auf die Füße traten. Fast alle waren auf dem Balkon. Vermutlich rauchte die Hälfte von ihnen gar nicht. Aber hier war auf das Zentrum der Party. Abgesehen davon war der Blick über die Stadt tatsächlich atemberaubend. Sie hatten sich kaum die Zigaretten angesteckt, als Falk begeistert »Gina!« ausrief, sich zur Seite drehte und Ella nicht mehr neben, sondern nahezu hinter ihm stand. Er begrüßte die Umstehenden, augenscheinlich geschlechtsabhängig, mit Links-rechts-Küsschen oder Schulter-klopf-Umarmung.

Gina lachte bei jedem zweiten Wort von Falk und gestikulierte überschwänglich, sodass ihre hellroten Kunstfingernägel, die farblich zu Lippenstift, Gürtel und Schuhen passten, vor Ellas rechter Gesichtshälfte wie Motten im Licht umherflatterten. Jede ihrer Kopfbewegungen setzte eine Duftwolke aus Shampoo und Parfum frei.

»Wer hätte gedacht, dass der Abend noch so lustig wird«, sagte Gina und legte ihre Hand auf Falks Schulter, wodurch ihr Arm wie ein Absperrband vor Ella landete.

Es wären für Ella nur zwei Schritte hinter Falks Rücken an seine andere Seite gewesen, um ebenfalls im Kreis der Gruppe zu stehen. Doch sie ließ sich etwas zurückfallen und bahnte sich seitlich einen Weg durch die Feiernden, bis sie alleine mit ihrem Glas Wein am Balkongeländer lehnte und dem Treiben zuschaute. Einige Leute, die sie flüchtig kannte, wechselten im Vorbeigehen ein paar Worte mit ihr, wendeten sich aber bald wieder ab, um mit, so zumindest erschien es Ella, interessanteren Personen zu sprechen. Sie bildete sich das doch nicht nur ein. Was war falsch mit ihr?

»Fast hätte ich mich nicht getraut, dich anzusprechen«, hatte Nick am Anfang einmal gesagt. »Du hast so makellos schön dagestanden. Wie eine Statue aus geschliffenem Marmor. Mit einem Blick, als würdest du durch mich hindurchsehen. Ein aus der Zeit gefallenes Wesen.« Später hatte er es schlicht introvertiert genannt.

Ella drehte der Feier den Rücken zu, stellte ihr Glas auf die Balkonbrüstung und machte sich die nächste Zigarette an. Durch das Sicherheitsgitter sah sie ein lachendes Grüppchen unten auf der Straße. Sie hatten Spaß. ALLE hatten Spaß. Ekelhaft. Noch bevor Ella aufgeraucht hatte, killte sie die Glut, indem sie die Zigarette mehrmals senkrecht auf die Betonbrüstung stieß. Ein paar Funken fielen hinab und verglommen auf halbem Weg nach unten. Mit der erloschenen Kippe in der Hand drehte Ella sich um und sondierte den bestmöglichen Fluchtweg. An dem ausgemergelten grauhaarigen Typen vorbei zum Aschenbecher, Kippe loswerden und dann entlang der Fensterfront zur Tür. Obwohl Falk in der Nähe stand, wählte sie es ab, sich von ihm zu verabschieden.

Das Rotweinglas zwecks Unfallvermeidung vorsorglich auf Kopfhöhe haltend, arbeitete sich Ella in Richtung Aschenbecher vor. Es entstand ein kurzer, aber intensiver

Blickkontakt mit dem Grauhaarigen. Etwas an ihm wirkte anziehend. Ebenso ging eine unangenehme Arroganz von ihm aus. Ella nicht aus den Augen lassend, strich er beidseitig seine kinnlangen Haare nach hinten. Als würde er sie vor dem Spiegel gelen. Sie wendete ihren Blick ab und fixierte, weiter auf ihn zugehend, den Aschenbecher. Ein plötzlicher Stoß im Rücken ließ sie direkt vor seine Füße stolpern, wobei sich ein Schwall Rotwein über sein helles Sakko ergoss.

»Oh nein! Entschuldigung!« Mit aufgerissenen Augen betrachtete Ella den begossenen Typen und gleichermaßen sich selbst, wie sie so dastand, mit dem Weinglas in der tropfenden Hand. Als hätte der Adrenalin-Schub ihr Bewusstsein aus ihrem Körper geschubst und es neben sie gestellt.

»Das heißt nicht Entschuldigung!«, polterte der Grauhaarige. Eine verbale Ohrfeige, die auf Ellas Ego brannte. Was wollte der? Verstört wich sie zurück und sah zu, wie er mit den Fingerspitzen den durchnässten Jackett-Stoff von seinem weißen Hemd wegzog.

Der Impuls kam wie aus dem Nirwana. Irgendwo in Ellas Hirn regte sich etwas. Und mit all der ihr zur Verfügung stehenden Ironie presste sie hervor: »Ich BITTE UM Entschuldigung.«

Es war Zufall, dass sich Falk wenige Sekunden zuvor nach Ella umgesehen hatte. Die Gespräche hatten begonnen, ihn zu langweilen, und er hatte sich wieder ihr zuwenden wollen. Dass sie nicht mehr neben ihm stand, irritierte ihn. Normalerweise klebten die Leute, besonders Frauen, an seiner Seite. Schon aus Gewohnheit hatte er das auch von Ella erwartet. Wann immer er ihr begegnet war, hatte sie

auf eine sympathische Art und Weise zerbrechlich gewirkt.
Wie vorhin an der Galerie-Tür, als sie sich offensichtlich
nicht hatte entscheiden können, ob sie gehen oder bleiben
sollte. Es hatte ihm ein gutes Gefühl gegeben, sie zurück
ins Geschehen zu führen. Sie ein bisschen an die Hand zu
nehmen. Wo also war sie? Er ließ seinen Blick umherschwei-
fen und entdeckte sie nur wenige Schritte entfernt, als ihr
jemand versehentlich mit dem Ellenbogen in den Rücken
stieß und sich ihr Rotwein über diesen Honk ergoss, der
ihn mit seinem affigen Getue schon unten in der Galerie
aggressiv gemacht hatte. Die beiden standen nahe genug,
um jedes Wort zu verstehen. Zumal die Menschen rundherum verstummt waren.

Mit dem Unterarm räumte Falk die vor ihm Stehenden
zur Seite und baute sich neben Ella vor dem Arschloch auf.
»Was bist du denn für ein Vollidiot? Sie hat sich doch entschuldigt!«

Ella schrak zusammen. Mit einem beschwörenden »Ist-
schon-gut« versuchte sie, Falk zurückzudrängen.

»Du entschuldigst dich total nett und der macht hier
einen Film! Der spinnt doch!«

Falk schob sich vor Ella und wandte sich erneut dem Typen
zu. »Was soll das denn?«

Ungewollt fühlte sich Ella auf eine Bühne gezerrt. Wie
das stereotype Mädchen im Kinofilm, das beim Karaoke
plötzlich mit einem Mikro in der Hand im Rampenlicht
steht. Schock-Erlebnisse unterliegen immer demselben
Gesetz – sie werden gleichzeitig im Freeze und im Zeitraffer
wahrgenommen. Ella sah Falk auf den anderen einschnau-
zen. In Gorilla-Pose wie auf Dorf-Schützenfesten, bei denen
unter zu starkem Alkoholkonsum zu viel Testosteron aus

Nachbardörfern aufeinanderprallt. Sie war darauf gefasst, gleich Spuckefäden aus seinem Mund quellen zu sehen. Was genau er dem Typen entgegenschleuderte, vermochte Ella später nicht mehr zu sagen. Glasklar erinnerte sie sich jedoch daran, dass sich, im Gegensatz zu Falks Stimme, die des Grauhaarigen nicht überschlug, was unfassbar herablassend wirkte, als er erwiderte: »Was spielst du dich denn so auf? Hast so eine tolle Frau und benimmst dich so unter deinem Stand.«

»Stände gibt es höchstens noch in Indien.« Falk hatte Mühe, seine Fassung zu bewahren. Er hatte Jahre gebraucht, seine Aggressionen verbal zu verpacken, anstatt sich ihrer direkt physisch zu entledigen.

»Dann bist du unterste Kaste«, schleuderte ihm der Grauhaarige entgegen.

Die Provokation saß. Falks Körper preschte vor. Mit breiter Brust und abgewinkelten Armen. Eine reine Drohgebärde. Normalerweise reichte ihm das an Genugtuung. Der Hochmut dieses Wichtigtuers trieb ihn allerdings an seine Grenzen.

Natürlich würde er nicht zuschlagen. Er hatte gelernt, sich zusammenzureißen. Dennoch war er sich seiner physischen Wirkung bewusst. Sie klemmten ihre Schwänze ein wie verängstigte Hunde, wenn er seinen Körper so in Szene setzte.

Ella, die noch erstarrt mit dem Weinglas in der Hand dastand, hatte derartige Attitüde immer einem speziellen Typus Mann zugesprochen. Nicht Falk, dem sonst so charismatisch wirkenden Journalisten. Aufgepumpt wie ein Ochsenfrosch. Und hinter der Fassade in machohafter Hilflosigkeit gefangen. Das war verstörend und abstoßend.

Paralysiert von diesem Szenenbild, hatte Ella rein akus-

tisch den Anschluss verpasst und nicht mitbekommen, was
Falk zuletzt gesagt hatte. Als wäre der Filmton überraschend
wieder angeschaltet worden, vernahm sie nun aber deutlich,
wie der Grauhaarige Falk fragte, ob er überhaupt wisse, mit
wem er es hier zu tun habe?

What the fuck? Wofür hielt der sich?, rätselte Ella.
Nobelpreisträger?

Falk war kurz davor, seine Hände zum Einsatz zu bringen, daran hatte sie kaum Zweifel. Es machte sie wütend,
dass er sie in diese Opferrolle zwang. Ruppig griff Ella nach
seinem Arm und zog ihn von dem Grauhaarigen weg, was
Falk sich ohne Gegenwehr gefallen ließ.

»Was für ein Arschloch.« Falk senkte die Stimme so, als
müsste er Ella nach einem traumatischen Erlebnis beruhigen,
und fragte, was der Honk überhaupt gewollt habe.

Dabei hatte er die Belehrung durchaus verstanden. Er
wusste genau, wie diese Hochkultur-Spinner tickten. Eine
ganze Kindheit lang hatte er sie ertragen müssen. Diese
durch Theater-Foyers flanierende Möchtegern-Elite, die
Goethe rezitieren konnte, aber nicht die Sozialkompetenz
für den Umgang mit dem eigenen Kind aufbrachte.

»Mir die sprachlich korrekte Form der Entschuldigung
beibringen. Eben so ein Sprachdogmatiker. Germanistik-
Professor oder so.« Aus dem Augenwinkel sah Ella, dass der
Grauhaarige den Balkon verließ. Durch die Glasscheiben
beobachtete sie, wie er mit einer Serviette sein Jackett ab-
tupfte und schließlich die Rolltreppe hinunterging.

»So ein Quatsch. Der wollte dich bloßstellen.« Falk hatte
stimmlich wieder in den tieferen Moderatoren-Modus gefunden. »Der wollte der Sprachverhunzerin vom Online-
Magazin mal vorführen, wie man korrekt Deutsch spricht.«

»Jetzt übertreib mal nicht. Außerdem weiß er ja gar nicht, wo ich arbeite. Ich habe ihn jedenfalls nie zuvor gesehen.« Ella trat einen Schritt zur Seite, um ihr Weinglas auf einem Stehtisch abzustellen. »Wie auch immer. Ich haue ab. Bin fertig, mit dem Abend.«

»Soll ich dich nach Hause bringen?«

Ella war sich nicht sicher, ob Falk aus reiner Höflichkeit fragte, oder darauf hoffte, dass sein vermeintlicher Beschützer-Einsatz mit einem Fick belohnt würde. »Nein danke. Alles gut.« So würdevoll wie möglich schritt sie zu den Toiletten, wo sie sich erst ihre Rotweinhand abwusch und dann aufs Klo ging. Die beiden Kabinen neben ihr waren nicht besetzt. Aufatmend setzte sie sich auf die kalte Klobrille, pinkelte und blieb dort so lange sitzen, bis sie sich innerlich für den Weg zum Ausgang gerüstet fühlte.

Auf dem Bürgersteig stand Constanze, die alleine eine Zigarette rauchte. Mitfühlend lächelte sie Ella an.

»Hey, alles okay bei dir?« Sie nahm einen Zug, bevor sie sich mit einem »Ich-war-auch-oben« erklärte. Mehr als alle anderen, hatte sie die Szene genauestens verfolgt. Fast analytisch. Sie hatte ihre eigenen Erlebnisse mit Falk.

»Ja, danke.« Ella versuchte ebenfalls ein Lächeln. »Geht schon wieder.«

»Das war echt weird. Was wollte der überhaupt? Was hättest du denn sagen sollen?«

»Ich schätze genau das, was ich am Ende gesagt habe. Ich BITTE UM Entschuldigung.«

»Wichser. Denk bloß nicht weiter drüber nach. Was für eine menschliche Null. Klugscheißer.«

Ella zündete sich eine Zigarette an. »Rein sprachlich betrachtet war es ja richtig. Aber gar nicht alltagstauglich.«

Es tat gut, etwas Zuspruch zu bekommen. Ella sog den Rauch tief ein und stieß ihn langsam wieder aus. »Reiner Zufall, dass ich wusste, worauf er hinaus will. Ich habe neulich etwas darüber gelesen.«

Von Zeit zu Zeit warf Ella einen Blick in Weronikas Blog und war dabei auf einen älteren Eintrag zum Thema Entschuldigungen gestoßen. »Deshalb habe ich mich sofort daran erinnert, wie die förmlich richtige Entschuldigung zu klingen hat. Es ging darum, dass sich Frauen, im Gegensatz zu Männern, ständig für alles entschuldigen.«

Es-tut-mir-leid-Frauen hatten Constanze großgezogen, sie kannte sich, wenngleich sie von der Studie noch nie gehört hatte, bestens aus. Omas, Tanten, Schwestern – sämtliche Frauen in ihrer Familie mütterlicherseits entschuldigten sich ständig für alles. Den perfekten Kuchen, der angeblich nicht so war wie sonst, das unaufgeräumte Wohnzimmer, in dem nicht einmal eine Zeitung auf dem Tisch lag, die Drei-Minuten-Verspätung, die nasse Jacke, von der es auf den Boden im Hauseingang tropfte, weil es geregnet hatte. Constanzes Mutter hatte sich sogar noch für ihre Krebserkrankung entschuldigt.

»Schon krass, wie tief manche Verhaltensweisen in der Gesellschaft verankert sind und von Generation zu Generation weitergegeben werden.« Constanze strich sich mit dem Daumen der linken Hand, in der sie die Zigarette hielt, eine Haarsträhne aus dem Gesicht, die sogleich wieder zurückfiel.

Ella hatte diese locker gewundenen Dutt-Frisuren immer so begriffen, dass sie dazu erfunden worden waren, Strähnen lasziv herausfallen zu lassen. Warum also bemühte sich Constanze immer wieder um die Haarsträhne? Aber vielleicht war genau diese Beschäftigung Teil der Frisur. Was wusste Ella schon, die nicht einmal einen Föhn besaß.

Auf der gegenüberliegenden Straßenseite rannte ein herumalberndes Pärchen vorbei. Er zog sie an der Hand hinter sich her und feuerte sie an, ihm weiter zu folgen, um irgendetwas Spektakuläres anzusehen. Die beiden erinnerten Ella an ihr früheres Ich, das Nick in Hintergärten oder auf Hausdächer hinterhergestolpert war. Hinterhergestolpert? War das der Kern ihrer Beziehung zu Nick gewesen? Dass sie ihm hinterhergestolpert war?

Sie aschte auf den Bürgersteig und wendete sich wieder Constanze zu. »Jedenfalls klingelt es neuerdings bei jeder ausgesprochenen Entschuldigung in meinen Ohren. Ich meine: Entschuldigung, weil ich in der U-Bahn an jemandem vorbeigehen möchte? Was hat das mit Schuld zu tun?«

»Über die genaue Wortbedeutung habe ich nie nachgedacht.«

»Allerdings ist mir noch keine Alternative eingefallen. Tut mir leid – das ist ja auch so schräg. Welches Leid sollte ich empfinden, weil ich in der U-Bahn an jemandem vorbeigehen möchte?«

»Ich sage meistens sorry.« Constanze kickte mit der Spitze ihrer Sneakers gegen ein Steinchen. »Aber in Zukunft werde ich das einschränken und genauer drauf achten.«

Ella zuckte mit den Schultern. »Bedeutet sorry nicht auch nur Leid, also im Ursprung von sorrow? Ich bin mir nicht sicher. Aber abgesehen davon – die Sache da oben wäre ja gar nicht so eskaliert, wäre Falk, also der Typ vom Radio …«

»Ich kenne ihn. Wer nicht?« Constanze lachte auf. Falk verbrauchte Frauen wie Papiertaschentücher bei einer Erkältung. Sie selbst war einmal ein solches Taschentuch gewesen, in das er zwei Mal flüchtig hineingeschnäuzt hatte.

»Verstehe«, murmelte Ella.

Constanze war sich nicht sicher, ob Ella wirklich verstand, wollte jedoch nicht näher darauf eingehen. »Aber erzähl weiter. Du wolltest gerade was sagen.«

»Na ja, wäre Falk nicht dazugekommen, dann hätte ich das mit dem Typen schon geregelt. Wie kam Falk überhaupt darauf, sich so machohaft vor mich zu stellen und wie ein unbeholfenes Bambi wirken zu lassen?«

Manchmal stellen sich Erkenntnisse erst beim Sprechen ein. Während Ella redete, wurde ihr das Erlebte zunehmend bewusst. »Mich in so ein Frauchen-Korsett zu zwingen. Als ob ich meine Angelegenheiten nicht selbst regeln könnte. Ich hatte nicht danach gefragt. Wir kennen uns nicht mal richtig. Das war regelrecht übergriffig, sich einfach einzumischen und es so aussehen zu lassen, als wäre er der Mann an meiner Seite. Ich brauche keinen Beschützer.«

»Ich dachte, ihr seid befreundet oder so.« Tatsächlich hatte Constanze sich gefragt, ob Ella Falks neueste Eroberung war und wie weit sie noch davon entfernt war, sich benutzt zu fühlen.

»Na super. Wahrscheinlich denken das jetzt alle. Dabei sind wir nur zusammen mit einem Glas Wein auf den Balkon gegangen, um zu rauchen. Eigentlich wollte ich gerade gehen und da hat er mich gefragt, ob ich mitkomme. Wir kennen uns von ein paar beruflichen Terminen.«

»Da kommt er übrigens.« Constanze deutete mit einer Kopfbewegung auf die gläserne Tür zur Pop-up-Galerie, hinter der Falk sich seine Jacke anzog.

»Okay, nimm es mir nicht übel. Aber ich bin weg.« Ella ließ ihren Zigarettenstummel fallen, trat die Glut mit der

Schuhspitze aus und hob ihn anschließend wieder auf. »Kannst du mir geben«, sagte sie und deutete auf Constanzes Kippe, »da drüben ist ein Mülleimer.«

»Danke, aber ich mache mich auch auf den Weg.« Gemeinsam steuerten sie auf den Mülleimer zu und ihre Hände stießen, als beide ihren Zigarettenstummel in die kleine Öffnung werfen wollten, aneinander.

Es braucht nur Augenblicke, einen Vorsatz zu fassen, aber lange Zeit, diesen umzusetzen.

»Sorry«, sagten beide.

Hinterhof

Marte stand in der Dunkelheit vor seinem Atelier und rauchte eine Zigarette, als er Ella auf den Hinterhof kommen sah. »Nicht erschrecken«, rief er ihr leise zu.
Sie erschrak. »Du stehst da wie ein Stalker.«

Marte fühlte sich ertappt. Zwar würde er Ella niemals in der Art und Weise eines Stalkers belästigen, hatte aber dennoch in Erwägung gezogen, so lange auf dem Hof zu rauchen, bis sie nach Hause kommen würde. »Noch eine Gute-Nacht-Zigarette?«, ging er über den Spruch hinweg.

»Unbedingt. Ich muss mich erst mal abregen, bevor das mit der guten Nacht etwas wird.« Ella stellte sich neben Marte, schüttelte den Kopf, als er ihr eine Zigarette anbot und steckte sich eine aus ihrer eigenen Schachtel an.

»Was ist passiert?« Marte drehte sich zur Fensterbank und klappte den Bügel am Glas der Solarleuchte um. »Es werde Licht.«

»Hättest du mal anmachen sollen, bevor du mir mit der Stimme aus dem Off einen Adrenalinstoß verpasst hast.«
»Tschuldigung.«
»Das heißt nicht Tschuldigung!«, schnauzte Ella ihn an. Sie war miserabel im Vortäuschen und grinste, weil Marte erwartungsgemäß befremdet reagierte. »Du glaubst echt nicht, was mir vorhin passiert ist.«

»Toxische Männlichkeit«, war Martes Fazit, nachdem Ella ihre detaillierte Schilderung der Balkon-Szene beendet hatte.

»Und dann hat mich dieser Falk auch noch Sprachverhunzerin vom Online-Magazin genannt, es aber so verpackt, als wäre das nicht seine Meinung, sondern die Wahrnehmung des Sprachdogmatikers.« Mit dem Daumen drehte Ella am

Rädchen ihres Feuerzeuges, das sie mit der Faust umklammerte. »Was ist das? Der eine will mich belehren, der andere beschützen – ich dachte, dieser Scheiß ist so langsam mal vorbei. Mit diesen Themen haben sich unsere Mütter schon beschäftigt. Und wir sind immer noch nicht durch damit?«

»Sieht so aus. Aber Wut ist ein präziser Wegweiser«, sagte Marte.

»Wie meinst du das?«

»Na ja, die Sache scheint dich ja getriggert zu haben. Du beschäftigst dich immer noch damit. Dabei hast du nichts falsch gemacht. Trotzdem beziehst du die Reaktion der beiden auf dich.« Marte biss sich innerlich auf die Zunge. What the fuck? Er klang wie seine Mütter.

»Sie haben mich so unfähig, klein und dumm wirken lassen.«

»Wohl eher fühlen lassen.«

»Okay.« Aufgebracht fummelte Ella eine neue Zigarette aus ihrer Schachtel. Marte hatte recht. Das war ein Unterschied. »Was also hätte ich anders machen sollen?«

»Keine Ahnung. Vielleicht einen Schritt zurücktreten und mitteilen, dass du dich von dieser Situation distanzierst, weil du nur unabsichtlich Wein verschüttet hast.«

Mit dem Daumennagel drückte Ella Rillen in ihren Zigarettenfilter und betrachtete das Muster. Gedanklich spulte sie die Szene auf dem Balkon erneut ab und veränderte sie so, wie von Marte vorgeschlagen. Es funktionierte. In der Rolle der Ella, die sich distanzierte und das sogar verkündete, fühlte sie sich wohler. »Eine einzige Stellschraube und ein komplett anderes Ergebnis.« Sie blickte von ihrem Zigarettenfilter auf.

»Wut ist ein effektiver Antrieb für innere Veränderung. Hör auf deine Trigger und du weißt, was du bearbeiten musst.« Marte verzog das Gesicht, als hätte er mit dem Gesagten nichts zu tun. »Eine Weisheit meiner Mütter.«

»Wird eine umfangreiche Liste.« Schon beim Sprechen kam Ella der zweite Trigger des Abends in den Sinn. War sie Nick wirklich fünf Jahre lang hinterhergestolpert?

»Und die Enttarnung der verdeckten Aufgaben hat begonnen«, stellte Marte fest.

»Leuchtet eine Laufschrift-Leiste auf meiner Stirn?«

»So ungefähr.« Es freute Marte, dass er offenbar richtig gelegen hatte. »Worum geht's? Kann ich mit weiteren Lösungen behilflich sein?«

Ella schüttelte den Kopf. »Das muss ich selbst erst mal decodieren.« Sie betrachtete ihre halb aufgerauchte Zigarette, nahm einen kurzen Zug und drückte sie im Aschenbecher aus.

Marte war klar, dass sie gleich gehen würde. Er konnte zwischen vier Arten, wie Ella Zigaretten in seinem runden Edelstahl-Aschenbecher ausdrückte, unterscheiden. Normalerweise killte sie die Glut routiniert in der inneren Rille, wo sich Boden und Rand trafen. Dabei knickte sie den Filter um, stützte Mittel- und Ringfinger von außen gegen den Ascher, wobei ihr Zeigefinger waagerecht abstand, und hielt den Daumen so lange auf die Kippe, bis sie sicher war, dass es nicht mehr qualmen würde. Es gab ein nachdenkliches Austippen, das nahezu zart anmutete, und ein wütendes Ausstoßen, bei dem die Funken flogen. Der kurze feste Druck, mit dem sie jetzt ihre Zigarette beendet hatte, signalisierte Marte, dass sie sich verabschieden würde.

»Ich muss ins Bett«, sagte Ella erwartungsgemäß und umarmte Marte. »Danke fürs Zuhören.«

Marte schloss seine Arme um Ella und hielt sie einen Moment innig. Dann – und er wusste, dass dies den Unterschied zwischen angenehmen und unangenehmen Umarmungen ausmachte – löste er seine Hände von ihrem Rücken. »Gute Nacht.«

»Danke. Dir auch eine gute Nacht.«

Als Ella bereits auf den Stufen zu ihrer Hintertür stand, rief Marte ihr hinterher: »Hast du die Bändchen für das Bild schon rausgesucht?«

»Nein. Noch nicht. Ich bringe sie dir dann rüber.«

»Alles klar.«

Die Bändchen erinnerten Ella an die immer noch ungeschriebene Playlist. Im Vorbeigehen schnappte sie sich aus dem Altpapier in der Küche einen Briefumschlag und notierte darauf ihre Aufgaben für den nächsten Tag: *Playlist, Bändchen, Mülla-Artikel und Tätowiererin.*

Kiosk Linie 5

In der Nacht hatte Ella von Nick geträumt. Wieder einmal. Genau konnte sie sich nicht erinnern, aber sie war ihm in den Bergen beim Klettern begegnet. Beides war das Gegenteil von dem, was Ella mochte. Und weil das so war, hatte Nick nur verständnislos den Kopf geschüttelt und gesagt, sie solle aufhören, ihm hinterherzustolpern und endlich ihr Ding machen.

Fünf Uhr morgens erst. Aus dem Weinkisten-Regal neben dem Bett angelte Ella ihr Notizbuch hervor, zog vom daran klemmenden Tintenstift die Kappe ab und schlug die Seite mit der Liste auf. *Klettern*, schrieb sie in die Mag-ich-nicht-Spalte. Dann sah sie erneut auf die Uhr. Sie würde sowieso nicht mehr einschlafen. Also konnte sie sich ebenso gut der Playlist widmen.

Nachdem sie sich einen Salzkaramell-Tee gekocht hatte, ging sie mit ihrem Laptop zurück ins Bett und öffnete die App ihres Streaming-Dienstes. Unter dem Hashtag *Trennung* wurde ihr eine Flut von Playlists angezeigt. *Trennungsschmerz, Trennungslieder, Trennung Rap, Heartbroken, Trennungssongs.* Ella klickte *Shout Out To My Ex* an. Der erste Song trug denselben Titel wie die Liste. Er war ihr zu poppig und der Text setzte da an, wo der Liebeskummer schon bewältigt war. So weit war sie noch nicht. Ein paar Songs später war klar, dass sie für den kraftvollen Mood der Liste längst nicht bereit war. Also die nächste. Ella hatte sich bereits durch vier Listen gehört und gescrollt, als sie endlich eine eigene Playlist anlegte. Zuerst zog sie *So Loneley* von The Police in die Liste. Es verging mindestens eine Stunde, bevor *Six Feet Under* von Billie Eilish folgte. Zehn Songs. So lautete die Vorgabe. Mittlerweile war es kurz vor acht Uhr. Wenn sie für jeden Song eine Stunde brauchen würde, wäre sie erst um sechzehn Uhr fertig. Sie benötigte einen Kaffee. Und eine Umarmung.

Der Frühling brach durch die üppig beblüteten Äste der Magnolien und tat so, als wäre es eines jeden Menschen Pflicht, an diesem warmen Morgen gute Laune zu haben. Die Tür zu Najahs Straßenbahn-Kiosk stand offen und vor dem Tresen warteten zwei Leute auf ihren Kaffee. Sie hatten eigene Becher dabei. Wie alle, die nicht wie Ignoranten dastehen wollten. Najah bot die bunt bedruckten Bambus-Becher zum Kauf an und Ella besaß inzwischen eine ganze Sammlung. Erst seit Najah ihr den Tipp gegeben hatte, den abgewaschenen Becher direkt in die Arbeitstasche anstatt in den Schrank zu packen, kamen kaum weitere Stücke dazu.

»Ella! Wie schön, dich zu sehen.« Najah füllte Kaffee in die Becher und packte die von ihrer gesamten Kundschaft geliebten Barazek in eine kleine Papiertüte, die sie ebenfalls über den Tresen reichte. »Für dich auch?«, fragte sie mit einem Nicken auf das syrische Gebäck in der Tüte.

»Ja. Unbedingt«, antwortete Ella. »Und einen Kaffee mit …«

»… Kardamom«, beendete Najah den Satz, während sie kassierte.

»Wie geht es dir, Ella?« Najah kam, nachdem die andere Kundschaft gegangen war, mit einem Tablett hinter dem Tresen hervor. »Wir setzen uns raus, ja? Niemand sollte diesen sonnigen Tag in geschlossenen Räumen verbringen.«

Ella nahm Najah das Tablett ab und trug es die Stufen hinunter. »Der Kaffee duftet wunderbar.«

Sie setzten sich auf die Paletten vor dem Kiosk, für die Najah aus Stoffresten Kissen genäht hatte. In den Nächten damals, wenn sie wieder nicht hatte einschlafen können. Es waren viele Tränen in diesen Kissen versickert, bevor jemand darauf Platz genommen hatte. Najah fuhr mit der Hand über den Stoff, riss sich sogleich wieder aus ihren Gedanken und erinnerte sich an das Glück, diesen milden Frühlingstag lebendig und in Freiheit erleben zu dürfen. Sie atmete tief ein, schloss kurz die Augen und atmete wieder aus.

»Und …« Ein Löffel fiel klimpernd auf den Boden, als Ella die Tassen vom Tablett nahm. Sie hob ihn auf und wischte ihn an ihrer Hose ab, bevor sie ihn auf ihre Untertasse legte. »… ich weiß nicht so genau, wie es mir geht. Alles ist gerade so durcheinander. Ich komme mit meinen Aufgaben nicht voran und ich weiß besser, was ich nicht mag, als das, was ich mag. Seit ich nicht mehr mit Nick zusammen bin, weiß ich irgendwie nicht mehr, wer ich bin. Oder wie ich sein will. Was mich ausmacht. Keine Ahnung.« Ella zuckte mit den Schultern.

Es sind die Tiefpunkte im Leben, die Menschen dazu antreiben, sich neu auszurichten. Das wusste Najah nur zu gut. Und wenngleich Ella nicht, wie sie selbst damals, gleich ihre ganze Heimat hinter sich lassen musste, so war ihr dennoch klar, dass diese junge Frau gerade ihren Halt verloren hatte. »Weißt du«, sagte sie, »die schlechten Phasen im Leben sind nicht die schlechtesten. Sie führen dich tiefer zu dir selbst. Du wirst bald – schneller als du dir jetzt vorstellen kannst – Antworten darauf haben, was du wirklich magst, wie du sein willst und was dich ausmacht.«

Ella seufzte. »Okay.« Mit beiden Händen umschloss sie die Kaffeetasse, nahm einen Schluck und lächelte. »Ich habe

Kaffee mit Kardamom noch gar nicht auf meine Mag-ich-Liste geschrieben.«

»Dann wird es Zeit. Die kleinen Dinge haben mehr Anteil am großen Glück, als ihnen zugesprochen wird. Die meisten Menschen vergeuden ihre Tage damit, auf das Spektakuläre zu warten, das sie glücklich macht. Alle wollen immer diesen Knall. Ein Feuerwerk des Glücks. Aber das Leben ist ein Puzzle. Kleinteilig. Und die Befriedigung wird von dem leise ploppenden Geräusch und dem Gefühl unter dem Zeigefinger genährt, wenn du mal wieder ein passendes Teil einfügen kannst.«

»Das klingt nach unendlicher Geduld. Schätze, dass ich zu den Feuerwerk-Leuten gehöre. Träumst du denn niemals von einer wirklich großen Sache?«

Najah zündete sich eine Zigarette an. Sie kam sich dabei immer noch revolutionär vor. Selbst hier in Deutschland, wo das Rauchen so leicht war. In Syrien hatten Frauen zur Zigarette gegriffen, um ein Statement zu setzen. Qualmend hatten sie gegen Restriktionen aufbegehrt und zugesehen, wie sich ihre Flagge des Widerstands, die so stolz aus ihren Mündern wehte, wieder und wieder über ihren Köpfen auflöste. »Habe ich, habe ich. Es gab eine Zeit in Syrien, da war die Freiheit greifbar nahe. Das war mein großer Traum. Ein gesellschaftlich modernes Leben in meinem Heimatland. Ich muss dir nichts erklären, du kennst die Historie des Landes. Zwangsläufig hat sich mein Traum gewandelt. Der Wunsch nach Freiheit ist geblieben, aber den geliebten Ort musste ich mir aus dem Herzen reißen.«

»Wie bist du eigentlich ...«, Ella stockte. Sie wusste nicht, ob es ihr zustand, danach zu fragen. »Also falls du nicht darüber reden möchtest, ist es natürlich okay. Aber – auf welchem Weg bist du denn nach Deutschland gekommen?«

Najah hatte damit zu leben gelernt, dass ihr Schmerz größer war als ihr Körper. Um nicht zu zerbersten, fasste sie sich stets kurz, wenn sie nach ihren Erlebnissen der Flucht gefragt wurde. Und so wollte sie es auch dieses Mal halten. »Mit dem Boot. Tatsächlich mit dem Boot. Wir wurden dann sechs Tage lang in einem Lager in Griechenland festgehalten. Später haben wir unsere Reise mit dem Zug fortgesetzt.«

»Wer war denn bei dir?«

»Mein Sohn.«

»Du hast einen Sohn?« Ella war erstaunt. Najah hatte ihn bisher nie erwähnt.

»Hatte. Hatte.« Najah strich über den Kissenstoff. »Wir hatten schon alles überstanden, weißt du. So viele Etappen. Wir konnten kaum glauben, es wirklich bis Deutschland geschafft zu haben.« Sie hielt inne. Strich wieder über den Stoff. »Schlimm waren die kalten Tage und Nächte in einer Halle, die wir ohne Decken und Nahrung verbringen mussten. Das war in Ungarn. Es ging dort sehr unmenschlich zu. Und wir hatten ja schon lange Fußmärsche hinter uns. Durch Wälder, durch Matsch und immer mussten wir auch unsere Angst durchqueren. Ein Schleuser brachte uns schließlich von dort mit dem Auto nach Deutschland. Hier wurde uns sehr geholfen. Mit den Papieren vor allem, weißt du. Und eines Tages war es so weit, dass Khalil und ich die Linie 5 übernehmen konnten. Unseren Kiosk. Khalil war so glücklich, endlich wieder ein Leben zu haben. Er hatte so viele Pläne. Ein paar Wochen später ist er vor meinen Augen zusammengesackt. Plötzlicher Herztod. So jung.«

Eine Weile sagten sie nichts. Saßen nur da. Najah im Erstaunen über sich selbst, angesichts dieser ausführlichen Schilderung. Und Ella im Ringen nach den richtigen Worten, die ihr Mitgefühl auf angemessene Weise ausdrücken würden.

»Er war schwul«, sagte Najah unvermittelt.

Und dann kam der Bus.

»Oh, ich habe die Zeit ganz vergessen.« Najah nahm ihre Kaffeetasse, kippte den letzten kalten Schluck hinunter und stand auf.

»Lass stehen. Ich bringe es dir gleich rein«, sagte Ella.

»Danke.« Najah eilte die Stufen hinauf in den Straßenbahnwaggon.

Benommen blieb Ella sitzen und betrachtete die Menschen, die aus dem Bus stiegen. Die meisten von ihnen hasteten auf die umliegenden Büros zu. Doch wie in fast jedem ankommenden Bus war auch Kundschaft für Najah dabei. Ella hatte den Fahrplan im Kopf. Zu dieser Uhrzeit stoppten verschiedene Linien im Minutentakt. Es war sinnlos, auf Najah und eine Fortsetzung des Gesprächs zu warten. Sie hielt ihr Gesicht in die Morgensonne und trank ihren Kaffee aus. Als sie die Tassen auf das Tablett stellte, entdeckte sie in Najahs Kaffeesatz eine Sonne. Ihr eigener Bodensatz war weniger eindeutig. Sah aus wie ein Wolf. Oder Hund? Das Hundethema verfolgte sie. Aber nein, es war die Silhouette eines Wolfes. In Gedanken wiederholte Ella das Wort, um eine sinnvolle Deutung heraufzubeschwören. Wolf, Wolf, Wolf … Wulf! Das Tattoo! Ella brachte das Tablett in den Kiosk und stellte es hinter den Tresen. »Du hast eine Sonne«, flüsterte sie Najah zu und deutete auf deren Tasse.

Najah lächelte. »Das ist positiv.« Nebenbei warf sie einen Blick in Ellas Tasse. »Ein Wolf«, raunte sie und hantierte weiter mit Tellern und Tassen, um ihre Kundschaft zu bedienen.

Wir haben einen Termin in drei Wochen, schrieb Ella später an Selle und leitete ihr die Terminbestätigung der Tätowiererin weiter.

Wenige Sekunden darauf kam die Antwort von Selle. *Weißt du schon, welche Stelle?*

Zögernd sah Ella auf das Display. Neulich war sie noch so überzeugt gewesen. Aber wollte sie das wirklich? *Nein. Oder vielleicht. Du?*

Ja. Oder … vielleicht nicht.

Ella legte das Handy zur Seite und ging zu ihrem großen Flurspiegel. Sie zog ihr Oversize-Shirt aus und ließ es auf den Fußboden fallen. Im Spiegel betrachtete sie die von ihrem Top unbedeckten Stellen. Oberarm. Schulter. Sie drehte sich. Nacken? Aus dem Rucksack, der auf einem Holzstuhl am Küchentisch lag, kramte Ella ihr Notizbuch hervor und zupfte die Zeichnung mit der Schwalbe aus der Innentasche. Sobald sie das Papier entfaltet hatte, flackerten vor ihrem inneren Auge Bilder von Wulf auf. Beim Anblick seines Tattoos hatte Denne mal gescherzt – oder neidvoll bemerkt –, dass Wulf damit für Sexy-Handwerker-Kalender posen könne. Einer dieser Denne-Sprüche, die Wulf stets hatte ins Leere laufen lassen. Keinesfalls, und das hatte auch Denne gewusst, wäre Wulf auf die Idee gekommen, seine muskulöse Statur in irgendeiner Form in Szene zu setzen. Dahinter, das wurde Ella in diesem Moment klar, hatte keine Entscheidung oder Haltung gesteckt. Das war schlichtweg sein Naturell gewesen. Niemals, auch das ging Ella vor dem Spiegel auf, hätte Wulf sich, wie sie selbst eben erst, vor dem Spiegel gedreht, um die richtige Stelle für sein Tattoo zu finden. Oder bei dieser Überlegung gar die Außenwirkung bedacht.

»Ist nur für mich«, hatte er auf ihre Frage nach dem

Grund für das Tattoo geantwortet. »Ich will das niemandem zeigen oder ein Statement abgeben oder so. Das ist mir alles scheißegal. Es ist eine Erinnerung. Und es gibt nur eine einzige Stelle auf meinem Körper, die dafür in Frage kommt.«

Anschließend hatte er komisch gelächelt, sodass Ella annahm, sie müsste etwas verstehen, das sie nicht verstand. Bis jetzt hatte sie keinerlei Erleuchtung, was Wulf dazu bewegt hatte, sich eine große Schwalbe auf die linke Brust tätowieren zu lassen. Eine Erkenntnis hatte die Betrachtung der Zeichnung ihr dennoch zugespielt. Ella bückte sich nach ihrem Shirt und zog es wieder an. Es gab nur eine einzige Stelle auf ihrem Körper, die für das Tattoo in Frage kam.

Tattoo-Studio

Die Häuserzeile mit dem Tattoo-Studio lag in einem Viertel, in dem lange niemand wohnen wollte. Mittlerweile rissen sich alle darum, hier ein egal wie winziges Zimmer für übertrieben viel Geld zu ergattern. Die Häusereingänge waren überwiegend mit Graffitis besprüht und die Haustüren mit Aufklebern, Plakaten und Postkarten beklebt.

Auf Selle wartend, zündete sich Ella eine Zigarette an und betrachtete die alten Single-Cover, mit denen jemand im Eingang neben dem Tattoo-Laden die Glasscheiben von innen verklebt hatte. Ebenso wie sie es ursprünglich in ihrer Wohnung geplant hatte, bevor Nick meinte, sie würde sich dadurch den Blick nach außen vorenthalten. Ob hier, hinter den Beatles, Vicky Leandros und Jürgen Drews jemand wohnte? Jemand wie sie? Eine Person, die sich scheute, anderen einen Blick in ihr Leben zu gewähren? Die sich schützte vor diesen Blicken ins Intimste? Das immerhin hatte sie Nick zu verdanken: den freien Blick auf die Straße. Und dass sie sich nicht hinter Heintje und Abba versteckte.

Die meisten Cover kamen Ella bekannt vor. Mareikes Mutter bewahrte die gleichen alten Singles in einem Album aus orangefarbenem Stoff auf. Frühstückstellerkleine Schallplatten in Plastikhüllen. Für ein Fotoalbum hatte Ella es damals gehalten, als Mareike ihr die Sammlung wie ein Heiligtum in den Schoß gelegt hatte. Da war sie fünf Jahre alt gewesen. Fünf. Jahre.

War jetzt immer alles was mit Nick? Sogar die verkackte Fünf?

Ella schlenderte die paar Schritte zum Eingang des Tattoo-Studios zurück und versenkte ihre erst halb aufgerauchte

Zigarette im Sand des Stand-Aschenbechers vor der Tür, als diese sich von innen öffnete. Sie erkannte Lynn sofort. Das Hals-Tattoo, ein filigranes Muster, das sich wie eine aufwendig gewirkte Kette bis in den Ausschnitt ergoss, war unverwechselbar. Ebenso der extrem kurze Pony im Kontrast zu ihrem lang über die Schultern fallenden schwarzen Haar.

»Hey«, sagte Lynn, »ich hab dich hier draußen rauchen sehen. Du hast gleich einen Termin bei mir, richtig?«

»Den Doppeltermin, genau. Ich warte noch auf Selle.«

Lynn hielt weiter die Tür geöffnet. Aus dem linken Ärmel ihres Langarm-Shirts kroch ein Schlangen-Tattoo bis zu ihrem Mittelfinger. »Komm gerne mit nach hinten. Ich wollte sowieso noch eine rauchen, dann können wir uns schon ein bisschen austauschen.«

Sie führte Ella durch den Empfangsbereich des Studios zur Hintertür, vor der sich eine zur Terrasse umgenutzte Laderampe erstreckte. Auf einem runden Blechtisch lagen eine Tabakpackung und ein kleines Buch, das Ellas Aufmerksamkeit auf sich zog. Chimamanda Ngozi Adichie: *We Should All Be Feminists*.

»Ein erhellender Text«, sagte Lynn. »Möchtest du Kaffee? Der Automat ist kaputt, aber ich habe Filterkaffee mit Pflanzenmilch.«

»Gerne.«

Lynn ging zurück ins Studio. Ella hörte Geschirr klappern. Sie nahm das dünne Buch im Pocket-Format und drehte es um, sodass sie den Klappentext lesen konnte. Es waren nur wenige Sätze auf Englisch. Ein Zitat der Autorin, das sich mit dem Traum einer faireren Welt und glücklicheren Menschen beschäftigte. Drei Wörter, die sich auf Männer und Frauen bezogen, hallten wie ein Echo in Ellas Kopf.

Truer to themselves. Truer to themselves …

»Ich habe es wahrscheinlich schon zehn Mal gelesen.« Lynn stellte zwei bauchige Keramiktassen auf den Tisch. »Ich bin auf dem Dorf aufgewachsen. Da bist du ein Alien, wenn du das Wort Feminismus nur aussprichst.« Sie griff nach der Tabakpackung.

Ellas Gedanken sprangen automatisch zu Denne.
Ob sie jetzt etwa auch zu einer von diesen unrasierten Feministinnen mutieren würde, hatte er eine Bemerkung von ihr zur Gender-Pay-Gap kommentiert.

»Ich kann mir die Beine rasieren UND für geschlechtergerechte Löhne sein«, hatte sie geantwortet, die Diskussion aber nicht weitergeführt. Wäre sie true to herself gewesen, hätte sie argumentiert. Ihn nicht so leicht mit dem Spruch durchkommen lassen.

Wissend verzog Ella ihre Miene. »Same.« Mit viel zu großer Verzögerung wurde sie, da sie sich an diese Sache erinnerte, wütend. Nicht auf Denne. Sondern auf sich. Und darauf, dass weibliche Körperbehaarung überhaupt jemals ein Thema in der Gesellschaft geworden war.

»Also auch ein Landkind?« Lynn zupfte ein Blättchen aus der Packung und verteilte Tabak darauf, den sie mit den Zeigefingern festdrückte und routiniert in Form rollte. Ihre Zunge glitt über den Klebestreifen, sodass Ella ihr Zungenpiercing sehen konnte.

»Inzwischen wohne ich hier in der Stadt. Aber wie heißt es so schön: Du kannst das Dorf verlassen, aber das Dorf verlässt dich niemals.«

»Ist so. Ich war neulich bei meinen Eltern und habe mich abends mit ein paar Leuten aus der Schulzeit getroffen.

Ein ganz normaler Abend. Aber mittendrin haben sich meine Tattoos plötzlich anders angefühlt als in der Stadt. Also ich meine – ich habe wirklich viele.« Lynn legte ihre fertig gedrehte Zigarette auf den Tisch und schob die Ärmel ihres T-Shirts hoch. »Nicht, dass ich mich dafür geschämt hätte. Aber es fühlte sich an, als würden sie anders wahrgenommen. Abschätzig beäugt. Als wäre ICH anders. Nicht passend. Zuviel. Keine Ahnung, wie ich das nennen soll.«

»Paradiesvogel.« Ella tastete in ihrer Jackentasche nach den Zigaretten und zündete sich eine an.

»Genau.« Lynn steckte sich die Selbstgedrehte zwischen die Lippen.

»Das Gefühl kenne ich. Sie umarmen und bewerten dich in nur einem einzigen Atemzug.«

»Ist so. Und wenn du dann sowas wie Feminismus sagst«, Lynn deutete mit dem Kinn auf das Buch, »oder …«

»Gender-Pay-Gap«, warf Ella ein und erzählte von ihrem kurzen Wortwechsel mit Denne. »Dass Beinhaare überhaupt von Interesse sind, ist so ein Armutszeugnis für unsere Gesellschaft. Wir leben in den 2020er Jahren. Gehts's noch? Und weißt du was das Schlimmste ist?« Aufgebracht nahm Ella einen Zug von ihrer Zigarette. »Dass ich selbst in diesem Muster stecke. Dass ich mich Denne gegenüber äußern muss, ob ich gleichzeitig rasiert und für geschlechtergerechte Bezahlung sein kann. Und dass ich, wie neulich, meine Jogginghose über die Schienbeine ziehe, damit mein Nachbar nicht die Haarstoppeln an meinen Beinen sieht, gleichzeitig aber denke, dass ich zu meinen Beinhaaren stehen sollte. Verstehst du?« Asche fiel von Ellas Zigarette auf den Tisch. Sie nahm den Aschenbecher, hielt ihn an die Tischkante und wischte die Asche mit der Handkante hinein. »Ich denke über meine Beinhaare nach!«

»Wir sitzen alle in Sozialisierungskäfigen. Ich bin ja der Überzeugung, dass die Filmindustrie unseren Blick auf Beinhaare, Oberschenkel, Brüste und Ärsche geprägt hat.«

»Du meinst, Hollywood ist an allem schuld?« Ella lachte auf. »Ist so. Sogar an unserer Vorstellung, wo wir Sex haben und wie wir dabei klingen oder aussehen sollten.«

Die Intensität, mit der Lynn an ihrer Zigarette zog, ließ das Blättchen hörbar knistern. Sie legte ihren Kopf in den Nacken und stieß langsam den Rauch aus. Manche Erkenntnisse offenbaren sich so überraschend, dass sie körperliche Reaktionen hervorrufen. Ungläubig schüttelte Lynn ihren Kopf. »Vermutlich sogar wie ich rauche.«

Ella, die im Begriff war, ebenfalls einen Zug von ihrer Zigarette zu nehmen und ihren Kopf schon leicht zur Seite geneigt hatte, hielt inne. »Fuck.«

»Genau. Fuck.«

Sie schwiegen einen Moment.

»Hast du früher auch geübt?«, fragte Ella. Mit Esma hatte sie eine Zeit lang den herumliegenden Schachteln ihres Vaters einzelne Zigaretten entnommen und das Rauchen regelrecht einstudiert. Zuerst war nur Nichthusten das Ziel gewesen. Anschließend hatten sie sich um Coolsein bemüht.

»Ja klar. Aber rückblickend – wie dumm ist das denn?« Lynn drückte ihre Zigarette aus. Wie dumm war Rauchen überhaupt? Ungesund. Und wie absurd für eine, die beim Einkauf Healthy Food im Sinn hatte. Und doch. Als Ventil erschien es Lynn immer noch besser als das Ritzen. In selbstquälerischen Akten hatte sie sich in ihrer Jugend Narben zugefügt, die tiefer gingen als das, was an ihrer Hautoberfläche zu sehen war. Nur sie kannte noch die Stellen. Die dunkelroten Striche auf der Haut. Alle anderen sahen nur die Tattoos. »Okay.« Sie atmete tief durch. »Wollen wir schon mal die Einverständniserklärung durchgehen?«

»Ist langsam Zeit, oder? Ich weiß gar nicht, wo Selle bleibt.« Ella sah auf ihr Handy. Sie hatte eine Nachricht von Selle. »Ihre Bahn hat Verspätung.«

»Ich habe nach euch noch einen Termin. Vielleicht fangen wir dann schon mit deinem Tattoo an? Du kannst ihr ja schreiben, dass sie einfach reinkommen und hier warten kann.«

Auf der Liege spürte Ella, wie ihre Handflächen feucht wurden. Bevor sie in diesen klinisch sauberen, jedoch freundlichen Raum gegangen waren, hatte sie verneinend den Kopf geschüttelt, als Lynn nach Medikamenten- und Drogeneinnahme fragte. Sie hatte deren Ausführungen über eventuelle Nachblutungen sowie mögliche Kreislaufprobleme im Laufe der Sitzung angehört und schließlich unterschrieben.

Lynn zog ihr T-Shirt aus, sodass sie nur noch ein schwarzes Top trug, schlang ihre Haare zu einem Knoten über dem Wirbel am Hinterkopf zusammen und befestigte sie mit einem Haargummi. »Bereit?«

»So bereit, wie eine sein kann, die Angst vor Schmerzen hat.«

Ella kniff die Augen zu, als Lynn begann, mit der Tätowiermaschine über ihre Brust zu fahren. Und während Lynn mit einem Tuch tupfte, neue Striche zog, tupfte und wieder ansetzte, war Ella bemüht, sich gedanklich wegzubeamen. Doch so sehr sie sich auch Strände und süße Hundewelpen vorzustellen versuchte, landete sie immer wieder bei der Erinnerung an Wulf. Unter den Nadelstichen schwitzend, zwang Ella sich, ihre zusammengebissenen Kiefer zu lockern und dem Schmerz Raum zu geben. Sie öffnete die Augen und konzentrierte sich auf die Blumenmuster, Punkte, Striche und Linien auf Lynns Haut. Doch auch als Lynn »fertig« sagte, mit einem feuchten Tuch über das frisch gestochene Tattoo wischte und Ella einen Spiegel hinhielt, liefen dieser noch die Tränen aus den Augenwinkeln.

»Das Motiv kommt mir total bekannt vor. So eine Schwalbe habe ich schon mal gestochen.« Lynn legte den Kopf schief und betrachtete ihr Werk. Mehr als ihre Augen erinnerten sich jedoch ihre Hände. Bereits bei der Arbeit hatte sie gespürt, dass sie die Linien schon einmal gezogen hatte. »Das Tattoo war größer. Aber nahezu identisch.«

Zweifellos, das wurde Ella in diesem Moment endgültig klar, hatte Lynn keine Erinnerung daran, dass sie Wulf damals begleitet hatte. Und so war Ella schon im Begriff, den Zusammenhang aufzuklären, als Lynn sagte, dass der Auftrag besonders gewesen sei.

»Der Kunde hatte die Schwalbe selbst gezeichnet und schon am Telefon gefragt, ob ich es hinbekomme, sie so flattern zu lassen, wie die Brüste seiner Freundin auf seinem Brustkorb beim Sex.«

Mit weit aufgerissenen Augen betrachtete Ella im Spiegel ihre linke Brust, auf der eine kleine Schwalbe flatterte.

Selle saß an dem Tisch, an dem zuvor Ella mit Lynn gesessen hatte, und rauchte. Sie sah krass verändert aus.

»Habe mir die Haare gekürzt.«

Es war typisch Selle, fand Ella, dass sie gekürzt anstatt geschnitten sagte. Allerdings erfasste selbst gekürzt die Sache nicht annähernd. Selles Frisur, sofern diese Bezeichnung überhaupt in Frage kam, erinnerte Ella an ihr sechsjähriges

Ich, das sich beim Kaugummiblasenmachen die Haare unterhalb der Ohren verklebt und gemeint hatte, diesen Unfall mit der Küchenschere und ein paar beherzten Schnitten vertuschen zu können. Selles Schere schien zudem Färber-Fähigkeiten gehabt zu haben. An sämtlichen unregelmäßig gesetzten Schnitten, mal auf Kinnlänge, mal oberhalb der Ohren oder im schiefen Dreieck auf der Stirn, waren die untersten Spitzen in einem dunklen Türkis gefärbt. Die Scheißegal-Haltung hatte Selle mit ihrem toten Bruder gemeinsam. Und Ella beneidete sie darum.

»Und? Welche Stelle?«, fragte Selle.

»Arsch?«, scherzte Ella.

»Du bist echt ein Freak. Na gut, verstanden. Wir präsentieren es uns gegenseitig hinterher.« Selle drückte ihre Zigarette aus. »Dann bin ich jetzt dran.«

»Lynn«, Ella zeigte auf das Büchlein auf dem Tisch, »darf ich darin lesen, solange ich warte?«

»Na klar.«

Truer to themselves ... Auf Ellas Brust brannte das Tattoo. Und in ihrem Inneren die Frage, ob sie true to herself war. Sie zündete sich eine Zigarette an und las.

Selle kam mit freiem Oberkörper zurück zur Laderampe. Auf ihrer linken Brust wölbte sich die Folie über der exakten Nachbildung von Wulfs Schwalbe. Ein Flügel erstreckte sich bis in den Schulterbereich.

Kommentarlos zog Ella Pulli und Top aus.

Kiosk Linie 5

Der Wunsch, einen Blick in die verborgene Gefühls- und Gedankenwelt eines anderen Menschen zu werfen, ist vermutlich so alt wie die Menschheit selbst. Wie oft hatte Ella sich gewünscht, nur noch ein einziges Mal mit Wulf sprechen zu können, ihn noch ein einziges Mal zu befragen, um zu erfahren, was das damals eigentlich gewesen war, zwischen ihnen beiden. Dass ihr nun ein anekdotisch dahingeplauderter Satz tatsächlich ein Teilchen seines Seelenlebens zugespielt hatte, verstörte sie. Wenngleich sie auch andere Möglichkeiten in Betracht zog, hatte sie kaum Zweifel daran, dass er IHRE Brüste gemeint hatte. Und weil das so war, sagte sie zu Selle, dass sie, obwohl das ihr Plan gewesen sei, noch nichts essen könne.

»Du kannst dir ja trotzdem was holen«, bot Ella an. »Aber ich bin noch so angespannt, dass ich keinen Bissen runterbekomme.«

»Kein Ding«, meinte Selle. »Wir können ja einen Kaffee trinken. Vielleicht in dieser Straßenbahn, von der du mir erzählt hast. Und dann fahre ich. Bin auch echt erschöpft.«

Die Linie 5 wirkte zu dieser Stunde malerisch verträumt. Der Feierabendverkehr hatte sich gelegt und aus den Linden links und rechts der Straße war deutlich das Zwitschern der Vögel zu vernehmen. Ellas Besuche bei Najah hatten sich in letzter Zeit gehäuft. Bei gutem Wetter hatte sie sich sogar mit dem Laptop vor den Kiosk gesetzt und geschrieben, was nicht nur mit ihrer wachsenden Zuneigung zu Najah im Zusammenhang stand. Vielmehr hatte es sich Ella zur Challenge gemacht, das Alleinsein an Orten zu üben, die sie zuvor nur in Begleitung aufgesucht hätte. Insofern betrachtete sie das Arbeiten vor dem Kiosk als Café-Besuch ohne Begleitung, obwohl sie in Najahs Nähe keineswegs alleine war. Tatsächlich war Najah selbst es gewesen, die ihr den Vorschlag gemacht hatte, den Kiosk als Übungsraum zu betrachten.

»Es ist leichter, die Angst kleinschrittig zu besiegen«, hatte sie gemeint. »So verwandeln sich Herausforderungen mit der Zeit in Gewohnheiten.«

Die wenigen Male der Überwindung hatten dazu geführt, dass Ella sich sogar vor einigen Tagen mit einer Art von Stolz in ein ihr fremdes Café gesetzt und alleine ein Stück Kuchen gegessen hatte. Es war ihr absurd vorgekommen, sich für das Verspeisen eines kalorienhaltigen Teig-Teilchens selbst zu feiern, doch am Ende des Tages hatte sie das Erlebnis unter der Rubrik Glückliche Momente/Bemerkenswerte Erfolge in ihrem Notizbuch festgehalten und befunden, dass Alleinsein nichts mit Einsamkeit zu tun haben musste.

Najah war hinter dem Tresen mit dem Ausräumen der Geschirrspülmaschine beschäftigt, als Ella und Selle eintraten. Sie blickte auf und bemerkte noch das verschwörerische Grinsen, bevor die beiden wortlos ihre linken Brüste entblößten, indem sie sich synchron ihre Oberbekleidung von der Schulter zogen. Augenblicklich überkam Najah der Drang, die Tür zu schließen. Ihr brach der Schweiß aus. Höflich rang sie sich ein Lächeln ab. Trotz der Folie waren die gleichen, jedoch unterschiedlich großen Motive mühelos zu erkennen. »Schwalben«, brachte sie mit rauer Stimme hervor.

Selle war die Erste, die betreten ihr Hemd wieder zurechtzupfte. Bis vor wenigen Sekunden hatten sie und Ella ihre Anspannung, von der sie meinten, der Tätowier-Schmerz habe sie verursacht, albernd abgeschüttelt und waren auf dem Weg zu Najah auf diese kindische Idee gekommen. Doch jetzt merkte Selle deutlich, dass ihre sonderbare Präsentation Najah stresste.

Auch Ella bedeckte wieder ihre Schulter. »Das ist Selle«, sagte sie zu Najah. »Ich habe dir ja schon von ihr erzählt.«

Obwohl Najah Selle freundlich begrüßte, hatte Ella sich das Kennenlernen der beiden vollkommen anders vorgestellt. Sie war davon ausgegangen, dass Najah die Vertrautheit, mit der sie Ella stets empfing, auch Selle zukommen lassen würde.

Dass ihre Begegnung so stockend verlief, irritierte alle drei gleichermaßen. Erst, als sie vor die Tür traten, um zu rauchen, kamen sie etwas ins Plaudern, sodass Ella und Selle ihre Lockerheit zurückgewannen und schilderten, wie es zu dem Tattoo gekommen war. Was Lynn über die flatternde Schwalbe gesagt hatte, sparte Ella allerdings aus. Noch war sie zu geschockt, um dieses Wissen mit anderen zu teilen. Wie hatte sie einfach alles nicht kapieren können? Und wie hatte sie eine derart egozentrische Person sein können? Ihr fiel auf, dass sie in letzter Zeit fast mehr über Wulf nachgedacht hatte als über Nick.

Najah zog an ihrer Zigarette, inhalierte und ließ den Rauch in den beginnenden Abend gleiten. »Khalil hatte auch Tattoos.« Die Furcht, die sie ständig deswegen hatte ertragen müssen, saß immer noch tief in ihrer DNA. Ihr Sohn war nicht der Einzige gewesen, der sich im Zuge des Arabischen Frühlings hatte tätowieren lassen. Es war Mode geworden. Auch in Syrien. Ein Zeichen des Aufbruchs. Und ein gewagtes Statement. Wer ein Tattoo trug, war vor den drakonischen Strafen des IS nicht sicher gewesen. »In Syrien war das gefährlich, wisst ihr. Tattoos gelten als unreligiös. Haram. Nicht selten wurden Leute dafür verhaftet.« Najah wischte sich den Schweiß aus dem Nacken und hob ihre knapp schulterlangen Haare etwas an. »Es war Khalils größtes Glück, sie in Deutschland offen tragen zu können.« Sie zog erneut an ihrer Zigarette, während sie ihn vor sich sah, wie er, sogar an kalten Tagen, in diesen ärmellosen T-Shirts herumgelaufen war.

Selle fühlte sich unwohl. Sie wusste nicht, ob es okay war, Fragen zu diesem Khalil und seinen Tattoos zu stellen. Oder ob es, und so schien es ihr, eher Wunden aufreißen würde. Schweigend hielt sie sich an ihrer Zigarette fest und schielte auf die Uhr im Inneren des Kiosks. »Ich glaube, ich muss gleich mal los, wenn ich den nächsten Zug erwischen will.«

»Möchtet ihr nicht noch einen Kaffee trinken?« Es war Najah unangenehm, dass sie nichts angeboten hatte.

»Nein danke«, sagte Selle. »Ich muss echt los.«

»Dann wenigstens ein paar Nüsse für unterwegs. Nur einen Moment.« Najah drückte ihre Zigarette aus, eilte in den Kiosk und füllte zwei große Papiertüten mit einer Nussmischung.

Obwohl Ella gerne mehr über Khalil erfahren, die verunglückte Begegnung von Najah und Selle gerettet und mehr Zeit mit Selle verbracht hätte, war sie froh, als sie sich zu Hause endlich allein in die Kissen in ihrer Fensterecke sinken ließ. Um sich herum hatte sie ihren Laptop, das Notizbuch, die Nüsse und ein Glas Rotwein drapiert, wobei sie lediglich den Wein anrührte. Sie trank in kleinen Schlucken und spürte dem Brennen auf ihrer Brust nach, das sich auf schmerzliche, aber absurderweise richtige Art mit dem Wundbrand im Inneren ihrer Brust vereinigte.

Nick hätte das Tattoo gefallen. Wenngleich er es wohl niemals für möglich gehalten hätte, dass Ella sich eines würde stechen lassen. Sie widerstand dem Drang, es auf Instagram zu posten, damit er es sehen würde. Er war immer noch überall. In ihren Gedanken. Und in ihrer Wohnung. Damit musste Schluss sein. Und wenn sie ihn schon nicht aus ihrem Gehirn schneiden konnte, so stand es ihr immerhin frei, ihn aus ihren Räumen zu entfernen. Mit dem Tattoo, das merkte Ella deutlich, hatte eine Transformation eingesetzt. Und wie jede innere Verwandlung, verlangte auch die ihre nach Ausdruck. Das Tattoo war ein Anfang gewesen. Doch jetzt explodierte die gewaltige Lust auf Veränderung förmlich in Ella. Anstatt Nicks Psyche sezierte sie bei einem zweiten, dritten und vierten Glas Wein sowie nahezu einer halben Schachtel Zigaretten ihre eigene. Sie gestand sich ein, dass sie ihm tatsächlich ein bisschen hinterhergestolpert war. Und stellte fest, als sie ihren Blick prüfend durch die Wohnung schweifen ließ, dass ihr der klobige rote Ohrensessel aus Leder, den Nick nach einer Haushaltsauflösung mitgebracht hatte, nicht gefiel. Einige ihrer Möbel waren Beute seiner Jobs gewesen. Umzüge und Haushaltsauflösungen sicherten sein Überleben, während seine Druckerkunst und die Arbeit für den Klimaschutz sein Gewissen und seinen Stolz retteten. Jedenfalls hatte er häufig Errungenschaften von seinen Möbelpacker-Jobs mitgebracht, wobei er nicht nur mit dem Ohrensessel, sondern auch mit anderen Gegenständen knapp daneben gelegen hatte. Ja, sie hatte sich einen ähnlichen Sessel gewünscht. Allerdings keinen derart monströsen mit latentem Uringeruch. Außerdem hatte er nicht rot, sondern cognacfarben sein sollen. Warum also sollte sie, da Nick vermutlich niemals mehr Gast in ihrer Wohnung sein würde, noch die Möbelstücke fremder Menschen ertragen, die nur so ähnlich aussahen wie das, was sie gerne gewollt hätte. Sicher, sie waren kostenlos und secondhand gewesen. Versehen mit dem trendenden Siegel der Nachhaltigkeit. Scheiß drauf! Ella leerte ihr Glas und in einer schweißtreibenden Aktion zerrte sie den unhandlichen Ohrensessel sowie einen Kleiderständer aus Kupferrohr – und eben nicht aus Stahlrohr, wie sie ihn sich vorgestellt hatte – vor die Tür. Bevor sie diese wieder schloss, machte sie ein Beweisfoto, das sie Maschenka und Adamma mit dem Kommentar *Eliminierung Nick Part I* in ihre Gruppe stellte.

Adamma sendete das Emoji mit den klatschenden Händen in Mittelbraun.

Maschenka schlug einen Bummel über den Flohmarkt vor, um die Möbelstücke zu ersetzen, und fragte, ob Ella und Adamma Lust hätten, übermorgen mit ihr zum Release einer jungen Rapperin im alten Güterbahnhof zu kommen.

Adamma wollte lieber weiter das zweite Buch einer Trilogie lesen, die sie gerade so inhalierte wie andere Leute Netflix-Serien. Doch Ella schrieb *Bin dabei* und hatte, als sie gegen zwei Uhr nachts ins Bett sank, das Gefühl, auf dem Weg in einen neuen Lebensabschnitt zu sein.

Alter Güterbahnhof

Übermorgen ist so weit von vorgestern entfernt, dass jegliche Aufbruchstimmung aus einer Seele weichen kann. Das wurde Ella klar, während sie sich gegen Abend für den Release unter die Dusche schleppte. Übermorgen, resümierte sie, hatte wenig euphorisch begonnen und sich auch bis zu diesem Moment nicht in eine bessere Richtung entwickelt. Zwar war die Playlist endlich fertig, doch die melancholische Stimmung der durchgehörten Songs hatte sie, wie einen ins Wasser geworfenen Stein, in dunkle Tiefe sinken lassen.

Aufraffen, duschen, anziehen, kommen, hatte Maschenka ihre Absage abgeschmettert.

Und genau das versuchte Ella jetzt. Sie brauchte unendlich lange für alles. Noch als sie fertig gekleidet in der bereits geöffneten Tür in die Abendsonne blinzelte, schreckte sie die Vorstellung, sich der quirligen Lebendigkeit da draußen stellen zu müssen. Im letzten Moment griff sie nach ihrer Sonnenbrille und steckte sie sich ins Haar. Ein Visier zum Runterklappen, damit sie unterwegs bloß keiner ansprechen und nach dem Weg oder einem Euro fragen würde. Das Modell aus den 1960er Jahren, der Rahmen aus Celluloseacetat in Schwarz glänzend, hatte einst ihre Oma getragen. Seit sie es nach deren Tod in einer Schublade entdeckt hatte, waren Ella und die Sonnenbrille nahezu unzertrennlich. Die Gläser hatten die Farbe von Zuckerrübensirup und die magische Eigenschaft, wann immer Ella die Brille trug, ihre Laune ein bisschen zu heben.

»Schönmalerei«, war Nicks Kommentar gewesen, nachdem er sie einmal zum Spaß aufgesetzt hatte. Als würde sich Ella eine bessere Welt vorgaukeln. Möglicherweise, so gestand sie sich auf dem Weg durch die Straßen ein, war das sogar so. Nicks Gläser waren bläulich getönt. Eine kühle Farbe, deren Welt sie frösteln ließ. Vielleicht hatte sich schon darin von Anfang an die entscheidende Kluft zwischen ihnen aufgetan – in der Art und Weise, wie sie bevorzugt auf die Welt blickten.

»Mega Style«, sagte Maschenka, die vor dem Eingang zum Güterbahnhof auf sie gewartet hatte.

»Danke. Deine Bomberjacke rettet alles.« Ella strich über den Stoff. Zumindest das coole Kleidungsstück gab ihr ein gutes Gefühl. »Ansonsten war heute ein wirklich mieser Tag.« Sie nahm eine von Maschenka angebotene Zigarette und ließ sich Feuer geben. Es war bedauerlich, dass sie mit dem Rauch nicht auch die angestaute Schwermut aus sich herauspusten konnte. Ella konnte sich selbst nicht erklären, wieso sie so weinerlich war. Vielleicht PMS. In Kürze würde sie ihre Regel bekommen. Höchstwahrscheinlich aber doch wieder wegen Nick. Was noch mehr nervte. Dabei hatte sie geglaubt, ihn am Vortag quasi aussortiert zu haben. Zumindest Kleinkram von ihm und sogar seine Drucke, was sie Maschenka detailliert berichtete.

»Gut so. Erst wenn du das Alte gehen lässt, ist Platz für Neues.« Maschenka hatte Erfahrung darin. Ballast warf sie kompromisslos von sich, was zwar eine gewisse Härte erforderte, sobald es getan war, aber immer befreiend wirkte.

»Am liebsten würde ich alles zurückholen.« Den Kleiderständer hatte Ella bereits wieder in die Wohnung geschleppt. Sie überlegte, ihn in Hammerschlagsilber überzusprühen. Der Rest stand noch im Hinterhof. »Ich bringe es einfach nicht übers Herz, das Zeug zu entsorgen.«

Mit dem Daumennagel drückte sie an ihrem Filter herum.

»Schick den Müll doch ins Museum der zerbrochenen Beziehungen.« Maschenka grinste.

»Hör auf. Mir ist nicht nach Spinnerei.«

»Ohne Scheiß, das gibt es wirklich. Die stellen die übriggebliebenen Gegenstände von Verflossenen aus. Verwaiste Kuscheltiere, Ringe, Toaster, Lebkuchenherzen … Kram, der am Ende einer Beziehung nicht mehr gebraucht oder gewollt wird.«

Ungläubig kräuselte Ella die Stirn, weshalb Maschenka sofort ihr Handy hervorholte. Ihre gelb lackierten Fingernägel huschten über das Display. »Ah, hier.« Sie reichte Ella das Mobiltelefon.

»Oh nein, wie traurig ist das denn. Guck mal dieser Snoopy.«

Maschenka sah Ella über die Schulter. »Ein Stück Stoff mit Augen.« Gleichgültig nahm sie ihr Handy wieder an sich. »Lass uns reingehen, bevor du noch versuchst, den zu adoptieren.«

Im alten Güterbahnhof setzten Lichtspots das Gemäuer in Szene. Roter Backstein, Graffitis auf bröckelnden Betonwänden und Stahlträger. Außer einer Bühne, zwei Theken und verschiedenfarbigen Stahlrohr-Stehtischen war dem morbiden Charme der Halle nichts hinzugefügt worden. Ella legte den Kopf in den Nacken und blickte zur Decke. Ähnlich hatte es in der Fabrikhalle ausgesehen, in die Nick sie damals zu ihrem Jahrestag geführt hatte. Mehrfach hatten sie sich auf der Matratze, umgeben von Kerzen und dem extra von Nick aufgestellten Heizpilz, geliebt. Sogar noch jetzt sendete der Gedanke daran eine Welle der Erotik durch ihren Körper.

Hatte Nick sie, so fragte sich Ella, dorthin geführt, weil

sie Fabrikhallen schon damals gemocht hatte? Oder hatte sich ihr Faible dafür erst durch ihn entwickelt?

»Ziemlich coole Leute hier.« Maschenka deutete mit dem Kopf zur anderen Seite, wo sie ein paar Bekannte erspäht hatte. Sie wollte Ella Abwechslung verschaffen und mit neuen Menschen zusammenzubringen. Nicht Nick wie einen Schatten mit durch den Abend schleppen. Natürlich war er noch Thema. Niemand schüttelte jemanden so leicht ab. Allerdings hatte Maschenka sich selbst nie erlaubt, andere mit trübsinnigen Vibes auszubremsen. Wann immer es nötig war, legte sie in aller Strenge ihren inneren Schalter um: Play. – On, off, on, off. Es ermüdete sie, dass Ella seit der Trennung ständig im Off-Modus unterwegs war. Maschenka hatte gerade dermaßen Bock auf Party, dass sie es fast bereute, ihre Freundin zum Mitkommen bewegt zu haben.

»Hingehen?« Aufmunternd setzte Maschenka sich in Bewegung.

Ella zuckte mit den Schultern und folgte ihr zu dem roten Stehtisch, über dem ein Schild mit der Aufschrift *Raucherecke* hing.

»Hier darf geraucht werden,« stellte Maschenka erfreut fest, umarmte zwei Leute zur Begrüßung und steckte sich eine Zigarette an.

»Nur an den roten Tischen«, antwortete einer und machte eine Armbewegung, die den Raucherbereich umfasste. »Und nebenan«, er zeigte auf den Durchgang neben ihrem Stehtisch, »ist noch eine Raucher-Lounge.«

Schon, um irgendwie beschäftigt zu sein, nahm Ella ebenfalls eine Zigarette von Maschenka und, weil gerade jemand vom Catering mit einem Tablett Gin Tonic herumging, auch einen Drink. Sie hasste es, sich schon wieder wie ein Fremdkörper zu fühlen. Vom Treiben rundherum abgeschnitten. Traurig. Grumpy. Lost. Das war nicht ihr Naturell. Sie wollte sich selbst zurück. Ein Zug von der Zigarette. Ein Schluck vom Gin Tonic. Immerhin, der Drink schmeckte. Nächster Schluck. Nächster Zug. Sie trank. Rauchte. Trank. Rauchte. Sah sich in der Runde um und versuchte dahinterzukommen, wer wie hieß.

Die Snacks hatten sie offenbar verpasst, auf dem Tisch lagen zerknüllte Servietten und Holzspieße. Ella hatte ohnehin keinen Appetit. Nicht einmal die Schokoladentäfelchen mit dem Branding der Rapperin lockten sie.

Eine mit hellblauer Mütze und hochgeschlossenem schwarzen Crop Top verzog, nachdem sie sich ein Täfelchen in den Mund geschoben hatte, angewidert das Gesicht. Sie griff nach einer benutzten Serviette, spuckte die zerbissene Schokolade hinein und leerte zügig ihre Bierflasche. »Boah, das war so eklig«, keuchte sie. »Was zur Hölle ist das für'n Scheiß?«

»Welche Farbe hattest du?«, fragte der Typ mit Schnauzer neben ihr.

»Keine Ahnung. Sind das verschiedene Sorten?« Aus einem der Kühlschränke, die verteilt in der Halle herumstanden, nahm sie sich ein neues Bier.

»Also ich hatte Nougat.« Die mit dem seltsamen Namen Mische angelte die Zitrone aus ihrem Gin Tonic und biss hinein.

Alle fingen nun an, die Schokoladentäfelchen zu untersuchen und die Beschreibungen auf der Rückseite vorzulesen: Bierschokolade mit geröstetem Malz, Meersalz, Käse-Mango-Chutney.

Die mit der blauen Mütze legte ein gelbes Täfelchen zurück auf den Tisch. Zartbitter mit Ingwer und Algen.

Begleitet von einem Würggeräusch streckte sie die Zunge hervor. »Nehmt die nicht.«

Maschenka schnappte sich das gelbe Täfelchen, wickelte die Schokolade aus und schob sie sich in den Mund. »Esst diese Schokolade!«, empfahl sie und nahm sich ein weiteres gelb eingewickeltes Stück.

Die Gruppendynamik sprang selbst auf Ella über. Sie ließ sich von Mische Nougat aus dem Haufen suchen, wobei es ihr nicht um Genuss, sondern ausschließlich um Zugehörigkeit ging. Es erleichterte Maschenka, dass Ella offenbar ihren Schalter gefunden hatte und mit den anderen kommunizierte. Sogar Ellas Gesichtsausdruck veränderte sich. Wurde geradezu lieblich, während sie die Schokolade auf ihrer Zunge zergehen ließ. Was lächerlich war. Die viel gepriesene Tröstlichkeit von Schokolade hatte sich Maschenka noch nie erschlossen. Ein guter Fick – ja. Das funktionierte, um wieder an die Oberfläche zu kommen. Aber Schokolade? Höchstens mal Zartbitter. Wie das Leben.

»Ob Schokoladen-Vorlieben den Charakter eines Menschen spiegeln?« Maschenka sah in die Runde. »Sind Nougat-Typen eventuell emotional schmelziger als die herben Zartbitter-Esser?«

Mische stieg sofort darauf ein und fand Beispiele, woraufhin der Schnauzer-Typ im Leoprint-Sweatshirt einwarf, dass das totaler Quatsch sei, aber die Sache mit der Schokolade auf den Tischen safe eine coole Idee, um die Leute ins Gespräch zu bringen.

»By the way«, er begann, sich eine Zigarette zu drehen, seine Fingernägel waren nachtblau lackiert, »was hat das eigentlich mit deinem Namen auf sich? Mische?«

Einen gequälten Augenblick hielt Mische inne. Schon wieder diese Frage. Für sie war es nur eine niedliche Abkürzung, die ihre jüngere Schwester im Kleinkindalter aus Mangel an Sprachkompetenz kreiert hatte. Alle anderen schienen sich aber so daran zu stoßen, dass sie der Sache auf den Grund gehen wollten. Etwas provokativ stellte sie wie immer die Gegenfrage: »Was denkst du?«

»Mix-Drinks. Also Mischen. Das ist schon deine vierte.«

»Zählst du etwa mit?« Die Variante hatte noch niemand gebracht. Mische verzog abschätzig das Gesicht. »Interessant. Aber die meisten denken, es hat was mit Herkunft zu tun.«

Ella betrachtete Misches Teint, ein samtiges Braun, und sagte »Fuck«.

»Willkommen in meinem Leben.« Mische hob prostend ihr Glas.

»Das muss einem erst mal in den Sinn kommen.« Der mit dem Schnauzer zündete sich die Selbstgedrehte an, wobei eine Stichflamme entstand, die ein paar Stirnhaare erwischte.

Das war Wulf auch immer passiert. Ella nahm den vertrauten Geruch nach verkokeltem Haar wahr. Intuitiv legte sie die Hand auf ihren Brustkorb. Dorthin, wo die Schwalbe flatterte.

»Wie heißt DU eigentlich?«, fragte Mische den Leoprint-Typen.

Ella musste lachen, weil er Leon sagte. Die Eselsbrücke trug er direkt auf dem Leib.

Er pulte sich einen Tabakkrümel von der Lippe und richtete seinen Blick fragend auf Ella. Sie war sich nicht sicher, ob es wegen ihres Lachers war. Aber nein. Er wollte wirklich nur wissen, wie sie hieß. Dass sich doch nicht, wie sie angenommen hatte, alle untereinander kannten, entspannte sie. Als sie ihren Namen nannte, reagierte Mische begeistert.

»Wow. Ein Palindrom. Also fast. Ihr wisst schon, diese Wörter, die auch von hinten einen Sinn ergeben. ELLA – ALLE. Das habe ich mir in der Schule auch immer gewünscht. Damals war diese Von-hinten-lesen-Sache voll das Ding. Bei meinem Namen kommt da nur Schrott raus«, Mische machte eine Spannungspause, »ich heiße Michelle.« Erwartungsvoll blickte sie in die Runde. »Michelle – Mische. Ihr versteht schon.«

Sie spannen eine Weile herum, welche Spitznamen zu wem passen würden, vor allem auch welcher Schokoladen-Charakter, unterhielten sich über eine Serie, die gerade alle durchgesuchtet hatten, und Musik, besonders Rap. Ella versuchte, sich ein paar Artists zu merken, um sie sich zu Hause anzuhören, erinnerte sich Sekunden später aber schon nicht mehr. Zu viele Eindrücke prasselten auf sie ein. Sie konnte ihren Blick nicht von Leons Schnauzer, der nicht mit seinem Gesicht harmonierte, seinen aufmerksam umherschweifenden Augen und dem Leoprint-Pulli reißen. Sein Äußeres wies ebenso viele charmante Brüche auf wie seine Aussagen. Maschenka hatte recht gehabt, es waren coole Leute.

Menschen neigen dazu, ihr Unwohlsein stärker zu bemerken als ihr Wohlsein. Insofern wurde Ella nicht bewusst, dass sie sich in dieser mittlerweile auf einen Kern geschrumpften Gruppe, rauchend, unwichtiges Zeug redend und Cocktails trinkend, angenehm zu Hause fühlte. Maschenka, die von Zeit zu Zeit einen Blick auf ihre Freundin warf, nahm das durchaus wahr und genoss die kleine Freude, Ella Aufmunterung verschafft zu haben. Den Auftritt der Rapperin, die fünf Songs aus ihrem ersten Album vorstellte, feierten sie hart. Er war voller Wut und Feuer. Und wer bitteschön, wenn nicht Ella, hätte den letzten Song besser verstehen können, in dem die Rapperin einen Ex-Freund niederbattelte, der längst nicht der krasse Typ war, den er glaubte, zu verkörpern.

»Hätte nicht gedacht, dass ich mich heute noch so gut amüsieren würde.« Mische ließ sich neben Maschenka und Leon in der Raucher-Lounge auf ein Sofa fallen. »Fing echt scheiße an«, meinte sie, »miese Planetenkonstellation heute. Planetenfühlig zu sein, ist kein Geschenk.«

Aus der Halle wummerte gedämpft die Musik. Die Dezibel-Verringerung war enorm, sodass Ella das Nachfiepen in ihren Ohren überdeutlich wahrnahm. Sie streckte sich in einem Sessel aus, wischte sich mit dem Handrücken den Schweiß aus dem Nacken und zog die Augenbrauen zusammen »Planetenfühlig?«

»Ja. Wie wetterfühlig.« Mische drückte ihre aufgerauchte Zigarette in den überquellenden Aschenbecher und hielt einen längeren Monolog, wobei sie insbesondere die Auswirkungen von Sonne und Mond auf das menschliche Leben darlegte. Sie selbst nahm den Mondkalender äußerst ernst, was sie im Zusammenhang mit ihrem Menstruationszyklus und diversen Tätigkeiten wie Haareschneiden ebenfalls erwähnte. »Ist nicht so abwegig, dass auch andere Planeten eine Wirkung auf uns haben. Wer weiß schon, was die alles mit uns anstellen.« Sie fischte ihre immer noch qualmende Kippe wieder aus dem Aschenbecher und löschte sie mit einem Tropfen Restgetränk aus einem herumstehenden Glas. »Also ich folge da so einer Astrologie-Frau auf Instagram, die ist inzwischen maximal bekannt. Und die erklärt immer, wie die Planeten aktuell stehen und was das mit einem macht.«

Maschenka warf ein, dass sie aufs Klo müsse und fragte, ob sie auf dem Rückweg Getränke mitbringen solle.

»Lass mal, ich hole«, bot Leon an.

»Dann wieder Aperol«, entschied Maschenka und ging aus dem Raum.

Ella und Mische bestellten ebenfalls Aperol und setzten das Gespräch über die Planetenfühligkeit, als Leon loszog, fort.

»Ohne Scheiß, das passt jedes Mal exakt, was diese Astrologin sagt.« Mische geriet, davon zeugte ihr Energielevel, in einen Erzähl-Flow. »Ein Beispiel: In meiner Partnerschaft lief es eine Weile nicht so toll. Und vor ein paar Wochen hatten wir so eine Nacht, in der wir alles ausgesprochen haben, was wir vorher nicht zu sagen wagten. Danach hatten wir beide das Gefühl, dass unsere Beziehung das nächste Level erreicht hat. Stabiler ist. Intensiver. Was auch immer. Und kurz darauf sehe ich einen Post von der Astro-Frau, dass Venus wieder direktläufig ist. Venus – der Liebesplanet.«

»Okay«, sagte Ella.

»Du zweifelst«, stellte Mische fest. »Aber das waren genau in dieser Zeit ein paar Tage, da dachte ich, what the fuck! Erst das mit mir und meinem Freund, dann verkünden zwei schwule Kumpels, dass sie spontan geheiratet haben, und plötzlich trägt sogar meine Kollegin Dauerglück im Gesicht. Die war seit Ewigkeiten in so einen Typen verknallt. Einer von diesen Klima-Leuten aus dem Bunker in der Nordstadt. Du weißt schon. Die diese Klimaschutz-Sprüche auf T-Shirts drucken.«

Die Intuition ist immer schneller als der Verstand. Ellas Körperfunktionen gerieten bereits aus dem Takt, während ihr Intellekt das flaue Gefühl noch auf den übermäßig konsumierten Alkohol schob. Mechanisch griff sie nach einer Zigarette.

»Ist ja auch egal«, meinte Mische, nachdem von Ella keine Reaktion kam. »Jedenfalls war der Typ, er ist übrigens ziemlich heiß, wohl auch in sie verliebt, was aber schon niemand mehr richtig geglaubt hat, weil er sich so merkwürdig verhalten hat. Und auf einmal, da war Venus nach Wochen der Rückläufigkeit – mit Missverständnissen und Liebesleben in der Warteschleife – endlich wieder direktläufig, steht ihr Nick da und gesteht ihr seine Liebe.«

Leon und Maschenka kehrten gleichzeitig wieder zurück. Ausdruckslos nahm Ella das Glas, das Leon ihr hinhielt, und trank den Cocktail in der verzweifelten Hoffnung nach Betäubung zur Hälfte aus.

»Mach mal locker.« Maschenka wusste nur zu gut, in welchen Zustand Ella verfallen konnte, wenn sie es mit dem Alkohol übertrieb.

Ella drückte ihre halb gerauchte Zigarette aus. Starrte auf die rote Klinkerwand. Griff wieder nach der Schachtel. Das Feuerzeug fiel ihr aus der Hand. Als sie sich danach bückte, glitten zwei Zigaretten aus der Packung. Sie kümmerte sich nicht darum. Nahm nur das Feuerzeug. Und eine frische Zigarette. Maschenka sah sofort, dass Ella sie sich falsch herum zwischen die Lippen steckte. Wollte etwas sagen. Doch Ella verzog bereits angewidert das Gesicht und warf die Kippe mit dem versengten Filter in den Aschenbecher.

»Wann war das eigentlich?«, richtete sich Ella in einem Moment der Fassung an Mische.

»Weiß nicht, so Ende Januar, Anfang Februar.« Mische fingerte die Orange aus ihrem Glas und biss hinein.

»Wann war WAS?« Maschenka hatte ebenfalls Lust, den Aperol sturzartig runterzukippen, ließ es aber sein. Ihr Bauchgefühl verbot es ihr, und sie hatte in vielen unschönen Lektionen lernen müssen, was passieren konnte, wenn sie es ignorierte. Sie machte sich eine Zigarette an und wiederholte ihre Frage.

»Nichts weiter«, reagierte Mische latent angepisst. Der aggressiv-beschützerische Unterton in Maschenkas Stimme gefiel ihr nicht. Sie fühlte sich aus unerfindlichen Gründen angegriffen. »Es ging um Planetenfühligkeit und Liebesbeziehungen.«

»Okay.« Maschenka setzte sich Ella gegenüber in den Lounge-Sessel, konnte deren Blick jedoch nicht einfangen. »Und das war alles?«, fragte sie Mische.

»Ja, klar. Ich habe nur von meiner Kollegin erzählt, die jetzt total happy ist, weil sie endlich mit ihrem Nick zusammen ist.«

Maschenka griff nach ihrem Aperol und trank.

Später hielt Maschenka Ella die Haare, als diese, den Kopf über der Kloschüssel in der seit Stunden hoch frequentierten Güterbahnhof-Toilette, endlich kotzte.

Raucherzimmer Redaktion

Der Weg in ein neues Leben ist eine fragile Angelegenheit. Dass ein frisch geharkter Pfad innerhalb von Sekunden zertrampelt werden kann, spürte Ella schmerzlich und in tiefster Seele. Was überhaupt sollte diese Redensart von einem neuen Leben? Jeder hatte nur eines. Und ihres war gerade ziemlich beschissen. Sie hatte trotzdem Hunger und musste etwas essen, bevor sie sich auf den Weg zum wöchentlichen Redaktions-Meeting machte.

Der Kühlschrank war, wie gewohnt, ausreichend gefüllt. Sie hatte immer Angst, nicht genug zu haben. Nick hatte das belächelt. Sein Kühlschrank war der eines Minimalisten. Im Katastrophenfall käme er mit seinen Vorräten nicht bis übermorgen. Nick! Sogar vor dem Kühlschrank. Seit Ella von seiner Freundin wusste, und dass er diese offenbar schon gekannt und geliebt hatte, während er noch mit ihr zusammen war, rissen die Gedankenschleifen nicht mehr ab. Nach der Nacht im Güterbahnhof, und das war erst vorgestern gewesen, hatte Ella schon zig Mal auf Nicks Instagram-Account nachgesehen, ob er inzwischen, von ihr unbemerkt – was kaum möglich war, seine Storys und Posts wurden ihr immer zuerst angezeigt –, ein Foto seiner neuen Freundin gepostet hatte. Was unwahrscheinlich war. Nick präsentierte seine Neuigkeiten nicht großartig auf Social Media. Er postete selten etwas und wenn, dann hatte es in der Regel mit Klimaschutz oder Druckkunst zu tun. Ella selbst war auf nur drei Fotos in seiner Timeline zu sehen gewesen. Mittlerweile hatte er die Aufnahmen gelöscht, was Ellas Selbstbewusstsein mit dem Effekt eines auf hauchdünnes Eis geworfenen Pflastersteines traf.
Sie machte sich einen Toast mit dem veganen Käse, den sie

hatte ausprobieren wollen, der aber nicht schmeckte, und knabberte dazu eine Karotte. Trotz des diesigen Wetters setzte sie anschließend ihre Sonnenbrille auf und machte sich auf den Weg.

»Hey, wie schön dich zu sehen«, begrüßte Adamma sie. »Ich hoffe, du hast Hunger.«

Offenbar arbeitete Adamma schon eine Weile. Sie hatte einen geöffneten Laptop auf dem Schoß und der Aschenbecher war bereits voll.

»Hast du gebacken?«, fragte Ella.

Adamma schüttelte den Kopf. »Nur gekauft. Pasteis de Nata, diese portugiesischen Törtchen. Du weißt schon.« Gebäck war Adammas Antwort auf Kummer. Nachdem sie von der Nacht im Güterbahnhof erfahren hatte, war ihr tatsächlich die Idee gekommen, eine Kleinigkeit für Ella zu backen. Allein ihr Buch hatte sie davon abgehalten. Sie war schon so mit den Charakteren verbandelt, dass sie Zeit aktuell am liebsten mit ihnen verbrachte.

»Du bist süß, danke«, sagte Ella. »Was von Maschenka gehört?«

»Sie«, setzte Adamma an, als die Tür aufging und Maschenka den Raum mit einer leuchtenden Aura füllte.

»Wow! Was ist denn mit dir passiert?« Adamma klappte ihren Laptop zu. »Es muss etwas Großartiges gewesen sein.«

»Sex.« Angesichts der erstaunten Gesichter grinste Maschenka. »Tinder hält immer Überraschungen bereit.«

»Schon wieder?« Adamma konnte es nicht fassen. Sie selbst traute sich nicht einmal, sich überhaupt anzumelden.

»In der Dusche.« Absichtlich lasziv stützte Maschenka sich in eindeutiger Pose an der Wand ab und lachte über Adamma, die mit zusammengekniffenen Augen das Gesicht abwendete.

Unbeeindruckt nahm sich Ella eines der Törtchen und biss ab. »Ich stehe ja überhaupt nicht auf die Kombination von Sex und Wasser«, nuschelte sie.

»Warum das denn nicht?« Maschenka zündete sich eine Zigarette an.

»Flutscht einfach nicht so. Reibt mehr. Oder hubbelt. Keine Ahnung, was ich dazu sagen soll. Das Wasser spült irgendwie den natürlichen Gleitfilm weg.« Ella riss ein Stück vom Kuchenpapier ab, legte ihr angebissenes Törtchen darauf und kramte in ihrer Tasche nach der Zigarettenpackung. »Abgesehen davon ist es in der Dusche meistens zu heiß oder zu eng oder beides. Und im Meer zu kalt und«, sie überlegte kurz, »zu kratzig. Genau. Wegen der Sandpartikel. Es ist jedenfalls weit entfernt von jeder Filmszene, die ich je gesehen habe.«

»Sex ist nie so wie im Film.« Adamma dachte an ihr Buch, in dem die Hauptcharaktere kurz davor standen, Sex zu haben. Im Gegensatz zu ihr. Sie war seit einer ganzen Weile Single und fand diesen Zustand recht gemütlich. Und was ihre körperlichen Bedürfnisse betraf – die Welt war voller vergnüglicher Tools. Sie hatte gerade erst begonnen, diese nacheinander auszuprobieren. »Ich frage mich bei jeder romantischen Szene, wer sich den Scheiß ausgedacht hat. Ganz ehrlich, ich wäre viel zu schwer, als dass mich jemand an der Hausmauer mit einem Arm hochheben könnte.«

»Ohne Scheiß«, Maschenka warf sich in ihren Lieblingssessel am Fenster, »wie leicht muss jemand überhaupt sein, um an einer Wand hochgehoben und gefickt zu werden? Also mal rein journalistisch betrachtet.«

»Selbst wenn du das Gewicht von Bambi hast, ist das

ein Kraftakt«, befand Ella. Nick hatte das mal mit ihr versucht. Sie waren von einer Party nach Hause gekommen und äußerst verliebt gewesen. »Voraussetzung ist ohnehin, dass du einen Rock oder ein Kleid anhast. Und keine Strumpfhose drunter. Was meistens nicht der Fall ist.« Sie hatte in jener warmen Sommernacht tatsächlich ein Kleid und einen nur knappen Slip getragen. Dennoch hatte diese günstige Ausgangslage nicht zum Vollzug geführt. Lachend waren sie zusammengebrochen und hatten sich auf dem Bürgersteig hockend geküsst, bis sich Stimmen näherten. Daraufhin waren sie nach Hause gelaufen, wo sie das Begonnene im Bett zu Ende gebracht hatten.

»Leute«, sagte Maschenka, »das ist das mega Thema. Wir bitten Paare, die bescheuertsten Sex-Szenen aus Filmen nachzustellen und uns hinterher zu berichten, wie realistisch das ist.«

»Nehmen wir direkt mit ins Meeting«, beschloss Adamma und zeigte auf ihr Handy-Display. »Wir müssen los.«

Nach dem Meeting, Max und die anderen waren von der Idee ziemlich begeistert, fragten sich Ella, Maschenka und Adamma im Raucherraum, woher sie die Test-Paare nehmen sollten und griffen das Thema wieder auf.

»Was war das denn nun für ein Typ?«, spielte Adamma auf Maschenkas Sex-Erlebnis an, woraufhin diese ein bisschen Verunsicherung streute.

»Wer sagt denn, dass es ein Typ war?« Zwar war Maschenka bezüglich des Geschlechts nicht so festgelegt wie ihre Freundinnen, doch meistens waren es tatsächlich Männer, mit denen sie Sex hatte. »Spaß«, sagte sie, und dass es nur ein Sex-Date ohne Folge-Verabredung gewesen sei. Dann sah sie Ella an. »Solltest du auch ausprobieren. Ist ein echter Dopamin-Shower.«

»Weiß nicht«, druckste Ella herum. Nachdem mit Nick Schluss gewesen war, hatte sie sich die App heruntergeladen, doch bisher kein Profil angelegt. Sie zündete sich eine Zigarette an und fragte möglichst beiläufig, ob Maschenka inzwischen wisse, wo Mische arbeite. Nicht besessen, aber nahezu fieberhaft hatte Ella bereits versucht, zu recherchieren, wer Nicks neue Freundin war, ohne sich die Blöße zu geben, sich in seinem Freundeskreis zu erkundigen. Misches weitläufige Verbindung zu Maschenka war die letzte verbliebene Möglichkeit.

Bedauernd schüttelte Maschenka den Kopf. »Ich habe ein paar Leute gefragt, ist aber nichts dabei rausgekommen.«

Adamma ließ sich von Ella Feuer geben. »Was willst du überhaupt mit der Info anfangen? Gucken ob sie attraktiver ist als du?«

Vor dem Fenster jagten zwei Schwalben nach Insekten. Die ersten, die Ella dieses Jahr sah. Ein eher seltener Anblick in der Stadt. Ihr Tattoo juckte. Wie eine Botschaft. Aber was wollte es ihr sagen? Dass es ihr scheißegal sein sollte?

»Meine Mutter sagt immer«, Adamma stand auf und öffnete das Fenster, »du kannst die Vergangenheit nicht ändern. Also kannst du es auch lassen, dich ständig mit ihr zu beschäftigen.«

»Deine Mutter kann auch Chin Chin backen, im Gegensatz zu mir.« Ella suchte am Himmel nach den Schwalben, aber sie tauchten nicht wieder auf.

»Genau deshalb sollte sie dir ein Vorbild sein«, kommentierte Maschenka von ihrem Fensterplatz.

Sie lachten.

»Gut«, meinte Adamma, »wer kennt ein Paar, das Sex nach Drehbuch machen und hinterher die Intimitäten mit der Öffentlichkeit teilen möchte?«

»Fuck. Das wird schwer.« Ella drückte ihre Zigarette aus, wobei sie unvermittelt anfing zu lachen. »Ich könnte Mareike und Denne fragen. Am Wochenende ist die Hochzeit.«

Dorfgemeinschaftshaus

Sie hatten echt *Laudato Si* gewählt. Ella saß in der schlichten Kirche ihres Heimatdorfes und starrte auf den Liederzettel. Das letzte Mal hatte sie das Lied bei ihrer Konfirmation gesungen und mit der ganzen Kraft ihres Verstandes sowie dem Erstaunen einer Zeitreisenden versuchte sie zu erfassen, wie das alles hier passiert war. Wann war Mareike aus dem dunkelblauen Konfirmationskleid in ein weißes Brautkleid geschlüpft? Warum saß Marte neben ihr und nicht Nick? Wer oder was war dafür verantwortlich, dass Wulf nicht bei ihnen war? Unter ihrem gelb-metallic-farbenen Jumpsuit, den Maschenka für sie in einem Second-Hand-Laden entdeckt hatte, spürte sie das Tattoo. Ein leichtes Jucken, das die Erinnerung an Wulf in letzter Zeit äußerst präsent gemacht hatte. Die Tätowiererin hatte erwähnt, dass es dazu kommen könne, und es Heilungsprozess genannt. Ella wünschte, die Sache mit Nick wäre auch mit einem leichten Jucken abgetan. Aber die Nichtbeschäftigung mit der Vergangenheit war nicht so einfach, wie Adammas Mutter meinte. Die Vergangenheit holte einen, wie Ella in dieser Kirche bemerkte, immer wieder ein.

Sie sah sich um. Das halbe Dorf war da. Hinter Ella saß ihr Vater. Sie lächelte ihm zu.

Auf dem Land wächst vieles zusammen, was in der Stadt erst gar nicht aufeinandertreffen würde. Wie Ella mit Mareike, so war auch er schon seit seiner Kindheit mit Mareikes Vater verbandelt.

Auf der anderen Seite des Gangs saßen Selle und Jonze.

Selle grinste, als sie Ellas Blicke, deren Ausdruck zwischen Verwirrung und Erkennen schwankte, über ihr Outfit schweifen sah.

Hier und da verteilt, wie die gelben Flecken auf einem Feuersalamander, sah Ella die Brautjungfern aka Mareikes Freundinnen sitzen, zu denen auch sie gehörte. Es war ein Segen, dass Mareike ihnen, abgesehen von der Auflage Gelb zu tragen, keine weiteren Aufgaben zugedacht hatte. Pflicht war lediglich die Teilnahme am Junggesellinnen-Abschied gewesen, bei dem Mareike ein Krönchen mit der Aufschrift *Bride* getragen und Ella sich die Veranstaltung mit Cocktails erträglich getrunken hatte. Das Kranzbinden hatte sie mit der Ausrede geschwänzt, einen wichtigen Termin zu haben. In Wahrheit hatte sie im Bett gelegen und geheult. Das war vorgestern gewesen. Ella ging nun die Reihen vor ihr durch, entdeckte ein paar Leute, die sie lange nicht gesehen hatte und solche, auf die sie sich freute. Nur Esma fehlte. Mareike war bei ihrer Entscheidung geblieben und hatte sie nicht eingeladen. Vielleicht würde Ella sie irgendwann mal kontaktieren. Vielleicht, dachte Ella. Und ahnte, dass sie es nicht tun würde.

Während Mareike und Denne sowie sechs mit großer Ernsthaftigkeit ihre Aufgabe verrichtenden Blumenstreukinder durch den Gang zum Altar schritten, hatte Ella mit genau drei Emotionen zu kämpfen. Erstens empfand sie einen gewissen Widerwillen angesichts der religiösen Zeremonie.

Zweitens konnte sie sich der aufwallenden Gerührtheit beim Anblick ihrer Freundin im Brautkleid nicht erwehren, was dazu führte, dass sie sich wie ihre eigene Großmutter vorkam, die bei vergleichbaren kirchlichen Anlässen stets ihre feuchten Augen getupft hatte.

Und was hatte sie sich, drittens, nur dabei gedacht, Marte mit auf diese Zeitreise zu nehmen? Es fühlte sich falsch an.

»Alkohol. Halleluja!«, sagte Selle nach der Trauung und nahm sich eines der angebotenen Sektgläser, während sie alle dabei zusahen, wie Mareike und Denne vor der Kirche in der Hitze einen Baumstamm zersägten.

»Sind das«, Ella deutete auf Selles tief ausgeschnittenes Kleid, das ihr locker über die schmalen Hüften fiel, »Wulfs Hemden?«

»Ich wusste, dass du sie erkennst!« Selle hatte ursprünglich beabsichtigt, sogar zur Hochzeit Wulfs Hose und Bomberjacke zu tragen, dann jedoch spontan aus zwei seiner Hemden und seinen einzigen beiden Krawatten ein Kleid genäht. »Das Tattoo hat nach einer Bühne verlangt.«

»Eine bessere hätte es nicht bekommen können.« Ella senkte den Blick kurz auf ihr eigenes Tattoo, um anzudeuten, dass sie ebenfalls für Sichtbarkeit gesorgt hatte, was Selle mit einem »Check« quittierte.

»Kommt aber nicht an deine in ein Gesamtkonzept gegossene Wulf-Widmung ran. Einfach – wow!« Ella konnte die Verwandlung von Wulfs kleiner Schwester in dieses avantgardistische Wesen mit zackig geschnittenen Haaren kaum begreifen. In dem Kleid, mit dem von Krawatten gesäumten Ausschnitt, der wie ein schmaler Schal zu Selles Bauchnabel floss, wirkte diese, als käme sie von einem Pariser Laufsteg. Ella war sich nicht sicher, ob Selle mit dieser Haute-Couture-Version ihrer selbst spontan ihr modisch ambitioniertes Ich entfesselt hatte, oder ob aus dem Look die pure Wut eines von Trauer gebrochenen und zugleich darin aufbegehrenden Menschen sprach.

Marte stupste Ella an und deutete auf den Baumstamm, den Mareike und Denne mittlerweile fast zersägt hatten. »Ist gleich so weit.«

Sobald der Stamm auseinanderfiel, klatschten sie. Doch

Ella merkte Mareike eine unglückliche Verzweiflung an, wie sie so dastand, mit feuchtrotem Gesicht und abgespreizten Armen. Unter dem Brautkleid, das war keine Frage, rann Mareike der Schweiß hinab. Mit einem solidarischen Schulterzucken deutete Ella auf ihre Füße, die ungeachtet des Wetters wie gewohnt in Doc Martens steckten.

»Das hätten wir schon mal überstanden«, sagte Ellas Vater, als er auf dem von Eichen beschatteten Hof vor dem Gasthaus mit Ella und Marte an einem der mit weißen Hussen überzogenen Stehtische stand.

Ella schmunzelte. Für Kirchen und Religiosität jeder Art hatte ihr Vater nichts übrig. Ihre Entscheidung, sich konfirmieren zu lassen, hatte er damals mit einem »Musst-du-ja-wissen« hingenommen. »Wenn du davon überzeugt bist. Aber falls nicht«, an dieser Stelle hatte er eine Pause eingelegt und sie eindringlich angesehen, »und du es nur tust, weil es auf dem Dorf so üblich ist, dann zeugt das nicht gerade von Haltung.« Danach hatte er das Thema nie wieder kommentiert.

Rückblickend beschämte es Ella, keine Haltung gezeigt zu haben. Und jetzt, da ihr die Konfirmation wieder in den Sinn gekommen war und sie sogar noch hier, vor der Gaststätte, daran dachte, erschrak sie der plötzliche Gedanke, dass sie dieses Muster offenbar auch in der Beziehung mit Nick fortgesetzt hatte. Es war an der Zeit, ihre Handlungen diesbezüglich genauer zu überprüfen.

»Ja«, sagte Ella und sah ihren Vater an, »das hätten wir überstanden«.

Er klemmte sich eine Zigarette zwischen die Lippen und tastete seine Taschen nach einem Feuerzeug ab. Er hatte selten eines. Ließ sie immer liegen. Im Haus, in der Werkstatt, bei anderen Leuten. Seine Suche wurde hektischer. »Ich habe das doch vorhin eingesteckt«, murmelte er.

»Jan!« Marte wackelte mit seinem Feuerzeug in der Luft herum.

Ellas Vater sah auf. »Oh, danke.« Er zündete sich die Zigarette an und steckte das Feuerzeug ein.

»Papa?« Ella deutete auf seine Hosentasche.

»Ach ja. War keine Absicht.« Jan gab Marte das Feuerzeug zurück, rauchte und füllte die Gesprächslücke mit einer Bemerkung über den Vierkanthof, auf dem sie gerade verweilten. »Echt schade drum. Verschenktes Potenzial.«

Schon die Einleitung ließ Ella erahnen, welcher Monolog gleich folgen würde. Sie schaltete auf Durchzug, während ihr Vater Marte die Geschichte vom Dorfgemeinschaftshaus erklärte, für das er als Architekt diese wahnsinnig innovativen Pläne in der Schublade gehabt hatte. Mit großen Glastüren und moderner Technik. Die Verwandlung eines alten Gasthofes in eine zeitgemäße Event-Location.

»Und warum ist das nicht passiert?«, hörte sie Marte fragen.

»Wie es auf dem Dorf so ist«, grätschte Ella dazwischen, um weitere Ausführungen ihres Vaters zu unterbinden, »es gab einen großen Streit.« Sie sah zum Nachbartisch hinüber und versuchte, anhand der Wortfetzen herauszufinden, worüber Selle, Jonze und ein paar andere sich die ganze Zeit amüsierten. Jonze fing ihren Blick auf und hielt seine Augen mit der Intensität eines Laserstrahls auf die von Ella gerichtet. Sie sah nicht weg.

Marte bemerkte sofort, dass Ella sich aus dem Gespräch ausgeklinkt hatte, und folgte ihrer Aufmerksamkeit. In der Art, wie eine Handykamera im Porträt-Modus automatisch den Hintergrund verwischt und den Vordergrund hervorhebt, fiel sein Fokus auf Jonze und zeichnete dessen markantes Gesicht und auf Ella gerichteten Augen scharf. Zwar vernahm Marte weiterhin Jans Ausführungen, dass keine Einigkeit über den Umfang der Modernisierungsmaßnahmen erzielt werden konnte und deshalb nur eine notdürftige Renovierung durchgeführt worden war, doch fragte er nicht mehr nach, sondern nickte nur noch beiläufig.

Jan drückte seine Zigarette in den sauberen Aschenbecher. »Ich denke, da drinnen geht es so langsam weiter. Kommt ihr mit rein?« Er strich mit seiner Hand über Ellas Arm.

»Was?« Ella wendete den Kopf. Von ihrer Zigarette, die fast bis zum Filter aufgebrannt war, fiel Asche auf das Kopfsteinpflaster.

»Kommt ihr mit rein?«, wiederholte Ellas Vater.

Aus dem Augenwinkel sah Ella, dass vom Nachbartisch alle in Richtung Saal schlenderten. »Wir kommen gleich nach.«

»Alles okay?«, fragte sie Marte, nachdem ihr Vater sich ein paar Schritte entfernt hatte. Vor einigen Wochen hatte Ella sich bei der Vorstellung, alleine zu dieser Hochzeit gehen zu müssen, wirklich verzweifelt gefühlt. Inzwischen jedoch ahnte sie, dass es keine gute Idee gewesen war, Marte hierher mitzunehmen.

Marte nahm einen letzten Zug von seiner Zigarette und stellte fest, dass es durchaus noch weitere Varianten gab, wie Ella ihre Kippen ausdrückte. Halbherzig stieß sie den Stummel senkrecht in die Mitte des Aschenbechers und kickte diesen in einer sich flüssig anschließenden Bewegung mit den äußeren Fingerspitzen von sich weg.

»Keine Sorge, ich komme klar.« Marte hatte nicht nur

den Bewegungsablauf verfolgt, sondern auch einen besorgten – oder schon genervten? – Unterton in Ellas Stimme wahrgenommen. So oder so merkte er, dass sie sich ihm verpflichtet fühlte und deshalb nicht so mit ihren Leuten agierte, wie sie es ohne ihn getan hätte. Dabei hatte es ursprünglich anders laufen sollen. Er hatte ihr eine Stütze und keine Last sein wollen.

Am späteren Abend, nachdem Spielchen, Reden und Menü längst beendet waren, hatte sich Marte, in Folge der Gespräche am Tisch und des konsumierten Alkohols, akklimatisiert. Parallel dazu war auch Ella lockerer geworden. Dass er gestikulierend in einer Gruppe mit Jonze, Selle und Denne an der Theke stand, entspannte sie. Sie hatte gerade mit Mareike im Kreise der anderen Gelbgekleideten wild zu *Pocahontas* getanzt und wollte zu ihm rübergehen, als Dennes Opa sie anquatschte.

»Auch mal wieder im Lande.« Er wankte leicht, sodass er etwas Bier aus seinem Glas verschüttete.

Ella lächelte so freundlich, wie es ihr möglich war.

Dennes Opa beugte sich näher zu ihr. »Und du bist jetzt also Journalistin.« Seine Lippen glänzten feucht und Ella sah, während er übertrieben laut artikulierte, den feinen Sprühregen aus Speichel im Licht der auf die Tanzfläche gerichteten Scheinwerfer.

»Genau«, antwortete sie und trat einen Schritt zurück.

»Wärste mal bei der Kreiszeitung geblieben. Im Internet ist doch alles nur Blabla. Geben die dir überhaupt Geld dafür?«

Perplex starrte Ella Dennes Opa an. What the fuck. »Ja, schon.« Sie sah hinüber zur Theke. Noch mehr als das, was Dennes Opa gesagt hatte, ärgerte sie, wie ihr Körper darauf reagierte. Ihr Herz raste und eine ohnmächtige Wut schnürte ihrem Denkvermögen jeglichen Zugang zu einem passenden Konter ab.

Dennes Opa nahm einen Schluck Bier und folgte ihrem Blick. »Dein Neuer scheint sich ja ganz wohlzufühlen bei uns auf dem Dorf.« Mit dem halbvollen Glas gestikulierte er in Richtung Theke. »Ist ja gut, dass du wieder einen hast. Dein Nick, der wollte wohl nicht heiraten, was?«

»Es wünschen sich ja nicht alle, zu heiraten«, erwiderte Ella, »aber ich muss jetzt mal dringend zur Toilette.« Sie lächelte verkrampft. Bemerkte es selbst. Sie sollte aufhören, derartigen Scheiß wegzulächeln. Was war mit Haltung zeigen? Sie sah Dennes Opa an, der mit abgeknicktem Handgelenk das Bierglas hielt, sodass Ella befürchtete, der Rest würde auch noch überschwappen. Kein passender Moment, um das mit der Haltung durchzuziehen.

Als Ella von der Toilette kam, waren Marte, Jonze, Selle und Denne verschwunden. Mareike stand an der Theke und stürzte atemlos ein Glas Mineralwasser hinunter. Ihre seitlich mit Haarnadeln weggesteckten Strähnen hatten sich zum Teil gelöst und klebten an ihren tanzfeuchten Schläfen. »So habe ich mir meine Hochzeit vorgestellt«, sagte sie strahlend, wobei Ella der leicht lallige Tonfall nicht entging.

Mareike stellte das leere Glas auf die Theke und nahm Ella an die Hand. »Komm tanzen!«

»Nee«, wehrte Ella ab. »Ich will mal eine rauchen.«

»Nicht du auch noch!« Mareike ließ Ellas Hand los und ihre Miene wechselte in einen vorwurfsvollen Modus.

Ella zögerte. »Nur kurz. Ich komme gleich nach«, beschwichtigte sie.

»Versprochen?«

Diese Du-hast-es-mir-versprochen-Nummer kannte Ella schon. Es war Mareike zuzutrauen, daraus sogar auf ihrer eigenen Hochzeit eine Riesenszene zu machen, wenn Ella nicht spätestens beim übernächsten Lied auf der Tanzfläche erscheinen würde. Insofern lächelte sie nur vage. »Du weißt doch, dass ich sowieso angesprungen komme, wenn mich ein Song packt.«

»Aber wenn alle ständig draußen rauchen, kommt hier drinnen gar keine Stimmung auf«, maulte Mareike.

Ella sah sich um. Die Tanzfläche war gut gefüllt und an der Theke wurde reichlich Alkohol ausgeschenkt. »Die Stimmung ist doch super«, sagte sie. »Aber du kannst ja auch kurz mit rauskommen.«

»Reicht ja wohl, dass Denne dauernd draußen steht und wahrscheinlich auch raucht. Was ist denn das für eine Hochzeit, bei der das Brautpaar nicht im Saal ist?«

Es war Ella nicht neu, dass sich Mareikes Laune im Laufe weniger Sätze komplett ändern konnte. Dennoch seufzte sie innerlich auf. Soeben hatte Mareike sich ihre Feier doch noch genau so vorgestellt. Nun war allerdings zu befürchten, dass sie gleich ausflippen würde. Zwar hatte Ella gelernt, Mareikes Manipulationen an sich abprallen zu lassen, doch wer wäre sie, wenn sie ihrer Freundin am Tag der Hochzeit diese kleine Geste des Beistands verweigern würde? »Was soll's«, sagte sie deshalb, »dann also tanzen.«

Mareike strahlte. »Du bist die beste Freundin!«

Ella erwiderte die überschwängliche und recht wankende Umarmung von Mareike und folgte ihr auf die Tanzfläche.

Unterdessen stand Marte, umgeben von Menschen, die er erst seit ein paar Stunden kannte, an einem Stehtisch auf dem Hof und rauchte. Es war derselbe Tisch, an dem er nach der Kirche schon mit Ella und ihrem Vater gestanden hatte. Der weiße Hussen-Stoff war mittlerweile fleckig, leere und halbleere Gläser standen herum und neben dem vollen Aschenbecher lagen zwei Kippen. Marte war mit Selle in eines dieser tiefsinnig vertrauten Gespräche, wie sie Betrunkene führen, verwickelt. Es ging um Wulf, um die Tattoos und um Ella. Natürlich um Ella. Er steckte sich, obwohl er seine Zigarette erst ausgemacht hatte, eine neue an.

»Ich dachte, ich müsste ihr nur etwas Zeit geben«, sagte er zu Selle. »Aber sie bemerkt es ja nicht einmal.« Ihm wurde bewusst, dass seine Stimme jämmerlich und betrunken klang. Denne, der Bräutigam, hatte ihn ziemlich abgefüllt. Wobei, das gestand sich Marte ein, ausschließlich er selbst für seinen Zustand verantwortlich war. Shots vertrug er nicht. Einer gewissen Scheißegal-Stimmung folgend, hatte er trotzdem zugelangt und auf kindische Art mithalten und nicht waschlappig wirken wollen. »Wusstest du«, er lächelte, »dass ihre Augen die Farbe der Färberpflanze haben? Resedagrün.« Marte schreckte zusammen, als auf seiner Schulter eine Hand landete.

»Ich fasse es nicht. Resedagrün, ja?« Von hinten drängte sich Denne zwischen Marte und Selle. Er sprach übertrieben laut. »Steht 'ne Dose in meiner Werkstatt. Kriegst du im Landmaschinenhandel, wenn du nach Maschinenlack fragst. Alter, jeder Trecker sieht so aus!« Alle rundherum sahen zu Marte und Denne.

»Du hast echt keine Ahnung«, murmelte Marte.

»Ey! Jonze!«, grölte Denne zu Jonze hinüber, obwohl dieser am selben Tisch stand. »Hast du das gehört? Ich habe keine Ahnung von Resedagrün! Sag dem romantischen Stadtkünstler, dass er die Augen seiner heimlichen Liebe mit Maschinenlack beschrieben hat.« Denne konnte sich vor Lachen nicht mehr einkriegen.

Selle, die sich in der Situation überaus fremdschämte, versuchte Denne durch Blickkontakt zu stoppen. Zumal sie Ella in der Saaltür stehen sah.

Es hatte nur zwei Songs gebraucht, bis Mareikes ausgelassene Tanzstimmung zurückgekehrt war und Ella sich von der Tanzfläche stahl. Dem DJ einen stillen Dank sendend, hatte sie sich ihre Zigarettenschachtel geschnappt und war zur Tür gegangen, in der sie nun wie erstarrt stand. Denne hatte laut genug herumgebrüllt, um sogar hier jedes Wort verstehen zu können. Einem Insekt mit Facettenaugen gleich, nahm Ella die gesamte Szene in Einzelbildern wahr.

Sie sah Jonze auf Denne zugehen, hörte ihn ein »Sei-still« zischen und beobachtete, wie er Denne von Marte wegdrängte.

Denne stolperte etwas zurück, wobei er sein Bierglas fallen ließ, das klirrend auf dem Kopfsteinpflaster zersprang. »Was geht denn mit dir? Sag ihm doch, dass wir damit unsere scheiß Rasenmäher lackieren.«

»Das werde ich ganz bestimmt nicht.« Jonzes Stimme klang gefährlich ruhig.

»Klar, hätte ich mir ja denken können. Du stehst ja auch auf sie.« Denne lachte auf. »Schon wie du ständig ihr Tattoo anstarrst. Was ist das überhaupt für ein Schwachsinn mit dieser dämlichen Schwalbe?«

»Ist gut jetzt, Denne«, sagte Jonze. »Trink mal ein Wasser, komm ein bisschen runter und geh mal mit deiner Frau tanzen.« Er legte Denne die Hand auf den Rücken und versuchte, ihn zur Saaltür zu schieben.

Ella registrierte, dass Jonze kurz verharrte und die Augen

auf sie richtete. Ein winziger Zeitabschnitt, in dem Denne sich umdrehte, Jonze die Hand vor den Brustkorb stieß, sodass der einen Schritt nach hinten stolperte, und zuschlug.

Jonzes Kopf flog zur Seite, Jakob und Felix, die daneben standen, stürzten zu Denne und hielten ihn fest, Marte sah mit hängenden Schultern zu Ella herüber und Ella selbst rannte zu Jonze, der sich die Wange hielt und aus der Nase blutete. Vorsichtig drehte sie sein Gesicht ins Licht. »Fuck.«

»Schon gut«, murmelte Jonze, »nichts passiert.«

Selle hatte sich ein paar Servietten geschnappt und reichte sie Jonze, der sich das Blut von seiner Oberlippe wischte. »Schon okay«, sagte er. »Schon okay.«

Ähnlich dem Brot, das an schlechten Tagen mit der geschmierten Seite auf den Fußboden fällt, scheint es auch eine Gesetzmäßigkeit für entgleiste Partyszenen zu geben. Sie enden niemals nach der ersten Einstellung.

Als Jonze zur Toilette ging, um sich das Blut aus dem Gesicht zu waschen – er hatte es abgelehnt, von Ella begleitet zu werden – und Ella ihm hinterhersah, erschien Mareike in der Saaltür. Ella bemerkte schon an deren Energie, dass sie nicht mit guten Absichten kam. Im Lichtschein, der von hinten aus dem Saal auf ihr Brautkleid und das blonde Haar fiel, wirkte sie wie ein wütender Rauschgoldengel. Mit der Entschlossenheit einer Mutter, die im Begriff ist, ihrem zockenden Kind das WLAN zu kappen, steuerte Mareike auf Denne zu.

Ella schrieb es Mareikes Fokussierung zu, dass diese Jonze zwar fast umlief, das Blut aber offenbar nicht bemerkte.

Um einen weiteren Eklat zu vermeiden, fing Ella ihre Freundin ab. »Er kommt jetzt wieder rein. Und ich auch«, sagte sie.

»Ach ja? Jetzt, wo er kaum noch stehen kann? Und du bist ja eine tolle Unterstützung. Tust so, als würdest du mit mir abfeiern und schleichst dich dann von der Tanzfläche!«

»Ich wollte doch nur mal kurz ...«

Es liegt im Wesen des Alkohols, die gezähmten Charakterzüge eines Menschen parallel zum Promillegehalt im Blut zu entfesseln. Und auch Mareike hatte – es war ihre Hochzeit! – schon ausreichend Drinks intus. »Ich wollte doch nur mal kurz«, äffte sie Ella nach. »Klar, du machst ja sowieso immer, was du willst. Einfach mal im Bauarbeiter-Outfit zu meiner Hochzeit kommen. Super, Ella. Glückwunsch zu deinem provokanten Style.« Mareike hasste sich dafür, dass ihr Neid auf Ellas Style so öffentlich aus ihr herausbrach. Doch sie war nicht in der Verfassung, sich zu zügeln. »Ich hatte mir nur diese eine einzige Sache von dir gewünscht. War ein gelbes Kleid mit festlichen Schuhen deiner Freundin zuliebe wirklich zu viel? Schönen Dank auch.«

Dass sie nicht Mareikes Vorstellung einer Brautjungfer entsprach, hatte Ella geahnt. Mehrmals hatte diese nachgefragt, was sie zur Hochzeit anziehen würde und Ella hatte jedes Mal ausweichend geantwortet, dass sie sich überraschen lassen solle. Und ja, Ella hätte selbst gerne luftigere Schuhe getragen, als die goldgelben Docs, in denen ihre Füße am Nachmittag unangenehm geschwitzt hatten. Nur: Sie hasste High Heels, wie Mareike sie sich vermutlich vorgestellt hatte und wie alle anderen Brautjungfern sie trugen. Ella hatte sich in diesen Fußverbiegern noch nie wohlgefühlt, was Mareike sehr wohl wusste. Und die überzogen teuren gelben Sandalen, die Ella im Internet gefunden hatte, war sie nicht bereit gewesen, zu kaufen. Es war nicht ihr Ding, Geld für Mode auszugeben, die sie nie wieder tragen würde. Doch Ella kam nicht dazu, all das Mareike zu erklären, da diese sie grob zur Seite schob und Denne ohne Umschweife eine schallende Ohrfeige gab.

»Du hattest es mir versprochen!« Mit verengten Augen strafte Mareike Denne mit einem Blick, den er mittlerweile schon gewohnt war. Sie warf ihm ständig alles Mögliche vor. Dass er sich zu wenig um sie kümmere, nie mit ihr kuschele, sie nie vor anderen küsse und in Gesellschaft regelmäßig nicht beachte, und er außerdem nur mit seinen Kumpels in der Werkstatt rumhänge und ständig besoffen sei.

»Ich darf auf meiner eigenen Hochzeit ja wohl mal einen mit meinen Kumpels trinken«, schnauzte Denne zurück.

»Das machst du doch sonst schon immer! Ich dachte, dass sich mein Mann auf UNSERER Hochzeit mal um seine Frau kümmert!«, schrie Mareike, drehte sich um und stapfte mit einem gefluchten »Arschloch« zurück in den Saal.

»Alter, geh jetzt rein.« Jakob legte Denne kumpelhaft die Hand auf die Schulter.

»Lass mich.« Denne stieß Jakobs Hand weg und sah mit leerem Blick und im Stand leicht hin und her wankend zur Saaltür.

»Mach was du willst«, resignierte Jakob. »Aber ich gehe in den Saal. Pia wundert sich bestimmt schon, wo ich bleibe.«

Selle, immer noch mit zerknüllter Serviette in der Hand, hakte sich bei Jakob ein. »Ich komme mit.«

»Ich auch«, sagte Felix und stupste Denne leicht an. »Na los.«

Es hatte den Anschein, als wäre Denne, der weiterhin stumpf auf die offene Saaltür starrte, stehend in ein Wachkoma gefallen. Doch als die anderen nach und nach hineingingen, schloss er sich ihnen wankend an.

Schweigend scharrte Marte mit dem inneren Rand seiner rechten Schuhsohle die Scherben von Dennes Bierglas zusammen.

»Warte.« Ella holte den Mülleimer, der neben der Saaltür stand. Sie hockte sich hin und fischte die größten Scherben mit spitzen Fingern aus dem Haufen.

»Lass doch«, murmelte Marte. »Du schneidest dich noch.« Da Ella nicht aufhörte, nahm er zwei Bierdeckel vom Tisch, hockte sich neben sie und beseitigte die scharfkantigsten Stücke mithilfe der Pappen, die er wie Handfeger und Fegeblech nutzte.

Nur, um in Bewegung zu bleiben, Zeit zu schinden und Marte nicht in die Augen sehen zu müssen, stellte Ella den Mülleimer zurück an die Hauswand. Zögernd drehte sie sich um und ging wieder Richtung Tisch. Marte stand mit dem Rücken zu ihr und zündete sich eine Zigarette an. Ella vermutete, dass auch er gerade kein gesteigertes Interesse daran hatte, sie anzuschauen.

»Auch eine?«, fragte Marte, als Ella sich neben ihn stellte. Sie blickte in dieselbe Richtung wie er. Aus der Hofeinfahrt hinaus auf die Straße und die sich anschließende Wiese, über der sich Nebelschwaden gebildet hatten. Im Mondschein schimmerten sie wie ein weißes Meer.

»Ich nehme eine von meinen.« Ella griff nach der Schachtel, die sie in all dem Chaos auf dem Tisch abgelegt hatte. Umständlich fummelte sie eine Zigarette heraus und sah sich nach einem Feuerzeug um. Marte hörte auf, seines mit den Fingern zu bearbeiten, und reichte es ihr, während er weiter auf die Wiese sah.

»Danke.« Mehrmals schnippte Ella mit dem Daumen über das Rädchen, doch statt einer Flamme erzeugte das Teil nur ein paar verzweifelte Fünkchen. »Fuck.« Ella schüttelte das Feuerzeug und versuchte es nochmals, bevor sie es behutsam auf den Tisch legte.

Marte gab ihr seine glühende Zigarette, die Ella gegen ihre hielt, wobei sie mehrmals nacheinander zog, bis diese gleichmäßig angebrannt war. »Danke«, sagte sie wieder und gab Marte seine Zigarette zurück.

Es war nicht nötig, zur Seite zu sehen. Marte wusste auch so, dass Ella mit dem Daumennagel ihren Filter bearbeitete. Wusste auch so, dass sie anfing zu frieren. Wusste auch so, dass sie nicht wusste, was sie sagen sollte. Wusste es ja selbst nicht. Und fing sogar an, seinen Filter mit dem Daumennagel zu bearbeiten, ohne es zu bemerken.

»Was machst du da?«, fragte Ella.

»Was?« Er sah sie an.

»Na das.« Ella deutete mit einer Kopfbewegung auf seinen Zigarettenfilter.

»Oh.« Überrascht begutachtete Marte seinen Filter. »So weit ist es also schon.« In seinem Gesicht keimte eine Mimik auf, die Ella als Mischung zwischen Selbstmitleid und trockenem Humor wahrnahm.

Marte grinste ein bisschen, was dazu führte, dass auch Ella grinsen musste und schließlich dazu, dass beide abwechselnd verstohlene kurze Lacher durch die Nase ausstießen, sich mal die Hand vor Augen hielten, an der Zigarette zogen oder wieder ansahen, um gleich darauf erneut wegzusehen und einen weiteren kleinen Lacher durch die Nase auszustoßen.

»Schräg«, sagte Ella.

»Total«, antwortete Marte.

»Ich könnte ein Getränk vertragen.« Ella nahm einen letzten Zug von ihrer Zigarette, bevor sie die Glut sanft tippend auf der kleinen Erhebung in der Mitte des Aschenbechers ausstieß.

Was Marte durchaus beobachtete, woraus er jedoch keinerlei Rückschlüsse auf Ellas Gefühlslage ziehen konnte.

»Ich auch. Unbedingt.« Marte drückte seine bis zum Filter aufgerauchte Kippe in den Ascher. »Wir haben keine Ahnung, was uns da drinnen erwartet, stimmt's?«

Ella presste die Lippen aufeinander und atmete tief durch die Nase ein, sodass sich Schultern und Brustkorb sichtbar hoben, und dann geräuschvoll wieder aus, was wie ein Pferdeschnauben klang. »Ich hab Angst.«

Ein typischer Spruch von ihr, Marte hatte ihn schon häufiger gehört. Sie riss dabei die Augen auf und betonte es so, als würde ein homöopathischer Anteil einer niedlichen Animationsfigur in ihr stecken.

Im Saal lief *Auf uns*, der alte WM-Song von Andreas Bourani. Die Tanzfläche war voll und Ella seufzte erleichtert auf, als sie Mareike mit Denne in der Mitte entdeckte. Denne sah aus wie ein betrunkener Bär, der von Bienen verfolgt wird, aber immerhin – er bewegte sich. Und Mareike schien es nicht zu stören. Beim Refrain riss sie die Arme in die Höhe und interagierte mit allen drumherum Tanzenden pantomimisch passend zum Text. Nick hätte jetzt eine spöttische Bemerkung gemacht, aber Marte verzog nur ungläubig das Gesicht. Wie jemand, der eine ihm unbekannte Spezies studiert. Während sie unschlüssig im Durchgang standen, steuerte Ellas Vater, die Zigarette bereits in der Hand, auf sie zu. »Kommt ihr gerade wieder rein?«, fragte er überflüssigerweise.

»Ja, eigentlich schon«, antwortete Ella. »Wir wollten uns ein Getränk holen.« Ihr Vater wirkte enttäuscht, was er allerdings niemals zugegeben hätte.

»Okay, dann bis gleich«, meinte er und setzte sich wieder in Bewegung.

Ella sah Marte fragend an.

»Geh ruhig«, sagte er, »ich hole uns was zu trinken. Aperol für dich?«

»Nee, nur ein Bier. Sonst fange ich womöglich auch noch an, um mich zu schlagen. Das wollen wir nicht.«

Ella lief ihrem Vater hinterher. Er zündete seine Zigarette schon im Gehen an.

»Doch rauchen?«, fragte er, als er Ella bemerkte.

»Wir hatten ja noch gar nichts voneinander«, erwiderte sie.

Sie stellten sich an den gewohnten Stehtisch.

»Schöne Feier, oder?« Jan schob auf dem Tisch einen Platz für seine Unterarme frei. Er freute sich, dass sie doch rausgekommen war. Seine Tochter. So erwachsen. Sie verbrachten viel zu selten Zeit miteinander. »Also abgesehen von der Musik. Aber das kennen wir ja.« Er zwinkerte ihr zu.

»Ja.« Ella fasste in seine Jackett-Tasche und griff nach dem Feuerzeug. Steckte sich eine Zigarette an. Obwohl sie schon über alle Maßen geraucht hatte. »Aber das mit der schönen Feier weiß ich nicht so genau. Eine Frage des Blickwinkels.«

»Neue Dramen?« Es war auf dem Dorf nichts Ungewöhnliches, dass immer irgendwo etwas eskalierte. Aber Jan war nicht der Typ, der da mitmachte. Soweit es ihm möglich war, verhielt er sich neutral, mindestens zurückhaltend oder wenigstens diplomatisch.

»Hast du da drinnen gar nichts mitbekommen?«, wunderte sich Ella.

»Nein. Was war denn los?«

Statt eine Antwort zu geben, fragte Ella, ob er Jonze gesehen habe.

»Ja, der steht mit Selle, Jakob, Felix und der Freundin von Felix an der Theke.«

»Gut.« Ella zog an ihrer Zigarette und sah zur Saaltür, weil Marte immer noch nicht mit den Getränken rausgekommen war. »Denne hat Jonze eine reingehauen.«

»Ach du Scheiße«, sagte Jan, »schlimm?«

»Geht so, ein bisschen Nasenbluten. Jonze meinte, es wäre weiter nichts.« Ella fasste die Geschehnisse kurz zusammen, wobei sie so tat, als wüsste sie nicht, was der Auslöser gewesen war. Stattdessen schilderte sie umso ausführlicher, was zwischen Mareike und ihr vorgefallen war.

Ihr Vater nickte von Zeit zu Zeit. Sie wusste, dass er mit der Mode-Thematik und der aus seiner Sicht übertriebenen Reaktion, das zeigte er deutlich durch seine Mimik, nichts anfangen konnte. »Na ja, sie scheint sich ja wieder gefangen zu haben. Und was ist in der Redaktion so los?«, wechselte er das Thema.

»Alles okay«, antwortete Ella, wobei ihr die Sex-wie-im-Film-Thematik wieder einfiel. Aber danach konnte sie Denne und Mareike unmöglich noch fragen. »Ich war bei einer Müll-Art-Ausstellung, die hätte dir gefallen. Die Künstlerin stellt Gebrauchsgegenstände aus Müll her, den sie von der Straße oder aus dem Fluss sammelt.« Ella hörte ein Geräusch hinter sich und drehte sich um. Jemand vom Thekenpersonal kam mit einem Tablett, brachte zwei Bier mit den Worten »Gruß von der Theke« und räumte das Leergut von den Tischen. Ella schloss daraus, dass Marte im Saal wieder Anschluss bei Selle und Jonze gefunden hatte, und bedankte sich für das Bier.

»Ich habe da so eine Idee für eine Lampe«, sagte sie. »Würdest du die mit mir zusammen in deiner Werkstatt bauen?«

»Gerne.« Es wäre schön, mit ihr zu werkeln. Jan fragte nach Material und Größe und sie besprachen eine Weile das Projekt, während es draußen wieder lebhafter wurde. Mit den meisten Leuten, die aus dem Saal kamen, war Ella schon zur Schule gegangen, und wie sie vernahm, passte ihnen die Musik gerade nicht. Offenbar spielte der DJ alte Rocksongs.

»Hast du den Vater von Jakob gesehen? Der geht so krass ab«, hörte Ella jemanden sagen.

Jan horchte auf und meinte, es gebe wohl nur dieses kleine Zeitfenster, bevor wieder Helene Fischer oder Vicky Leandros kämen. »Darf ich also bitten?«

»Es ist mir eine Ehre«, sagte Ella und hakte sich bei ihm ein.

Nachdem Ella sich mit ihrem Vater zu Lynyrd Skynyrd, Héroes del Silencio, The Police und The Cure warmgetanzt hatte, machte sie sogar, zu Mareikes großer Freude, die Vicky-Leandros-Nummer mit, bei der alle das Leben so lieben. Den Rest der Gesellschaft bekam der DJ, es war inzwischen schon nach zwei, mit dem Dorfklassiker in den Griff. Fast alle saßen auf dem Dielenboden und ruderten synchron. Als wären sie eine eingespielte und gut funktionierende Mannschaft.

Marte, der zu den Ausnahmen gehörte, sah sich das Spektakel von der Theke aus an. Zwar wollte er Ella nicht in ihrer Feierlaune unterbrechen – sie schien sich zu amüsieren –, doch er hatte so langsam genug mitbekommen.

Der schnelle Wechsel von Drama und überschwänglicher Wiedervereinigung überforderte ihn und er hatte großes Verlangen danach, mit sich allein zu sein. Er ließ sein Bier stehen und fragte Jan nach dem Haustürschlüssel.

»Er meinte, es sei okay«, sagte Jan, der Ella abfing, als sie mit Jonze und Selle atemlos von der Tanzfläche kam und die Theke ansteuerte. »Und dass du die Feier weiter genießen sollst.«

Ella war sich nicht sicher, wie sehr das der Wahrheit entsprach. Aber Selle zog sie mit zum Tresen, auf dem Jonze schon Pfeffis bereitstellte. Zu dritt kippten sie die Shots und direkt danach die nächsten. Sie hatten das Gefühl, zwar nicht die Welt, aber in dieser Nacht zumindest eine Hochzeit halbwegs gerettet zu haben.

»Gehen wir raus?«, fragte Jonze.

Ella nickte. Sie tickte Selle an, die gerade mit Mareikes Cousin über Tattoofarben redete und später nachkommen wollte.

Jonze war schon im Begriff, zwei Bier für sie zu bestellen, doch Ella deutete auf das Kuchenbuffet, das um Mitternacht aufgestellt worden war. »Ich nehme lieber einen Kaffee.«

»Die bessere Idee«, gab Jonze zu.

Draußen setzten sie sich auf eine Holzbank, die etwas abseits unter den Eichen stand. Auf der Sitzfläche hatte sich Tau abgesetzt, den Jonze behelfsmäßig mit der Hand wegwischte. Als er Ella frösteln sah, sagte er, sie solle kurz warten und eilte zum Saal, aus dem er gleich darauf mit Servietten und seinem Jackett zurückkehrte. »Hier, zieh das über.«

»Und du?« Unschlüssig stand Ella mit dem Sakko in der Hand da und sah zu, wie Jonze die Bank mit den Papiertüchern trocknete.

»Mir ist nie kalt, weißt du doch.«

»Außer damals, als Wulf am Tag vor Silvester seine Jacke in der Disko vergessen hat.« Ella schmunzelte. Jonze hatte seine Kleidung schon immer großzügig hergegeben.

Es hatte in der besagten Nacht geschneit und auf dem Fußweg nach Hause lagen noch Kilometer vor ihnen. Wahrscheinlich hatte es mit Alkohol zu tun gehabt – immer hatten ja die legendären Geschichten mit Alkohol zu tun –, dass Wulf ohne die Jacke losgegangen war. Nach einer Weile hatte er so gezittert, dass Jonze ihm seine gab.

»Stimmt. Aber heute schneit es wohl nicht mehr.« Jonze sah rüber zur Wiese. »Obwohl das da«, er zeigte auf die Nebelschwaden, die in der Morgendämmerung mystisch glänzten, »fast wie eine Schneedecke aussieht.«

»Schön, oder?« Ella schlüpfte in das Jackett, hockte sich im Schneidersitz auf die Bank und schob die Ärmel etwas hoch, um ihre Hände zu befreien.

»Fasst du mal bitte in die Jackentasche? Da müssten meine Zigaretten drin sein.« Er zeigte auf die rechte Tasche.

»Ich weiß gar nicht, wo meine sind.« Ella reichte ihm die Schachtel.

»Kannst von mir eine nehmen.«

Sie steckten sich die Zigaretten an und Ella nippte an ihrem Kaffee, der nicht mehr so heiß war, wie sie gehofft hatte. »Schmeckt widerlich«, stellte sie fest, »aber ist warm und flüssig, was irgendwie guttut.«

»Die Plörre aus den Thermoskannen hat doch noch nie geschmeckt.«

Ella zeigte auf seine Nase. »Tut es sehr weh?«

»Passt schon. Nicht gebrochen, das ist das Wichtigste.«

»Ich dachte eigentlich, die Zeiten mit den Schlägereien auf dem Dorf seien vorbei.«

Jonze lachte auf.

»War wohl naiv von mir«, gab Ella zu. »Das verfolgt mich sogar bis in die Stadt.« Sie erzählte ihm die Story von dem Typen in der Galerie.

»Es ist überall gleich.« Jonze schnippte gegen seine Zigarette, sodass die Asche abflog.

Ella hatte früher ein paar Mal versucht, sich diese rasche Bewegung der Finger draufzuschaffen. Doch ebenso wie das Bierflaschenöffnen an Tischkanten hatte sie das Wegschnippen der Asche nie hinbekommen. Sie selbst tippte zum Abaschen ganz gewöhnlich mit dem Zeigefinger auf die Zigarette.

»Das zieht sich durch alle Schichten. Ob du auf dem Wiener Opernball bist oder auf einer Dorfhochzeit. Und du hast doch nicht ernsthaft geglaubt, dass Denne mit seinen dämlichen Provokationen aufhört. Oder damit, um sich zu schlagen, wenn ihm nichts mehr einfällt.«

»Keine Ahnung, irgendwie schon. Ich dachte, es wäre alles ein bisschen anders geworden. Alle wären näher zusammengerückt, seit Wulf«, sie suchte nach einem passenden Wort. Versterben klang nach älteren Leuten. Sich totfahren nach Suizid. »Also seit Wulf tot ist.«

»Zuerst war das ja auch so.« Jonze zog an seiner Zigarette. Mit der rechten Hand schwenkte er den Kaffee im Becher. Er hätte gerne ein richtiges Getränk gehabt. Whisky-Cola. Nicht dieses Gesöff. Er vermisste seinen Freund. Den einzigen echten, den er jemals gehabt hatte. Er und Wulf hatten sich alles erzählt. Fast alles. Bis auf den einen Namen. Jonze war immer noch angepisst, dass Wulf den damals für sich behalten hat.

»Eines Tages«, hatte Wulf versprochen, »erzähle ich dir die Geschichte.«

»Wann?«, hatte Jonze gefragt.

»Wenn wir so alt sind wie unsere Eltern«, hatte Wulf geantwortet und ihm den vollgesabberten Stoffball von Vieh gegen den Kopf geworfen.

»Weißt du«, sagte Jonze zu Ella und kippte den Kaffee aus dem Becher seitlich hinter sich, »ich wäre gerne dabei gewesen, bei dieser Tattoo-Sache.«

What the fuck? Ella kniff die Lippen zusammen. »Das«, sie knibbelte an ihrem Zigarettenfilter, »also darüber habe ich echt nicht nachgedacht. War eine spontane Idee. Nach dem Abend bei Mareike und Denne am Feuer …«

»Ist schon okay. Aber als ich euch beide heute mit dem Tattoo gesehen habe, da dachte ich, dass das auch mein Ding gewesen wäre. Das Tattoo war ihm immer voll wichtig.« Mit den Fingerspitzen drehte Jonze die Glut seiner aufgerauchten Zigarette ab. Auf dem Kopfsteinpflaster verloschen die Reste wie sterbende Glühwürmchen. Den Filter steckte er in seine Hosentasche. »Gib her«, sagte er, als Ella sich unschlüssig nach einer Entsorgungsmöglichkeit für ihre Kippe umsah. Er nahm sie ihr ab und unterzog sie der gleichen Prozedur.

»Danke.« Ella stellte ihren Kaffeebecher zwischen sich und Jonze auf die Bank. »Ich habe die Zeichnung. Du könntest es dir noch stechen lassen.« Sie war sich nicht sicher, ob es Selle recht wäre. Wahrscheinlich wäre es das. Aber nun war es ohnehin zu spät, sie zu fragen.

»Das wäre nicht dasselbe. Ich wäre gerne mit euch hingegangen.«

Ella seufzte. Darauf hätte sie kommen können. Sie hätte es ihm gegönnt. Tatsächlich hätte sie es sogar schön gefunden.

Jonze zündete sich eine neue Zigarette an. Er hätte jetzt wirklich gerne einen Whisky-Cola gehabt. »Willst du auch noch einen Drink?«, fragte er deshalb.

Ella nickte.

»Worauf hast du Lust?«

»Glaubst du, dass die Sherry haben?« Mit Wulf hatte sie manchmal einen getrunken. Weil Ella so auf den Geschmack abgefahren war, hatte sie sich von Zeit zu Zeit selbst eine Flasche gekauft. Doch das war schon eine Weile her.

»Keine Ahnung, ich frage. Und alternativ?«

»Was du nimmst«, antwortete Ella.

»Halt mal bitte.« Jonze drückte Ella seine Zigarette in die Hand.

Sie rauchte sie auf, während er im Saal die Getränke holte. Trotz des Sakkos war ihr kalt. Wobei sie vermutete, dass für diesen Zustand hauptsächlich Übermüdung und Alkohol verantwortlich waren.

Jonze brachte tatsächlich Sherry. In einem Wasserglas. »Keinen Bock, gleich wieder reinzurennen«, erklärte er, als er ihren ungläubigen Blick bemerkte. »Die anderen Gläser waren so klein.«

»Ist drinnen noch viel los?«, fragte Ella.

»Der harte Kern. Die Hälfte auf der Tanzfläche, die andere Hälfte an der Theke.«

Ella nippte an ihrem Sherry, der ihren Mund mit weicher, rauchiger Wärme füllte. »Ich meinte das eben ernst. Mit dem Tattoo. Du warst sein bester Freund. Es wäre einfach richtig, wenn du es auch hättest.«

»Da bin ich mir gar nicht mal so sicher.« Jonze nahm einen Schluck Whisky-Cola und zündete sich eine neue Zigarette an.

»Kann ich auch noch eine?«

Er hielt Ella die Schachtel hin und gab ihr Feuer. Ihre glatte Haut sah im rötlichen Schein der Flamme noch samtiger aus, aber er fühlte sich erleichtert, als der Moment verstrichen war. Sonst hätte er weiter wie ein Idiot auf den ausgeprägten Schwung ihrer Oberlippe gestarrt. Er nahm einen großen Schluck, um nicht mehr daran zu denken, wie es sich angefühlt hatte, mit dem Zeigefinger den fast unsichtbaren Flaum in der kleinen Kuhle direkt darüber zu berühren. »Weißt du«, begann er und schnippte Asche ab, »Wulf hat mal gesagt: Wenn ihre Brüste beim Sex die Hitze auf deinem Oberkörper wegfächern, als würde eine Schwalbe über dir flattern, dann ist es Liebe. Er hat mir niemals einen Namen genannt.«

»Wow.« Den Blick auf ihr Glas gebannt, um Jonze nicht ansehen zu müssen, versuchte Ella zu verarbeiten, was sie gerade zum zweiten Mal gehört hatte.

»Weißt du, wer es war?«, fragte er.

Sie schüttelte den Kopf. »Keine Ahnung.« Innerlich war Ella dermaßen aufgewühlt, dass sie keinen klaren Gedanken fassen konnte. In ihrem Kopf war ein Tsunami ausgebrochen. Fetzen von Erinnerungen und Fragen wirbelten durcheinander. Und es verwirrte sie noch mehr, dass Jonze den Ausschnitt seines Jacketts, das sie trug, zur Seite schob und mit dem Finger über das Tattoo strich. »Es ist schön geworden.«

In der Retrospektive wird die Erotik oft von der Scham bedrängt. Als Ella gegen Nachmittag langsam erwachte, zuerst das Muster ihrer Jugendbettwäsche erkannte und gleich darauf von den Bildern der Nacht bestürmt wurde, schloss sie unmittelbar und mit einem gequälten Seufzer wieder die Augen. Mit der Gleichzeitigkeit, mit der auf Fernsehbildschirmen in Nachrichtenredaktionen verschiedene Programme laufen, konfrontierte Ellas Erinnerung sie mit Szenen, wobei sich ihre Mimik wie im Zeitraffer veränderte. Als wäre es noch irgendwie möglich, sich von den Geschehnissen zu befreien, schüttelte sie sich, während schon im nächsten Moment ein ungläubiges beschämtes Lächeln durch ihr Gesicht huschte und sie, fast ohne Übertragungsverlust, nochmals den Wärmeschwall spürte, den Jonzes Zeigefinger auf ihrem Tattoo ausgelöst hatte und der direkt von ihrer Brust in ihre Vagina geflossen war. Zwischen ihnen hatte plötzlich – wobei Ella sich fragte, ob es nicht schon mit dem Blick nach der Kirche begonnen hatte oder gar am Feuer bei Denne und Mareike Wochen zuvor – eine Erotik geherrscht, die Ella niederzukämpfen nicht in der Lage gewesen war. Nahezu übergangslos hatten sie sich geküsst. Allein beim Gedanken daran spürte Ella erneut ihre sexuelle Erregung, die dazu geführt hatte, dass sie mit Jonze um die Ecke geflüchtet war, weil im Saal die Musik verstummte und ihnen klar wurde, dass einige Leute gleich über den Hof nach Hause gehen würden. Sie hatten verstohlen gelacht und waren hinter einer Reihe Rhododendren an der Hauswand stehengeblieben. Dort hatten sie das, was auf der Bank mit dem Kuss angefangen hatte, fortgesetzt. Sie hatte Jonze zugetraut, sie an der Wand hochheben zu können, doch dann war Felix um die Ecke gekommen, hatte den Reißverschluss seiner Hose geöffnet und gegen die Rhododendron-Hecke gepisst. Danach hatte Ella nicht mehr in die Stimmung zurückgefunden und sie hatten sich unter die anderen gemischt, die vor dem Saal eine letzte Zigarette rauchten.

Der klebrig säuerliche Geschmack im Mund, die belegte Zunge und ein unbändiger Durst trieben Ella dazu, die Bettdecke zurückzuschlagen und sich aufzusetzen. Zu ihren Füßen lag der Zettel von Marte. Fuck!

Habe den ersten Zug genommen. Mach dir keine Gedanken. Marte, las Ella zum wiederholten Mal.

Mach dir keine Gedanken. Implizierte das nicht schon, dass er der Meinung war, sie hätte einen Grund, sich Gedanken zu machen? Ella schloss die Augen und rieb sich mit den Handinnenflächen über das Gesicht.

Der Zettel hatte auf dem Bett gelegen. Vage erinnerte sie sich daran, Marte eine Nachricht geschickt zu haben. Ella angelte ihr Handy von dem Häuflein aus Jumpsuit und Unterhose neben ihrem Bett und sah in ihrem Verlauf nach.

Sorry, stand dort.

Sie stieß einen resignierten kleinen Schnaufer aus. Wieder hatte sie es für nötig gehalten, sich für etwas zu entschuldigen, und fragte sich, ob sie Marte überhaupt etwas schuldig gewesen war. Und wenn, dann was?

Später, als Ella am frühen Abend vom Bahnhof kam, stellte sie erleichtert fest, dass Marte nicht zu Hause war. Der Platz auf dem Hinterhof, wo sonst sein Fahrrad unter dem Schauer stand, war leer.

Nachdem sie ihre Haustür hinter sich geschlossen hatte, atmete sie auf und ließ ihren Rucksack auf die Holzdielen fallen. In einem routinierten Ablauf des Nachhausekommens, zog sie sich schon beim Pinkeln die Hose von den Beinen, schlüpfte auf dem Weg in den Wohnraum in ihre Jogginghose und streifte ein weites Shirt über, während bereits ihr Teewasser kochte. Wenngleich ihre Gedanken noch um die Ereignisse der Hochzeit kreisten, setzte sie sich mit den Unterlagen für den Workshop am nächsten Tag in ihre Fensterecke, um sich die Inhalte und den Ablauf in Erinnerung zu rufen.

Diskriminierungssensible Sprache im Journalismus stand auf der Mappe. Sie hatte sich das Weiterbildungsthema selbst ausgesucht, es beschäftigte sie seit langem. Doch sie war nicht bei der Sache und griff zum Handy.

Mareike hatte ein Hochzeitsfoto gepostet. Es wurde Ella ganz oben im Newsfeed eingespielt. Glücklich lachend mit Denne Hand in Hand auf der Wiese, über die sich gegen Morgen so magisch der Nebel gelegt hatte. Das Foto war nach der Kirche entstanden. Zu dem Zeitpunkt hatte Ella mit Marte und ihrem Vater am Stehtisch geraucht und noch keine Vorstellung davon gehabt, welchen Verlauf die Hochzeitsfeier nehmen würde. Wieder einmal wurde ihr klar, dass Fotos nichts mit der Realität zu tun haben mussten. Obwohl es Ella mit einer zeternden Mareike und einem schlagenden Denne vor Augen widerstrebte, gab sie der Aufnahme ein Like, jedoch ohne Kommentar.

In den Storys stand Nicks Profil an erster Stelle. Wie lange hatte sie nicht an ihn gedacht? Ella versuchte, sich zu erinnern. Seit der Kirche? Nein, es war im Zusammenhang mit der Musik gewesen, der WM-Song von Andreas Bourani, wahrscheinlich so um Mitternacht. Mindestens zwanzig Stunden ohne einen Gedanken an Nick. Und nun brachte sie eine verfickte Story, die sie noch nicht einmal angesehen hatte, völlig aus dem Konzept. Über den schwachen Willen, die App zu schließen und sich damit der aufwühlenden Energie zu entziehen, siegte die Wissbegierigkeit, was Nick wohl dazu bewegt hatte, doch mal wieder etwas zu posten. Noch bevor Ella eine bewusste Entscheidung treffen konnte, sah sie Nick neue T-Shirts drucken. Er blickte direkt in die Kamera und lachte, während hinter ihm der Kopf einer Frau mit Buzz Cut im Bild erschien. Sie hielt Zeige- und Mittelfinger zu einem Victory-Zeichen gespreizt in die Kamera und gab Nick einen Kuss auf die Wange. Wieder und wieder guckte Ella sich die Story an, um herauszufinden, ob seine neue Freundin – diesbezüglich war sich Ella sicher – attraktiver war als sie selbst. Ob er glücklicher wirkte als mit ihr. Sich verändert hatte. Noch den schwarz oxidierten Silberring mit der Hammerschlagstruktur und den eingravierten Wellen trug, den Ella ihm geschenkt hatte. Er trug ihn nicht! Und schließlich festzustellen – ein KO-Schlag in die Magenkuhle –, dass die Buzz-Cut-Frau ihn am Mittelfinger trug. Verletzt bis ins Mark, ließ Ella das Handy sinken.

Halle 13.4

Vierzig Minuten stadtauswärts war die Zeit, die Ella am Morgen in der Bahn zur Verfügung stand, um mental aus einer geistig abwesenden und völlig zertretenen Person eine aufgeweckte und kompetente Journalistin zu machen. Wenigstens das norddeutsche Wetter war auf ihrer Seite und sie hatte die Bomberjacke von Maschenka wie Schutzkleidung überziehen können, sodass Ella zumindest mit ihrer äußeren Erscheinung zufrieden war.

Maschenka hatte recht. »Mode hilft dir, dich etwas besser als der allerletzte Lappen zu fühlen.« Sie sagte das jedes Mal, wenn Ella sich wieder einmal über Maschenkas ständig wechselnde Garderobe wunderte.

Danke für die schöne Jacke, sie rettet mich nicht zum ersten Mal. Scheint magische Kräfte zu haben, schrieb Ella an Maschenka.

Natürlich fragte Maschenka, was los sei, woraufhin Ella eine Kurzversion verfasste, die sie selbst nur noch mehr verstörte.

Marte gekränkt, mit Jonze fast Sex gehabt, von Mareike gedisst und Nicks neue Freundin trägt den Ozean-Ring – gestern in Nicks Story gesehen. Jetzt auf dem Weg zum Workshop. Hatte mich so darauf gefreut, aber bin nur noch todmüde und schlafe wahrscheinlich entweder ein oder fange an zu heulen.

Das ist viel, schrieb Maschenka, die nachfühlen konnte, was sich in Ella abspielte. Sie selbst war quasi Züchterin chaotischer Umstände im Leben. Allerdings hatte sich gezeigt, dass sogar das Chaos seine Regeln hat. Dinge, die man konsequent ausblendete, gerieten eines Tages in Vergessenheit.

Einfach ausblenden, ergänzte sie in einer weiteren Nachricht.

Für den Fall, dass die Angelegenheit doch mal wieder in den Fokus geriet, hatte Maschenka Taktiken entwickelt. Wegwerfen war eine davon. Vielleicht nicht die beste, aber wenn die Seele zu kollabieren drohte, war sie auch für schlechte Lösungen empfänglich. Wegwerfen, aussortieren, entsorgen. Zynische Synonyme für Aus-dem-Herzen-reißen hatten Maschenka ohne aufsehenerregenden Zusammenbruch bis hierher überleben lassen. Folgerichtig war es die Strategie, die sie, wenngleich nicht unbedingt für empfehlenswert, so aber zumindest für effektiv hielt.

Scheint erst mal unmöglich, ist aber wie ein Muskel, den du trainieren kannst, ging mit der nächsten Nachricht raus.

Denn was genau, so fragte sich Maschenka von Zeit zu Zeit, sollte jemand sonst tun, wenn die eigene Mutter einen als Dreijährige mitten in Deutschland bei den russisch sprechenden Großeltern zurückließ? Vielleicht war das der wahre Grund, dass sie mit den Leuten Schluss machte, bevor diese sie verlassen konnten. Der Gedanke war, da sie nun mit ihrem Handy in der Wohnung einer dieser Tinder-Männer saß und sich eine hilfreiche Antwort für Ella überlegte, noch nie so klar gewesen.

Maschenka tippte eine vierte Nachricht: *Einfach auf den Workshop fokussieren. Ist reine Willenskraft. Schaffst du.* Sie tickte das Muskelarm-Emoji an und schickte die Mitteilung ab.

Ella verzog das Gesicht. *Na super*, schrieb sie, löschte den Text jedoch wieder und ersetzte ihn durch *Okay, ich versuche es.*

Und das war es, was Ella tat. Bevor sie das Gelände betrat, atmete sie tief ein, fuhr mit dem Strawberry-Shine-Lip-Balm über ihren Mund, streckte den Rücken durch und steuerte auf das Gebäude 13.4 zu, in dem der Workshop stattfinden sollte.

Von weitem scannte sie den Eingangsbereich. Sitzgruppen. Sonnenschirme. Tonnenstehtische. Ein paar Leute davor, die rauchten. Ella wunderte sich, dass sie nicht aufgeregter war. Kein übertrieben erhöhter Herzschlag wie sonst, wenn sie alleine auf eine ihr fremde Gruppe traf. Sie machten es ihr leicht, als sie zu ihnen stieß und sich ebenfalls eine Zigarette ansteckte.

»Das ist das Gute an Raucherecken, man lernt sich immer ohne Umschweife kennen«, sagte Koko von Radio Hertzfunk. Sie nahm einen Zug von ihrer Zigarette und hob, wie Ella selbst es oft zu tun pflegte, das Kinn, um den Rauch nach oben und nicht in die Gesichter der Umstehenden auszustoßen.

Die anderen stellten sich als Melina und Peter von einer Allgemeinen Zeitung sowie Asmus und Gülay von einem unabhängigen jungen Content-Netzwerk vor.

»Um auf das Thema von eben zurückzukommen«, sagte Peter, der sich zuvor mit den anderen über die Workshop-Inhalte und Diskriminierung allgemein unterhalten hatte, »in Raucherecken gibt es keine Ausgrenzung. Du rauchst, also stellst du dich dazu. Egal woher du kommst, wohin du gehst. Egal, wie viel Geld du verdienst, wer du bist, wie du aussiehst.« Er beugte sich zum Standaschenbecher und aschte ab, wobei sein Sakko-Ärmel etwas hochrutschte und Ella auffiel, dass er am Handgelenk ganz oldschool eine Armbanduhr trug. »Selbst wenn du keine Zigarette hast. Hast du mal ne Zigarette? – Geht immer.«

»Oder nach Feuer fragen«, warf Koko ein.

»Na ja, Nichtraucher·innen könnten das durchaus anders

sehen«, meinte Gülay. »Während meines Volontariats gab es ständig Beschwerden darüber, dass wir beim Rauchen Beschlüsse fassen würden, ohne die anderen teilhaben zu lassen.«

Melina warf Peter einen Seitenblick zu, wobei sie die Augenbrauen amüsiert hochzog.

»Okay, da ist was dran«, gestand Peter ein.

»Abgesehen davon gibt es auch unter Rauchenden Arschlöcher, die rassistische, frauenfeindliche oder homophobe Sprüche machen«, sagte Asmus.

Es war Zeit, reinzugehen. Nacheinander drückten sie ihre Zigaretten in den Aschenbecher-Sand, wobei Asmus und Ella sich gleichzeitig vorbeugten und mit den Köpfen zusammenstießen. Asmus errötete, was Ella, die ihm bei ihrer Ankunft eine gewisse Überheblichkeit unterstellt hatte, überraschend sympathisch fand.

Der Workshop, Ella hatte insgesamt fünfzehn Personen gezählt, begann nach einer kurzen Einführung direkt mit einer Schreibübung. Es ging darum, Schreibroutinen zu ändern und Stereotype zu vermeiden. Sie sollten bereits veröffentlichte Textausschnitte, in denen es diesbezüglich schlecht gelaufen war, respektvoll und diversitätsbewusst umformulieren.

»Ich hatte meine Schwierigkeiten«, gestand Peter in der Pause vor der Tür. Aus seiner Jackett-Tasche fummelte er Zigarettenschachtel und Feuerzeug hervor. »Aber ich bin ja auch ein alter weißer Mann.« Ein Scherz. Natürlich. Einer, den Peter nicht zum ersten Mal machte. Er hatte verstanden. Er war raus. Obwohl er noch einige Berufsjahre als Chefredakteur der Zeitung vor sich hatte.

Niemand lachte. Peter glaubte, betretene Blicke wahrzunehmen. In Zukunft würde er davon absehen, seine Alterswehmut mit dieser Art von Selbstironie auch noch zu outen. Er klemmte sich die Zigarette zwischen die Lippen, zog die Kappe von seinem silbernen Benzinfeuerzeug und ließ es vor seinem Gesicht aufflammen.

»Cooles Feuerzeug«, überging Ella das Thema. »Darf ich mal?«

Peter reichte ihr das ovale Feuerzeug mit der inzwischen wieder aufgesteckten Kappe. Es war ungefähr daumengroß und Ella hatte keine Ahnung, wie sie die Kappe abbekommen sollte. Nachdem sie vergeblich daran herumhantiert hatte, zeigte Peter ihr, wie es funktionierte. Ella schnippte über das Reibrad. Der erste Zug schmeckte nach Benzin. In der linken Hand wendete sie das Feuerzeug hin und her. Es war angenehm glatt. Wie ein Handschmeichler.

Peter fiel auf, wie Ella das Feuerzeug bewunderte. Wie sie es ansah. Als würde sie die Seele darin erkennen. Bisher hatte er immer geglaubt, dass der Generation Plastikfeuerzeug die Freude am ideellen Wert eines solchen Gegenstands abhandengekommen war. Bedauerlicherweise. Irgendwann hatte es nur noch diese schrottigen Teile gegeben, die alle achtlos überall liegenließen. Zwischendurch hatte auch er sich von dieser praktischen Wegwerfmentalität mitreißen lassen, jedoch schon bald wieder sein langlebiges Exemplar aus der Schublade gekramt. Das stille Wissen um die selbst geritzte Gravur auf seinem Benzinfeuerzeug, die nur zu sehen bekam, wer es auffüllte, wärmte sein Gemüt wie eine Flamme. Wann immer Peter das Feuerzeug in die Hand nahm, konnte er diese, zusammen mit der Erinnerung an seine jungen Jahre, entzünden.

Don't forget the fire. Einundzwanzig war er gewesen, als er die Worte mit einem Nagel in das Metall gekratzt hatte.

Und er hatte es ernst gemeint. Die krakelige Gravur sollte ihn daran erinnern, niemals wie sein Vater zu werden, der ein alter weißer Mann gewesen war.

»Woher hast du es?« Noch immer ließ Ella das Feuerzeug durch ihre Finger gleiten. Sie hatte Gefallen daran gefunden.

»Aus der Vergangenheit. Leider ist es vom Aussterben bedroht. Es wird nicht mehr hergestellt.«

»Schade.« Ella gab Peter das Feuerzeug zurück und richtete ihre Aufmerksamkeit wieder auf das Gespräch über die Schreibübung.

»Wie gendert ihr eigentlich?«, fragte Melina.

»Wir machen bei uns Sternchen«, antwortete Asmus.

»Ich wünschte, wir hätten es auch so leicht. Wir texten so drumrum.« Melina sah Peter an, grinste kurz und verbesserte sich. »Also schreiben geschlechtsneutral, indem wir kreativ formulieren oder uns mit Beidnennungen retten.«

Peter hörte Melina, die sich seit Beginn ihres Volontariats für das Gendersternchen einsetzte, aufmerksam zu.

»Das ist die Richtlinie auf die wir uns im Team geeinigt haben, um die ältere Leserschaft weiter mitzunehmen«, verteidigte er sich. Im Stillen fragte er sich manchmal, ob das Sternchen tatsächlich den befürchteten Abonnement-Rückgang bewirken, oder ob sich nicht auch die ältere Stammleserschaft daran gewöhnen würde.

»Wäre es nicht wichtig für eine Tageszeitung, gerade deshalb Stellung zu beziehen?«, fragte Gülay.

»Sicher.« Peter verschaffte sich einen Moment, indem er einen Zug von seiner Zigarette nahm, bevor er mit der Antwort fortfuhr. »Aber ist es nicht auch eine Form von Sensibilität, die Skeptischen schrittweise langsam an das Thema heranzuführen?«

Von Koko war ein verächtlicher Schnaufer zu hören.

»Wie lange, bitteschön, sollen wir noch auf die warten?«

»Ich verstehe schon, was Peter meint.« Ella dachte an Dennes Reaktion, als er sie zum ersten Mal die Genderpause hatte sprechen hören. Den Glottisschlag. Ein Wort, das Ella in diesem Zusammenhang widerstrebte. Als würden Leute, die das Gendern befürworten, die Verschreckten damit zusätzlich erschlagen wollen. Der englische Begriff glottal stop erschien ihr wegen der minimalen Unterbrechung im Redefluss, die er beschrieb, passender.

Sie sei jetzt wohl auch so woke, hatte Denne damals bemerkt, was sie ihrerseits, ebenso wie den ewigen Karla-Kolumna-Spruch, mit einem gelangweilten Lächeln quittiert hatte.

»Ich bin auf dem Dorf aufgewachsen und mal ehrlich – es sind nicht nur die älteren Menschen, die mit Ablehnung auf das Sternchen reagieren. Je mehr Front da gemacht wird, desto stärker die Antihaltung.« Ella beugte sich zum Aschenbecher und drückte ihre Zigarette in den Sand.

Nachdenklich, so erschien es Peter. Ihm war die stille Empathie, die Ella ausstrahlte, auf den ersten Blick aufgefallen. In einer angenehmen Verbundenheit erahnte er ihren anmutigen Charakter. Oder ließ er sich nur von seinem Geschmeicheltsein irreleiten, da sie ihm so ausgleichend zur Seite gestanden hatte? Er war sich durchaus bewusst, dass die männliche Eitelkeit, bei aller Sachlichkeit, um die er sich bemühte, nicht zu unterschätzen war.

Während die anderen noch eine zweite Zigarette rauchten, ging Ella auf die Toilette und nahm eine Kopfschmerztablette, die sie mit dem Wasser, das sie sich unter dem Hahn in die hohle Hand laufen ließ, herunterspülte. Mit dem Ozean-Ring vor Augen, der am Finger von Nicks wahnsinnig selbstbewusst wirkender Freundin steckte, hatte sie sich in der Nacht umhergewälzt und die unangenehme Verspannung im Nacken schon am Morgen gespürt. Im Laufe des Vormittags hatte sich daraus dieser überaus fiese Kopfschmerz entwickelt, was Ella vor allem deshalb ärgerte, weil sie dem abwesenden Nick immer noch so viel Raum in ihrem Leben ließ. Den Klick auf die Story hatte allein sie selbst zu verantworten. Und war es nicht so, dass sie theoretisch die Macht hätte, ihre Gedanken im Run zu stoppen, bevor sie eine nächste Runde drehten? Sie wusste, dass es so war. Und dennoch.

Im Spiegel betrachtete sie ihre Abgeschlagenheit. Das freudlose Gesicht, das ihr entgegenschaute, erinnerte sie an jenes, das sie schon im Zugfenster erblickt hatte. Kurz nach der Trennung. Am Tag, nachdem sie Mareike besucht und mit Selle am Küchentisch ihres Vaters die Sache mit dem Tattoo besiegelt hatte. Ella erinnerte sich genau an den Moment im Zug, als sie plötzlich geahnt hatte, dass der Schmerz in ihr selbst begründet lag. War es vielleicht wirklich möglich, selbst über die Ausmaße ihres Liebeskummers zu bestimmen? Lag es allein in ihrer Verantwortung, wie viel Platz sie diesem einräumte – und damit auch Nick und der Vergangenheit? Suhlte sie sich in einer Opferrolle? Und stand es ihr frei, diese zu verlassen? Die Nachricht von Maschenka, dass sich das Ausblenden wie ein Muskel trainieren ließe, fiel ihr wieder ein. Sicher müsste sie nicht so radikal wie Maschenka vorgehen und alles ausradieren. Doch wie hilfreich wäre es bitteschön, die Fahrten in den Gedankenkarussells bei Bedarf zu unterbrechen? Ella drehte erneut den Wasserhahn auf, wählte die kälteste Einstellung und erst als es eiskalt ins Waschbecken lief, fing sie den Strahl mit ihren zur Schale geformten Händen auf und klatschte sich das Wasser ins Gesicht. Wieder. Und wieder. Bis das Gefühl von Frische nicht nur auf ihrer Haut, sondern auch in ihrer Psyche ankam. Das Gesicht im Spiegel mutete jetzt rosiger an.

So lange wie es dauert, drei Mal hintereinander „Fuck you Nick" und „Fuck you Nicks Freundin" zu sagen, sah Ella den Wassertropfen dabei zu, wie sie von ihrer Haut perlten. Dann riss sie ein Papiertuch aus der Box, trocknete sich das Gesicht, knüllte das feuchte Tuch in ihrer Faust zusammen und ballerte es in den Mülleimer.

Pizzeria-Vorplatz

Knapp sechsunddreißig Stunden später kühlte Ella in einem anderen Toilettenraum erneut ihr Gesicht mit eiskaltem Wasser. Einerseits, weil sie bei der Gruppenarbeit am Nachmittag, die sie draußen erledigt hatten, um nebenbei rauchen zu können, einen leichten Sonnenbrand bekommen hatte. Andererseits, weil ihr der Rotwein, den sie gerade beim Abschlussessen des Workshops getrunken hatte, zu Kopf stieg. Sie war beschwipst, aber das war nicht der Grund, weshalb sie sich im Spiegel lächeln sah. Es ging ihr gut. Der Workshop war inspirierend und lehrreich gewesen, die Leute sympathisch, und am liebsten hätte Ella noch weitere Tage mit ihnen verbracht. Ein Großteil der Gruppe hatte sich inzwischen allerdings verabschiedet und die Pizzeria verlassen. Lediglich Peter, Asmus, Gülay, Koko und Ella waren beim Weggehen doch noch an einem Stehtisch auf dem belebten Platz vor der Tür hängengeblieben, um eine Abschiedszigarette zu rauchen.

»Krass. Was geht denn hier ab?«, fragte Ella, als sie von der Toilette zurückkehrte und sich die Personenzahl vor dem Restaurant nahezu verdoppelt hatte.

»Trubelig wie das Nachtleben auf einer italienischen Piazza.« Peter war sichtlich erfreut. »Endlich Sommer in Deutschland.«

»Die Geburtstagsgesellschaft aus dem Nebenraum scheint ihr Menü beendet zu haben.« Seinem Tonfall nach war Asmus weniger begeistert.

»Die da – wir wissen schon, dass sie Stefanie und Cornelia heißen – sind so voll, das glaubst du gar nicht«, flüsterte Gülay und deutete mit einer Kopfbewegung auf zwei Frauen, die nur einen Schritt entfernt standen und über einen Bernd herzogen, wobei ihre Stimmen und ihr Lachen Ella an Papageien-Gekreische erinnerten.

»Bernd scheint jedenfalls verkackt zu haben«, flüsterte Ella zurück und steckte sich eine Zigarette an.

»Ah, du hast Feuer. Kann ich mal?« Stefanie rückte den einen Schritt auf und stellte ihr Weinglas auf den Stehtisch.

Ella gab ihr das Feuerzeug. Die anderen wichen derweil etwas zur Seite, da nun auch Cornelia ihr Glas auf den Tisch stellte und sich ebenfalls mit Ellas Feuerzeug eine Zigarette anmachte.

»Ihr seid von der Gruppe, die an dem langen Tisch saß, oder?«, fragte Stefanie.

»Ja genau«, antwortete Ella.

»Firmenessen?«

»So ähnlich.« Ella bemühte sich um ein höfliches Lächeln und wendete sich wieder den anderen zu, die betreten Blicke austauschten.

»Seid ihr zur Messe hier?«, fragte Stefanie weiter. Sie tippte die Asche von ihrer Slim-Line-Zigarette, verfehlte den Aschenbecher allerdings knapp.

»Lass uns zu den anderen rübergehen«, drängte Cornelia und legte Stefanie die Hand auf den Arm.

»Ach Quatsch. Die kennen wir doch alle schon.« Stefanie zog die Schale mit den Erdnüssen zu sich heran und schob sich ein paar in den Mund. Mit der Hand, in der sie ihre Zigarette hielt, griff sie nach ihrem Weinglas. Gleichzeitig wehrte sie Cornelias Versuche ab, sie vom Tisch wegzuziehen. Als diese schließlich alleine abzog, setzte Stefanie ihre Fragerei fort. »Also seid ihr Messegäste?«

»Nein«, antwortete Asmus und schloss, länger als ein

Blinzeln es erfordern würde, die Augenlider. »Wir hatten einen Workshop, über den wir uns gerne noch ein bisschen austauschen würden.«

»Na ich lerne gerne dazu. Worum geht's?«

Koko, die Stefanies Lästerei über den unbekannten Bernd genauestens verfolgt hatte, konnte sich einen ironischen Unterton nicht verkneifen: »Diskriminierungssensible Sprache.«

»Ach du Scheiße«, sagte Stefanie. »Was soll das denn sein? Dass ich dich nicht«, sie sah Koko an, »dürres Hühnchen nenne oder so?«

Koko riss die Augen auf, bekam jedoch keine Gelegenheit, etwas zu erwidern, weil Stefanie ohne Pause weiterredete. »Oder die da drüben Wurst in Pelle? Mal ehrlich, wie kann man sich mit DER Figur nur in so ein Körper-Kondom quetschen?«

Ella folgte unauffällig Stefanies Hinweis auf eine kurvige Person in einem hautengen verkehrsroten Latexkleid, die, da Stefanie nicht besonders leise gesprochen hatte, kurz zu ihnen herübersah. Der Begriff des Fremdschämens reichte für das, was Ella empfand, nicht annähernd aus. Keinesfalls wollte sie von den Umstehenden mit den gesagten Worten in Zusammenhang gebracht werden. Nicht noch einmal so eine Situation wie mit Falk und dem vermeintlichen Nobelpreisträger. Von der Erinnerung dieses Vorfalls zu dem Gespräch mit Marte im Anschluss war es nur ein Gedankensprung, der es Ella ermöglichte, einen Schritt zurückzutreten und zu sagen, dass sie mit derart bewertenden Formulierungen nicht einverstanden sei und sich davon distanziere.

»Respekt«, murmelte Asmus. Eine so klare Ansage hatte er Ella, die er beim Workshop hauptsächlich ausgleichend und wenig konfrontativ wahrgenommen hatte, nicht zugetraut.

»Ach komm schon. Das war doch nichts. Seid ihr etwa alle so empfindlich?« Stefanie langte in die Erdnuss-Schale, warf ihren Kopf in den Nacken und die Erdnüsse in ihren Mund. »Mein Gehirn mutiert manchmal zum Arschloch eines alten weißen Mannes«, sagte sie kauend. »Da kommt so viel diskriminierende Scheiße raus, dass ich es selbst nicht fassen kann.«

Zum ersten Mal spürte Peter, wie tief ein Trigger in die Eingeweide dringen kann. Er starrte auf Stefanies unansehnlich gewordenes Weinglas voll fettiger Fingerabdrücke und pinkfarbenem Lippenstift, aus dem sie einen großen Schluck nahm.

»Und du kannst mir doch nicht vormachen, dass es bei dir anders läuft«, wendete sich Stefanie an Ella. »Niemand, nicht einmal so ein Porzellan-Wesen wie du, hat nur Nächstenliebe-Gedanken im Kopf. Ich meine, du hast doch auch Schubladen für das Äußere anderer Frauen«, Stefanie rollte mit den Augen und ergänzte, als sei das ein Zugeständnis, »oder Männer oder …«

»Menschen eben«, bemerkte Ella knapp. Sie fühlte sich unangenehm ertappt. Tatsächlich, sie sah erneut unauffällig zu der Person mit dem Latexkleid, hatte sie der Style im ersten Augenblick eine Schublade im Kopf aufreißen lassen. Erst im zweiten Moment hatte sie das Outfit mutig gefunden, was, wie ihr nun klar wurde, ebenfalls eine Schublade war.

»Dann eben Menschen. Ich spreche aber kein Sternchen, wenn du darauf hinaus willst. Ich bin schon über die Rechtschreibreform gestolpert. Aber das Sternchen«, Stefanie steckte sich eine Zigarette zwischen die Lippen, obwohl ihre angerauchte noch qualmend im Aschenbecher klemmte, »da breche ich mir die Zunge.« Sie nahm sich Ellas Feuerzeug vom Tisch und zündete sich die Slim-Line an, auf deren weißen Filter ihr Lippenstift haften blieb. »Wer macht das überhaupt, mal abgesehen von diesen Podcast-Korrekten?«

Hinter Stefanie tauchte Cornelia plötzlich wieder auf. Sie hatte einen Typen im Schlepptau und Stefanie jubelte »Helge!«, fiel ihm um den Hals, ließ sich von Cornelia und Helge in die Mitte klemmen und wegführen.

»What the fuck.« Noch während Gülay Stefanie verstört hinterher sah, drehte diese sich um und rief Ella zu: »Ich habe auch positive Gedanken! Du rauchst so ästhetisch! Wie Holly Golightly in der Fensterbank!«

»Holly Golightly?« Fragend sah Ella die anderen an.

Zeitgleich kam die Antwort von Koko: »Du kennst Frühstück bei Tiffany nicht?« und von Peter: »Audrey Hepburn, eine großartige Schauspielerin.«

Ella hob die Schultern. »Keine Ahnung.«

»Verständlich. Der Film war sogar bei deiner Geburt schon alt.« Es lag Peter fern, die anderen mit seiner Kindheit zu langweilen. Doch er kam nicht umhin, sich selbst daran zu erinnern, dass seine Mutter keine Ausstrahlung des Schwarzweiß-Films im Fernsehen verpasst hatte. Gefühlt war das alle paar Monate gewesen. Noch jetzt hatte er Hollys verzweifelte Stimme im Ohr, als sie im strömenden Regen die Katze suchte, die sie zuvor selbst davongejagt hatte.

»Jedenfalls«, sagte Asmus zu Ella und wechselte wieder das Thema, »das war megacool von dir. Ich kann es nur wiederholen: Respekt.«

»Da schließe ich mich an. Das nenne ich Haltung.«
Peter hob sein Weinglas.

Er hatte Haltung gesagt. Ella ließ es sich nicht anmerken, aber innerlich war sie das errötende lächelnde Emoji. Halb peinlich berührt, halb stolz. Sie drehte ihr leeres Glas in der Hand und blickte fragend in die Runde.

Es sei schon spät. Und morgen wieder zur Arbeit. Noch eine rauchen, aber kein Getränk mehr. Bis auf Peter verneinten alle.

Für Ella holte er Aperol, für sich ein Bier. Nachdem Peter zurück am Tisch war, verkündete er, dem Gendersternchen in seiner Zeitung eine Chance zu geben. »Ich möchte keine männliche Stefanie sein und wenn schon physisch unabänderlich alter weißer Mann, dann wenigstens mental beweglich und offen für Veränderungen. Mit der Rechtschreibreform bin ich im Übrigen bestens klargekommen.«

Das Handy aus der Tasche ziehend, meinte Koko, dass das eine Nachricht an Melina wert sei. Kokos Finger huschten über das Display. »Abschicken?« Die Frage richtete sich an Peter. Er nickte. »Besser gleich raus damit. Bevor ich ins Zweifeln gerate.«

»Was für ein krasser Workshop. Und was für ein weirder Abschluss.« Gülay drückte ihre Zigarette aus. »Leute, war schön mit euch. Aber ich muss ins Bett.«

Peter schob die benutzten Gläser etwas zur Seite, nachdem Koko und Asmus sich verabschiedet hatten. Sein Handy piepte. »Da muss ich kurz gucken«, meinte er, »ob mit dem Hund alles in Ordnung ist.«

»Du hast einen Hund?« Allein das ausgesprochene Wort spielte Ella Hundewärme und Pfotengeruch so real zu, als hätte es Fell, über das sie streicheln könnte.

»Alles okay, zum Glück.« Peter ließ sein Telefon in die Hosentasche gleiten. »War nur eine Nachricht von Melina mit drei Zeilen Emojis. Wundertüten, Feuer, sowas. Dann bin ich durch mit meiner guten Tat heute.«

Ella fragte nochmals nach dem Hund.

»Eine Hündin aus dem Tierschutz. Sie ist schon alt und macht meiner Partnerin und mir gerade etwas Sorgen. Frisst nicht richtig und scheint sogar das Interesse an Spaziergängen verloren zu haben.«

»Tut mir leid. Ich weiß, wie schlimm das ist.« Ella erzählte von ihrem Doggen-Rüden, behielt Einzelheiten bezüglich seines Todes jedoch für sich. Weder ertrug sie es selbst, die Bilder daran hervorzurufen, noch wollte sie Peter Horrorszenarien in den Kopf zu setzen.

Die Tragik einer jeden Mensch-Hund-Beziehung ist das kurz bemessene Verfallsdatum. Nicht einmal für fünfzehn läppische Jahre gab es Garantie. Ausgerechnet bei diesen wunderbaren befellten Wesen hatte die Natur mit Lebensdauer gespart. Insofern hielt Peter einen Kommentar zur Kurzlebigkeit von Doggen und anderen riesenhaften Zuchthunden zurück. Er selbst hatte sich aus genau diesem Grund nach zwei Irischen Wolfshunden für einen mittelgroßen Galgo-Mix aus dem Tierschutz entschieden. Er steckte sich eine Zigarette an und gab Ella, die sich ebenfalls eine aus ihrer Schachtel nahm, Feuer.

»Darf ich noch mal?« Ella zeigte auf das Feuerzeug. »Einfach schön«, meinte sie, nachdem Peter es ihr gegeben hatte. »Das Geräusch, wenn man die Kappe abzieht. Das ist so«, sie zog die Kappe ab, »so – zeremoniell.« Schnuppernd hielt sie ihre Nase an das Feuerzeug. »Und ich liebe diesen leichten Benzingeruch.« Sie stülpte die Verschlusskappe wieder über und reichte das Feuerzeug zurück. »Ein bisschen archaisch.« Ella lächelte. »Wie heißt deine Hündin eigentlich?«

»Karma.«

»Cooler Name.«

»Hat meine Partnerin ausgesucht. Und mir hat es gefallen.«

Eine Weile redeten sie weiter über Hunde, deren im Schlaf zuckenden Pfoten und ekelhafte Dinge, die diese, besonders wenn sie jung waren, manchmal anschleppten. Auf dem Platz wurde es langsam stiller, ihre Gläser waren geleert und so beschlossen auch sie, nach einer letzten Zigarette zu gehen. Ella tastete vergeblich nach ihrem Feuerzeug. Seufzte. »Das hat bestimmt unsere tolle Freundin von vorhin mitgenommen.«

Entgegen seiner generationsbedingt anerzogenen Gewohnheit, einer Frau zuerst Feuer zu geben, zündete Peter seine eigene Zigarette an. Dann steckte er die Kappe wieder auf sein Feuerzeug und umschloss es noch einmal mit der Hand. »Ist deins«, sagte er und reichte es Ella.

Überrascht sah sie ihn an.

Fragend, so kam es Peter vor, weshalb er »ist schon gut«, sagte und väterlich, wie Ella fand, nickte.

Andächtig befühlte Ella das Feuerzeug. »Das ist – ich weiß nicht, was ich sagen soll.«

»Es ist mir eine Freude, es bei dir zu wissen.«

Noch in der Nacht setzte sich Peter an seinen Laptop, suchte in den Kleinanzeigen nach einem baugleichen gebrauchten Feuerzeug desselben Herstellers und bestellte es für sich. Bei seinem Tabakhändler kaufte er am darauffolgenden Morgen auf dem Weg zur Arbeit Feuersteine, Docht und

Feuerzeugbenzin, tütete in der Redaktion alles ein und schickte den Umschlag, nachdem er die Adresse aus den Workshop-Unterlagen gesucht hatte, an Ella.

Hinterhof

Die Postbotin gab den gefütterten Umschlag, da Ella nicht zu Hause war, bei Marte ab. Seit der Hochzeit hatte er Ella nicht mehr gesehen. Insofern verursachte die bevorstehende Begegnung bei ihm ein diffuses Unwohlsein. Sie trug ein kurzes Trägerkleid und schwarze Plateau-Sandalen, die er noch nie an ihr bemerkt hatte, als sie gegen neunzehn Uhr auf den Hof kam.

Bei Martes Anblick – er saß mit dem Laptop an seinem kleinen Tisch vor der Tür – verringerte Ella abrupt ihr Schritt-Tempo. Zwar hatte sie sich schon ein paar Worte für ein Aufeinandertreffen zurechtgelegt, doch ihr Kreislaufsystem geriet trotzdem aus dem Takt.

»Hey, neue Sandalen?«, fragte Marte, sobald sie vor ihm stand.

Das unverfängliche Thema ließ Ella aufatmen. »Gestern gekauft. Zu heiß für die anderen und in Flipflops gehe ich nicht gerne zu Terminen.« Schuhe waren im Sommer immer ein Problem. Ella vermied es, ihre Füße zu zeigen. Sie schleppte das Thema schon seit ihrer Kindheit mit.

»Breite Füße sind bei Mädchen ja nicht so schön«, hatte eine Schuhverkäuferin einmal Ellas Mutter zugeraunt und Ella hatte es nie vergessen. Zumal sich die Hinweise darauf, dass ihre Füße nicht dem absoluten Schönheitsideal entsprachen, gemehrt hatten. Mareike nannte sie Entenfüße und deren Cousine, eine Physiotherapeutin, hatte mal, als Ella barfuß und mit ausgestreckten Beinen am Teich gesessen hatte, einfach so nebenbei angemerkt, dass aus ihren leicht nach innen geneigten großen Zehen später definitiv ein Hallux valgus werden würde. Seitdem beobachtete Ella argwöhnisch die Entwicklung ihrer großen Zehen. Immer mit dem Bild ihrer Großmutter vor Augen, deren Zehen krüppelig übereinander gewachsen waren.

»Sehen cool aus.« Dass an der Achillessehne die übliche Schlaufe heraushing und die neuen Sandalen nur eine luftig geschlitzte Variante ihrer Boots waren, amüsierte Marte. Er stand auf, um den Umschlag zu holen. »Ich habe Post für dich.«

Erstaunt über den Absender, nahm Ella den Großbrief entgegen. »Danke.«

»Kein Ding.« Marte setzte sich wieder.

Da er Ella nicht wie sonst zu einem Getränk oder einer Zigarette einlud, blieb sie unschlüssig vor ihm stehen. Auf die Schnelle versuchte sie, seine Stimmung zu analysieren. Er schien weder sauer noch besonders mitgenommen zu sein. Er war – und das tat mehr weh als jede Reaktion, die sie sich ausgemalt hatte – neutral, sachlich oder sogar, was Ella wesentlich heftiger niederschlug, unterkühlt. Mit voller Wucht traf sie die Vorstellung, ihn als Freund verloren zu haben.

Seufzend lehnte sich Marte, der das Mienenspiel in Ellas Gesicht verfolgt hatte und die Tränen schon an ihrer Lidunterkante stehen sah, zurück.

»Eine rauchen?«, fragte er wie einer, der etwas, das er sich vorgenommen hat, wieder aufgibt.

Die Wahrheit war, dass Marte keine Lust gehabt hatte, sich von Ellas Anwesenheit in seinem sowieso schon wunden Herzen herumstochern zu lassen und sich deshalb nicht unbedingt auf ein Gespräch einlassen wollte. Die Wahrheit war aber ebenso, dass er nicht genug von Ella bekommen konnte und es echt beschissen war, in diesem Zwiespalt zu stecken, aus dem noch nie ein unglücklich liebender Mensch je herausgefunden hatte.

Ella atmete auf. »Ja. Gerne.« Sie stellte ihren Rucksack auf die Pflastersteine, wobei sie zwei kleine gelbe Blumen bemerkte, die sich ein Leben in einer Fuge erkämpft hatten, setzte sich und zündete sich mit Martes Plastikfeuerzeug, das auf dem Tisch lag, eine Zigarette an. Mehr gab es nicht zu tun, um sich weiter um das Gespräch herumzudrücken. Sie war dran. Das war deutlich. So, wie Marte sie abwartend ansah. Noch einen tief inhalierten Zug. Sie schaute dem Rauch hinterher. »Bist du sauer auf mich?«

Marte stieß einen dieser Schnaufer aus, die im Bauchraum beginnen, mit einem Knacklaut durch die Kehle laufen und sich durch die Nase entladen. »Worauf könnte ich sauer sein? Wenn es DAS wäre.«

»Was ist es dann?«

»Ach komm schon, Ella. Das wissen wir doch beide.«

Sie presste die Lippen aufeinander. Ja, das wussten sie beide. »Und nun?«

Es zeugt von wahrer Größe, im Zustand empfindlichster Zerbrechlichkeit die Kraft aufzubringen, einen weniger beeinträchtigten Menschen zu stärken. Ella sah so unglücklich aus, dass Marte sich zu ihr beugte und sie tröstend umarmte. »Bleibt alles so entspannt, wie wir es kennen.« Aus dem Augenwinkel sah er den Krater in Ellas Zigarettenfilter, während sie im Blindflug versuchte, um seine Umarmung ebenfalls beidarmig zu erwidern, die Kippe in den Aschenbecher zu klemmen. Der ungelenke Akt brachte beide zum Lachen, was derart befreiend war, dass Marte nun doch fragte, ob Ella Lust auf ein Getränk habe.

»Keinen Alkohol heute«, stöhnte sie.

In der Küche mixte er ihr den alkoholfreien Bittersweet Sunset, den sie so gerne mochte, schüttete einen großzügigen Schuss Gin in seinen und presste den Saft einer halben Orange einhändig über den Gläsern aus. Die Orangenschale platzte und das Gefühl der kaputten Frucht in seiner Hand ließ unsinnigerweise etwas Druck aus seiner Seele weichen, was Marte beschämte. Als habe er die nichtinihnverliebte Ella zerquetscht, dabei war es nur seine eigene Hoffnung. Oder eben doch bloß die Orange.

Es blieb bei einem Bittersweet Sunset, weil die Entspannung, wie sie sie kannten, noch verschreckt in irgendeinem Winkel hockte. In ihrer Wohnung ließ Ella die Sandalen, die sie für die paar Schritte über den Hof in die Hand genommen hatte, auf den Fußboden gleiten und atmete auf. Noch auf dem Weg zur Toilette – sie hatte schon bei ihrer Ankunft auf dem Hof aufs Klo gemusst – riss sie den Umschlag von Peter auf. Feuerzeugbenzin, ein Kerzendocht und eine grüne runde Dose, kleiner als der Kreis, den Ella mit Daumen und Zeigefinger bilden konnte. Der durchsichtige Deckel gab den Blick auf bleischwarz glänzende Stäbchen frei, die fein sortiert in winzigen Fächern lagen. Ella hatte keine Ahnung, was das sein sollte. Sie legte alles auf den Waschbeckenrand und las beim Pinkeln die handschriftliche Nachricht auf dem Zettel: *Erstausstattung für dein neues Feuerzeug. Viel Freude damit. Anleitung anbei. Peter.* Darunter standen drei Links, die sie wenige Minuten später am Küchentisch nacheinander ins Suchfeld ihres Browsers tippte. Ein Erklärvideo zum Auffüllen eines Benzinfeuerzeugs sowie jeweils eines zum Wechseln des Feuersteins und des Dochts. Kein Kerzendocht also. Sie war nicht auf die Idee gekommen, dass ihr neues Feuerzeug regelmäßig eine Wartung benötigen würde, geschweige denn einen neuen Docht. Zu Testzwecken zog sie der Anleitung folgend den Feuerzeugeinsatz aus dem unteren Gehäuseteil, wobei das gleiche ploppende Geräusch wie beim Abziehen der oberen Kappe entstand. Benzingeruch schlug ihr aus der im Hohlraum steckenden Watte entgegen. Mit dem Finger ertastete sie eine leichte Unebenheit auf dem glatten Metall, weshalb sie das Feuerzeug umdrehte und den krakelig eingeritzten Spruch entdeckte. *Don't forget the fire.*

Auf der anderen Seite der Stadt saß Peter vor seinem gebrauchten Exemplar und ritzte mit einem kleinen Nagel exakt diese Worte in glattes Metall. Er machte sich keine Illusionen. Diesem neuen Feuerzeug würde nicht die gleiche Nostalgie anhaften, wie dem alten. Der Gedanke daran, dass es von Zeit zu Zeit vielleicht vorkäme, dass er und Ella im selben Moment mit den von ihm gravierten Feuerzeugen eine Zigarette anzünden würden, brachte ihn jedoch zum Lächeln.

Was Ella zuerst sah, als sie am nächsten Morgen erwachte, waren die Konzerthalsband-Hunde von Marte auf der großformatigen Leinwand und – obwohl unsichtbar, so doch für Ella präsent – die darunter verborgen liegenden Worte, die Nick auf die Wand gemalt hatte. Würde sie jeden Morgen beim Aufwachen zuerst an Marte und dann an Nick denken wollen? Vor einigen Wochen schien es ihr eine gute Idee zu sein, sich von Marte ein Bild mit ihren eigenen Konzertbändchen anfertigen zu lassen. Unter den gegebenen Umständen kam es Ella allerdings moralisch verwerflich vor, von ihm so ein großes Geschenk anzunehmen. Zudem hatte sie keine Lust, regelmäßig vor dem ersten Kaffee optisch und mental von ihm oder Nick bestürmt zu werden.

Ella rollte sich in ihrer Bettwärme zusammen. Schon

jetzt freute sie sich darauf, am Abend wieder ins Bett zu gehen. Was war falsch mit ihr? Sollte sie sich morgens nicht auf den Tag freuen? Auf das Leben da draußen?

Nick hatte auf ihre partielle Aufsteh-Verweigerung meist mit Sex reagiert. Eine Erweckung, auf die Verlass gewesen war. Ohne Zweifel war Nick ein virtuoser Liebhaber. Er hatte diese Gabe, eine Spannung im Rhythmus zu erzeugen. Wie bei einem guten Song, der sich leise aufbaut, im Energielevel bis zur Ausgelassenheit steigt, manchmal die Tonlage ändert, breite Flächen bietet, im Tempo zunimmt und schließlich ein tosendes Ende findet. Bei dem Gedanken daran schwappte eine Welle der Erotik durch ihren Körper. Ella schob sich die Hand zwischen die Beine und begann, sich zu massieren, wobei ihre Fantasie Kapriolen schlug zwischen Nick, der Szene mit Jonze an der Hausmauer und einer Reihe von lustvollen Bildern, die ihr, wann immer sie masturbierte, Gesellschaft leisteten. Mit geschlossenen Augen tastete sie nach der Holzschatulle im Weinkisten-Regal neben dem Bett, nahm ihren Rabbit-Vibrator heraus – Adamma hatte ihn ihr mit den Worten empfohlen, dass er in jeder Hinsicht der bessere Liebhaber sei – und schaltete ihn an. Den ersten ernstzunehmenden Orgasmus nach Nick begleitete ein sanftes Surren.

Bar

Ob es stimmte, dass Menschen, die gerade Sex hatten, attraktiver wirken? Und ob dies gleichermaßen für Selbstbefriedigung galt? Nach dem grandiosen Orgasmus hatte Ella Lust auf mehr bekommen und ihr Sex-Toy in den folgenden Tagen regelmäßig zum Einsatz gebracht. Sie leuchte irgendwie, hatte Adamma gemeint, woraufhin Ella eine Andeutung auf deren Empfehlung gemacht hatte.

»Sie stehen immer zur Verfügung und verlangen nichts«, hatte Adamma mit einem zufriedenen Lächeln angemerkt.

Najah war der Meinung gewesen, Ella wirke glücklicher. Und unterwegs war sie zwei Mal äußerst flirty angesprochen worden. Beim Warten an der Bushaltestelle und am Badesee, an dem sie mit Adamma und Maschenka den vergangenen Samstag verbracht hatte. Und jetzt schon wieder.

Seit dem Workshop war Sommer in der Stadt und Ella folgte, wie viele andere, der Absicht, jeden warmen Tag auszukosten. Daher saß sie nun Adamma und Maschenka gegenüber an einem langen Holztisch vor einer Bar und trank Gin Tonic. Wie so oft, unterhielten sie sich über berufliche Themen und hatten gerade die Sache mit den nachgestellten Film-Sex-Szenen aus Mangel an bereitwilligen Pärchen verworfen.

»Frag wieder, wenn es um Sex in der Treckerkabine geht«, hatte Mareike am Telefon zynisch auf Ellas Frage geantwortet und zu Ellas Erstaunen einen recht offenen Monolog über Sex und Romantik mit Denne folgen lassen.

Ein paar Sätze lang hatte Ella die alte Nähe zu ihrer Freundin gespürt und gedacht, sie würden sich gleich in der Art austauschen, wie sie es früher getan hatten. Gemeinsam beratschlagen, Lösungen suchen, sich diese ausmalen und über die schlechten lachen. Und irgendwann, wenn diesbezüglich alles besprochen war, würde Mareike fragen, was bei Ella so los sei, wie es ihr inzwischen wegen der Sache mit Nick gehe und so weiter. Das war nicht passiert. Noch ehe Ella einhaken konnte, hatte Mareike es geschafft, von Dennes mangelnden Fähigkeiten beim Sex auf die sensationellen ihres neuen Thermomix zu schwenken, den sie zur Hochzeit bekommen hatte und mit dem Ella, bei all ihrer Unfähigkeit, jedes, aber auch wirklich jedes Gericht, gelingen würde.

»Weißt du eigentlich, wie viele Klicks deine Playlist bekommen hat?«, fragte Adamma und nannte eine Zahl, die Ella erstaunte. »Du solltest echt noch eine erstellen.«

»Ich hätte auf jeden Fall Lust. Mein Nachbar Marte…«

Maschenka fiel Ella ins Wort. »Du weißt schon, dass wir mittlerweile wissen, wer Marte ist?«

»Also dann eben Marte. Der hatte eine coole Idee für ein Playlist-Thema: Hinterhofzigaretten.«

»Gefällt mir.« Maschenka lächelte nach schräg oben hinter Ella und nickte.

Zwei Typen, beide ein Bier in der Hand, wollten wissen, ob die Plätze neben ihnen, in diesem Fall neben Ella und gegenüber neben Maschenka, frei seien. Es war mehr eine Form der Höflichkeit, aber nachdem sie saßen, meinte der neben Ella, dass Hinterhofzigaretten ein cooler Playlist-Titel sei.

Lukas war nicht nur sympathisch, sondern, wie Ella fand, auch heiß, was sie dazu veranlasste, auf seine Einleitung einzusteigen und ihn in das Gespräch einzubeziehen.

»Hinterhofzigaretten«, wiederholte Lukas, »das muss deep sein. Ein bisschen bittersweet.« Er steckte sich eine Zigarette an, inhalierte langsam, sah dabei die Glut an und stieß den Rauch, scheinbar nachdenklich, ebenso langsam aus.

Auf Ella wirkte es poetisch. Auf Adamma gespielt. Der Typ war so gar nicht deep und Adamma wollte auch nicht wissen, was genau er dafür hielt, weil sie sich auf undeepe Heiterkeit mit Ella und Maschenka gefreut hatte. Natürlich erzählte er es trotzdem. Und zwar in epischer Breite. Elektro, Trance, Techno – Zeug, das Adamma nicht kannte und von dem sie sich sicher war, dass es Ella ebenso erging. Dennoch hing Ella an seinen Lippen, als würde von ihnen das Elixier zur Rettung der Welt tropfen. Erst nach dem Themenwechsel auf Serien fühlte sich Adamma im Gespräch wieder wohl. Geschichten waren der Stoff, der ihr Leben bereicherte. Vor allem gedruckt. Im Nachgang auch gefilmt, wobei sie analytisch auseinandernahm, inwieweit sich Buch und Film unterschieden. Und während Adamma die Staffeln, von denen gerade die Rede war, bereits zum zweiten Mal sah, war Ella noch bei der ersten.

»Nicht spoilern.« Ella schob sich, da die Sonne endgültig hinter der gegenüberliegenden Häuserzeile verschwunden war, ihre Sonnenbrille ins Haar. »Ich versuche, mir die Folgen einzuteilen und aufzusparen. Ihr wisst schon – Verlustangst. Gute Serien hinterlassen am Ende immer so eine traurige Leere. Als hätte man den Kontakt zu seinen Freunden verloren.«

Ben, der bisher schweigsam gewesen war, belächelte sie. »Da draußen in der Streaming-Welt sind genug neue Freunde, die noch auf dich warten. Glaub mir.«

»Man sollte sich außerdem nie etwas aufsparen«, erwiderte Lukas.

Maschenka grinste. »Genau mein Motto.«

Lukas streckte seinen rechten Arm zum Aschenbecher, sodass der Stoff des weißen Kurzarmshirts über seinem Bizeps hochrutschte und ein halbes Blackwork-Tattoo freilegte. Zackige Linien, die jedoch nicht auf das Gesamtmotiv schließen ließen. »Du weißt nie, was morgen ist. Und dann wirst du vielleicht niemals erfahren, wie die Sache zu Ende gegangen ist.« Lukas blinzelte Ella kurz zu, was sie, da sein von den Shorts unbedecktes Knie schon die ganze Zeit ihres berührte, ohne dass er oder sie etwas gegen die aufeinandertreffende Nacktheit unternommen hätten, als Anspielung auffasste, die nichts mehr mit Serien zu tun hatte.

Ein einziger Satz entscheidet manchmal zwischen Zurückhaltung und Entschlossenheit. In Ella ballte sich, völlig losgelöst von bewussten Entschlüssen, eine trotzige Kraft, die sie aus den ihr bekannten Mustern ausbrechen ließ. Sie wollte unbedingt wissen, wie diese Episode zu Ende ging.

Als Ella seine Wohnung betrat, war sie direkt abgetörnt. Er hatte zu viele Schuhe. Nach fünf Jahren Nick, der höchstens drei Paar besaß, erschien es ihr wie ein Makel. Ein Mangel an Entschlusskraft oder die verschwenderische Unbedachtheit eines Jungen, der nie an einer Kasse sitzen musste, um auf sein iPhone zu sparen. Es fehlte seinem Schuhsortiment außerdem an Stringenz, was wiederum vermuten ließ, dass er niemals die Not oder Gelegenheit gehabt hatte, sich selbst etwas auszusuchen. Gestern bei seiner Mutter noch Fleisch gegessen, wegen Sina zum Veganer geworden und bei Sevim beteuert, dass er mit Fleisch kein Problem habe. Sie war unfair und das warf sie ihm am meisten vor, dass sein bloßes

Sein diese widerwärtigen Gedanken in ihr hervorrief, obwohl er im Grunde ein smarter und freundlicher Typ war. Möglicherweise lag es aber auch nur am Geruch der Wohnung. Es roch zu extrem nach dauernd duschen und weniger nach rumleben, was Ella sofort an ihrem eigenen Körpergeruch zweifeln ließ. Um nicht komplett arschig rüberzukommen, hielt sie die Situation für die Dauer eines Getränks aus und trat anschließend unbeholfen die Flucht an.

Raucherzimmer Redaktion

»Warum bist du überhaupt mitgegangen?«, fragte Adamma am nächsten Tag im Raucherzimmer.

»Er war irgendwie süß, hat so dichterisch geraucht. Und ich habe so eine Verbindung gespürt.« Wie lahm das klang. Rückblickend fragte Ella sich selbst, was sie erwartet hatte. Vermutlich wollte sie das, was für Maschenka ständig gut funktionierte, einfach mal ausprobieren – Sex mit einem annähernd Unbekannten ohne Folgen.

»Alles, was du gespürt hast, war dein Bedürfnis nach Anerkennung und Sex. Und es war so groß, dass du es nicht deaktivieren konntest.« Maschenka machte so eine Sorry-aber-glaub-mir-Mimik, indem sie Ella mit einer Mischung aus Bedauern und Amüsement ansah und mit der abschätzigen Art einer Person, die es echt drauf hat, an ihrer Zigarette zog.

»Du willst ja wohl nicht behaupten, dass du das bei dir deaktivieren kannst«, sagte Adamma zu Maschenka.

»Ich kann One-Night-Stands. Was eine Form von Akzeptanz des Bedürfnisses ist. Ich befriedige es partiell, während Ella offenbar das komplette Paket braucht.«

»Soll das heißen, dass ich keine One-Night-Stands kann?«, fragte Ella, längst ahnend, dass es genauso war.

Zeitschindend streifte Maschenka Asche am Innenrand des Aschenbechers ab, aber Ella übernahm den Part schon selbst. »Okay. Verstehe. Du hast recht. Mein Körper muss erst mit Dopamin und Oxytocin auf jemanden reagieren, bevor ich mit der Person Sex haben will.«

»Dann wäre das schon mal geklärt. Du bist kein Tinder-Typ. Kannst die App wieder löschen. Und solange du noch nicht endgültig mit Nick abgeschlossen hast, kannst du dir auch entsprechende Versuche mit Bar-Bekanntschaften ersparen.« Maschenka drückte ihre Zigarette aus. »Ich muss los. Habe gleich einen Termin.«

Ella sah auf ihr Handy-Display. »Ich auch. Die Pressekonferenz zur Umnutzung des Kaufhauses.«

Smoking Area Dachterrasse

Das ehemalige Kaufhaus, ein hässlicher Klotz, den Ella als optische Beleidigung empfand, sollte zu einem Erlebnisort und einer kulturellen Begegnungsstätte in der City werden. Das Konzept war spannend, die Rede des Stadtdirektors langweilig. Erst durch die Präsentation der Architektin sah Ella das neue Leben auf den weitläufigen Flächen des Kaufhauses vor sich. Kreative, die in Werkstätten arbeiten und ihre Produkte in angegliederten Shops verkaufen würden, Cafés, Events und die Streetfood-Markthalle im Obergeschoss mit Zugang zur Dachterrasse und Smoking Area. Sobald der Stadtdirektor die Presseleute zu einer Begehung des Gebäudes einlud, bei der Projekt-Beteiligte für Interviews zur Verfügung standen, strebte Ella direkt nach oben. Der Gedanke an die Sonne und eine Zigarette auf der Dachterrasse trieb sie an. Schnellen Schrittes überwand sie die stillstehenden Rolltreppen.

Den Buzz Cut erkannte Ella schon von hinten. Noch bevor sich die Frau zur Seite drehte und dadurch auch den Blick auf Nick freigab. Mit dem Hormon-Cocktail eines Schocks in den Adern war Ella im Begriff, die Tür zur Dachterrasse abrupt wieder zu schließen. Für einen Rückzug war es allerdings zu spät. Nick sah ihr geradewegs in die Augen, wendete sofort den Kopf zur Seite, als würde er noch vorgeben können, sie nicht zu sehen, um sie dann doch wieder anzuschauen. Es war nicht mehr zu leugnen, dass sie sich gegenseitig wahrgenommen hatten. Ella zwang sich zu einem Lächeln und hob ihr Kinn zu einer Begrüßung, während sie aus dem Augenwinkel nach einer Interview-Option suchte, um dringende berufliche Beschäftigung vorzuspielen. Vielleicht war es der Mangel an einer entsprechenden Gelegenheit, womöglich aber auch die trotzige Rebellion gegen ihren eigenen Mindfuck, die Ella in letzter Zeit immer häufiger überkam und die sie nun dazu brachte, entschlossen auf Nick zuzugehen.

»Hey, was machst du denn hier? Absolut nicht mit dir gerechnet.« Ihre Umarmungs-Offensive erwiderte Nick ungewöhnlich unbeholfen. Seine sonst so geschmeidigen Bewegungen fühlten sich eckig an. Dabei hatte Ella angenommen, sie wäre es, die unsicher wirken würde.

»Ich bin Ella«, wandte sie sich an die Frau und streckte ihr die Hand entgegen.

»Zita. Hi.« Etwas stimmte nicht bei dieser Begegnung. Das nahm Zita intuitiv wahr, ohne festmachen zu können, was falsch lief. Dennoch fühlte sie sich unwohl.

Mit dem Händedruck grub sich das Metall des Ozean-Rings in Ellas Haut. Von der Stelle an ihrem Mittelfinger, wo der Ring sie berührte, wanderte ein giftiger Schmerz durch ihren Organismus und bahnte sich den Weg bis in ihren Kopf, wo er hasserfüllte Gedanken wie Atommüll einlagerte. Es war viel leichter, den Gemeinheiten und Horrorszenarien das Terrain zu überlassen, als ständig darauf zu achten, liebevoll in die Welt zu blicken und dankbar zu sein. Etwa dankbar dafür, dass sie Zita kennenlernen durfte? Dass Nick für den Ring noch Verwendung gefunden hatte? Fuck! Nein! In ihrem Hirn lief ein Splatter, bei dem Zita den Ring samt Finger verlor, was Ella gleichermaßen Genugtuung verschaffte und erschrak. Und wenn schon sie selbst, ein durch und durch empathisches und friedfertiges Wesen, mit derart finsteren Szenarien jonglierte, dann, so wurde ihr klar, müssten weniger disziplinierte Menschen täglich die Hölle im Kopf durchleben. Was hatte die völlig betrunkene Stefanie neulich vor dem Restaurant über die Mutation ihres Gehirnes gesagt?

Da komme so viel diskriminierende Scheiße raus, dass ich es selbst nicht fassen könne.

Als Zita Ellas Hand wieder freigab, war die Mutation in Ellas Gehirn vollzogen. Wörter wirbelten darin herum, die sie niemals aussprechen würde. Trotz der obszönen Beschimpfungen und der negativen Übermacht in ihrem Kopf, an der, davon war Ella überzeugt, hauptsächlich der Ozean-Ring an Zitas Finger schuld war, hörte sie sich Nicks Erklärung an, warum er und Zita auf der Pressekonferenz waren.

»Wir beziehen hier ein kleines Atelier. T-Shirt-Druck und so. Du weißt schon. Zita stellt die natürlichen Farbpasten dafür her. Du würdest ...«, Nick stockte. Er hatte sagen wollen, dass Ella die Farben lieben würde. Aber hinter ihrer Fassade aus einem gefassten Lächeln braute sich etwas zusammen, das er in all den Jahren nie an ihr zu sehen bekommen hatte. Eine Urgewalt, der zuzutrauen war, dass sie jeden Moment ausbrach. Er kannte das Wort für diese Energie. Es war Wut.

»Goldrute«, hörte Ella Zita sagen und war geneigt, Nick zu fragen, ob damit sein Schwanz gemeint sei. Der Anfang des Satzes war ihr entgangen. Irgendwas mit Färberpflanzen. Sie steckte sich eine Zigarette an und irrationalerweise fühlte sie sich durch den Benzingeruch, der aus ihrem neuen Feuerzeug strömte, in ihrer Aura gestärkt. Als hätte sie ein Parfüm aufgelegt, das ihr Potenz verlieh.

»Das Konzept zur Umnutzung des Kaufhauses ist wirklich cool«, sagte Zita, während Ella in einer dunklen Befriedigung verhaftet, die frischen Herpesbläschen auf Nicks Oberlippe fixierte. »Wir stehen total dahinter.« Zita legte ihre Hand auf Nicks Schulter und lächelte ihn an.

Allein um diese Berührung abzuschütteln, die sich unter Ellas Augen unpassend anfühlte, beugte sich Nick zu einem Tisch, auf dem ein paar Flyer lagen.

»Falls du uns erwähnen möchtest…« Er drückte Ella einen in die Hand. Auch das erschien ihm jetzt unpassend. Wie konnte er sie um etwas bitten, nachdem er sie fast sowas wie geghostet hatte? War das sein Ernst gewesen: Es passt nicht mehr so? Das war unter seinem Niveau. Ihr Blick nahm ihn auseinander. Sie zerteilte ihn wie ein Stück Schlachtvieh. Aber was hätte er sagen sollen? Ich finde eine andere interessanter? Dich langweilig? Es nervt, wie du an mir klettest? Keine eigenen Hobbys hast? Er wäre niemals in der Lage gewesen, Ella die Wahrheit zuzumuten. Sie hatte ihm nichts getan. War einfach nur durchgängig lieb gewesen. Seicht auf eine Weise, die ihm die Luft abschnürte. Anfangs hatte er sich von ihrer Bewunderung genährt. Es geliebt, ihr seine Sicht des Lebens zu zeigen.

»Mansplaining«, hatte Zita ihn unterbrochen, wenn er versucht hatte, sich ihr gegenüber auf ähnliche Art zu präsentieren.

Dagegen war es so leicht gewesen, Ella zu begeistern. Zu leicht. Er brauchte Ecken und Kanten, an denen er sich stoßen konnte. Wie bei Zita, die ihn intellektuell und emotional an seine Grenzen führte. Bei ihr spürte er sich wieder. Und das Leben außerhalb einer Küchen-Bubble mit wochenendlichen Kochzeremonien, die in einer betäubenden Sofa-Session bei Netflix-Serien endeten. Ja, verfickt. Ella hatte ihn gelangweilt und er war zu feige gewesen, ihr die Wahrheit zuzumuten.

»Klar. Kein Ding.« Ella ließ den Flyer in ihre Tasche gleiten.

Abgefuckt cool wirkte das auf Nick. Und dass sie ihn nicht mehr anhimmelte, oder ihm wenigstens hinterhertrauerte, irritierte ihn. Sie hatte sich verändert. Nicht nur das Tattoo, das ihm sofort aufgefallen war, hatte er ihr nicht zugetraut. Auch die Art, wie sie auf ihn und Zita zugegangen war, hatte eine neue Power.

Ella entging nicht, wie Nick sich unter ihrer Begegnung quälte. Und es machte ihr Spaß. Sie betrachtete es als eine Art Entschädigung. Je mehr er sich wand, desto mehr Macht verspürte sie. Die Macht, ihn sich ausgeliefert fühlen zu lassen. Durch ein schlichtes Gespräch. Unter Freunden. Oder etwa nicht?

Er steckte sich jetzt auch eine Zigarette zwischen die Lippen und Ella ließ das Feuerzeug vor ihm aufflammen. Eine Geste purer Dominanz.

Don't forget the fire.

Sie brannte Nick direkt damit nieder. »Wollen wir was trinken? Die mixen alkoholfreie Cocktails vor der Tür. Sieht lecker aus.« Ella deutete auf ein paar Leute, die mit ihren Drinks auf die Dachterrasse kamen. Dass Nicks linkes Auge zuckte, wertete sie als Treffer.

»Warum nicht«, sagte er und suchte Zitas Blick, die »gerne«, sagte, aber nicht meinte.

Die Tür fiel hinter Ella zu und sie stellte sich vor, wie Zita Nick fragen würde, wer sie sei und was er wohl antworten würde. Meine Ex? Eine Freundin?

Hinter der Tür fragte Zita: »Wer ist das eigentlich?« und Nick antwortete: »Eine Metamorphose«.

Auf dem Tresen standen fertig gemixte Cocktails zur Mitnahme bereit. Ella entschied sich für drei Virgin Sunrise. War nicht der Name gerade sogar Programm? Mit der Schulter stieß sie die Tür wieder auf und schon von hier erkannte sie die bloße Angst, die Nick ins Gesicht geschrieben stand. Er hatte etwas zu verlieren. Und es lag an ihr, darüber zu entscheiden und ein »Weißt-du-noch-im-März?« einzuwerfen. Oder eben nicht.

Das Wissen um ein Geheimnis verleiht Menschen Macht. Ella hatte nicht vor, diese wieder aus der Hand zu geben. Sie hatte Gefallen an dem Spiel gefunden. Daran, mal die Katze zu sein und nicht die Maus.

»Virgin Sunrise«, sagte sie. Zynisch. Das nahm Nick trotz ihrer oberflächlichen Freundlichkeit durchaus wahr. Es klang wie eine Drohung. Ella hatte schon immer feine Antennen gehabt. Wie hatte er nur annehmen können, mit dieser Nummer durchzukommen? Es war ihm von Anfang an klar gewesen, dass die reine und harte Wahrheit der richtige Weg wäre. Nicht nur Ella gegenüber. Auch Zita. Die paar Wochen zeitlicher Überschneidung konnten ihm jetzt jederzeit das Genick brechen. Wenigstens hatte er nicht mehr mit Ella geschlafen, seit er mit Zita zusammen war. Oder höchstens noch zwei oder drei Mal ganz am Anfang.

Zita nahm den Drink entgegen, stellte ihn jedoch auf den Tisch mit den Flyern. Sie war nicht in der Stimmung für Virgin Sunrise. Die Atmosphäre war toxisch und Nick hatte sie im Unklaren gelassen, warum. Er hatte ihr den Mund mit einem seiner charmanten Küsse gestopft. Das gefiel ihr nicht. Sie ließ sich nicht mundtot küssen. Zita klemmte sich eine Zigarette in den Mundwinkel. Das von Ella angebotene Feuer lehnte sie ab. Sie hatte ihr eigenes Feuerzeug bereits in der Hand. Als sie es vor ihrem Gesicht aufflammen ließ, reflektierte der Ozean-Ring in der Sonne. Die Lichtspiegelung bohrte sich wie ein Laser in Ellas Auge. Ella sah zu Nick hinüber. Er senkte seinen Blick auf den Cocktail und rührte mit dem Bambusstrohhalm darin herum.

Es hängt von der Einstellung des Gegenübers ab, wie ein Mensch wahrgenommen wird. Und Ella war gerade dabei, ihr Superzoom-Objektiv neu auszurichten. Auf die Makel, die plötzlich so offensichtlich schienen. Nicks Makel. Nicht die von Zita. Sie war es nur, die einen Ring trug, der nicht für sie gemacht worden war. Unwissentlich. Was unfair war. Ein durch und durch beschissener Move von Nick. Dass Ella seinetwegen erst vor wenigen Momenten Gedanken wie Giftpfeile auf Zita abgeschossen hatte, kotzte sie an.

Sie wendete sich wieder Zita zu. »Setzen wir uns?«, fragte sie, setzte sich an den Tisch mit den Flyern und zündete sich eine Zigarette an. »Erzähl doch mal etwas über das hier.« Ella tippte auf den Flyer-Stapel. »Dann kann ich ein bisschen mehr darüber schreiben. Das mit deinen Farben klingt echt interessant.«

»Okay.« Zita ließ sich neben Ella in den tiefliegenden Lounge-Sessel gleiten. Sie klemmte ihre Zigarette in den Aschenbecher und faltete einen Flyer auseinander, sodass Ella ein paar Fotos von der Farbherstellung betrachten konnte. »Hier«, sagte Zita, »stehe ich in meiner Farbküche. Im Grunde ist es das auch schon – Pflanzen sammeln, ein-kochen, mit einem Feststoff anreichern, die Masse trocknen und mit einem Mörser zermahlen.«

»Und dann geht es mit dem Druck weiter«, nahm Nick den Faden auf. Er schwang sein Bein über den freien Sessel und setzte sich Zita und Ella gegenüber.

»Verstehe«, erwiderte Ella. »Aber ich würde gerne mehr über die Farben erfahren.« Sie ermunterte Zita, weiter zu erzählen. »Ich will alles wissen. Über die Pflanzen, wie du auf die Idee gekommen bist, die Farben selbst herzustellen – die ganze Geschichte.« Im gleichen Winkel, wie Ella ihren Sessel in Zitas Richtung herumrückte, wendete sie sich von Nick ab. Ihre ganze Aufmerksamkeit war auf Zita gerichtet, die, ebenso wie sie zuvor die Anspannung gespürt hatte, nun Ellas Zugewandtheit wahrnahm.

»Es war eine Allergie. Ganz banal. Ich habe Bildende Kunst studiert und allergisch auf die herkömmlichen Farben reagiert. Schon in der Schule gab es Anzeichen, aber der permanente Umgang mit den Substanzen hat dann Gewissheit gebracht. Das Studium aufzugeben war keine Option. Also habe ich angefangen, meine Farben selbst herzustellen.«

Ella hatte ihr Notizbuch aufgeschlagen und schrieb mit, doch wann immer sie aufblickte, wirkte Zita aufgeschlossen und besonnen. Es war eine Wohltat, wie sie ihre Antworten mit dunkler unaufgeregter Stimme auf den Punkt brachte. Keine Ausschweifungen, keine Selbstbeweihräucherung. Sie war Ella eine dermaßen angenehme Interviewpartnerin, dass Nicks Anwesenheit völlig in Vergessenheit geriet. Lediglich den Ring konnte Ella nicht ausblenden. Er saß auf dem Mittelfinger, den Zita beim Rauchen wieder und wieder vor ihren Mund führte. Zunehmend empfand Ella jedoch Erleichterung darüber. Dass der Ring eben auf Zitas Finger saß. Und nicht mehr auf Nicks.

»Für die T-Shirts werden übrigens…«, mischte er sich nach einer Weile in das Gespräch ein.

Ella drehte sich zu ihm. Sie sagte nicht, dass sie schon alles über die T-Shirts wusste, er es ihr in epischer Breite und ständiger Wiederholung erzählt und sie stundenlang beim Druck neben ihm gestanden und ihre Bewunderung signalisiert hatte. Ihre Bewunderung, die sich genau hier oben auf der Dachterrasse schlicht auflöste. Und mit ihr auch alles andere, was Ella je für Nick empfunden hatte. Sämtliche über die Ufer ihrer Seele getretenen Emotionen hatten sich ins Flussbett zurückgezogen, wo jetzt das Wasser mit der Klarheit eines Gebirgsbaches floss. Mit einer Kühle, die einer Erfrischung glich. Ellas geschärfter und klarer Blick ließ von dem Nick, den sie gekannt zu haben glaubte, nichts mehr übrig. Langsam zog sie ihre Sonnenbrille von der Nase und sah ihn über die Gläser hinweg an. Die Schönmalerei hatte ein Ende. Doch ihre Geste wurde unterbrochen und höchstwahrscheinlich hatte Nick sie sowieso nicht kapiert.

Es war Falk, der fragte, ob er kurz stören dürfe. Ella hatte ihn schon unten im Laufe der Pressekonferenz von weitem gesehen, sich aber nicht bemerkbar gemacht.

»Wie lange brauchst du noch etwa?«, fragte er Ella. »Ich habe etwas Zeitdruck und würde gerne ein kurzes Interview mit Nick für die Sendung machen.«

Ella klappte ihr Notizbuch zu. »Bin durch mit ihm. Er gehört dir.« Sie stand auf und bedankte sich bei Zita für das Gespräch.

»Schau dir den Prozess in meiner Farbküche gerne mal an.« Zita reichte ihr eine Visitenkarte mit einem QR-Code. »Du hattest ja nach Fotos gefragt. Vielleicht möchtest du lieber selbst welche machen?« Das Interview mit Ella hatte Zita Freude bereitet. Warum auch immer, die Energie zwischen ihnen hatte sich positiv verwandelt. Zwar waren Zita die Hintergründe völlig unbekannt, doch es war sehr deutlich gewesen, wie Ella sie demonstrativ empowert hatte. Die

toxischen Vibes hatten offenbar nicht ihr, sondern Nick
gegolten. Zita hatte Fragen. Und sie würde Antworten
darauf bekommen. Von Nick. Oder von Ella.

Hinterhof

»Schon wieder ein Päckchen für dich«, rief Marte ihr entgegen, als Ella auf den Hinterhof kam. Er war barfuß und goss seine drei Tomaten und den kleinen Blühstreifen, den er unter seinen Fenstern für Bienen ausgesät hatte. Auf dem Tisch stand sein aufgeklappter Laptop.

»Schon wieder gar nichts erwartet. Danke fürs Entgegennehmen.« Ella ließ sich auf einen Stuhl fallen und steckte sich eine Zigarette an, in der Hoffnung, dass es so entspannt wirken würde, wie sie es kannten. »Leider nur eine kurze Pause. Muss gleich wieder los. Nur schnell das Outfit wechseln und dann zur Filmpremiere.« Sie nahm das Päckchen vom Tisch. Statt eines Absenders links oben eine Schwalbe. Es war von Selle. Ella widerstand dem Impuls, es sofort aufzureißen.

»Etwa der legendäre Jugendkulturfilm? Sind nicht alle Mitwirkenden inzwischen in Rente?« Marte hatte von dem sich über Jahre hinziehenden Projekt gelesen und es erleichterte ihn, scheinbar ungezwungen einen lockeren Kommentar einwerfen zu können. Er setzte sich zu Ella und nahm ebenfalls eine Zigarette, obwohl er, kurz bevor sie aufgetaucht war, gerade erst eine ausgemacht hatte.

Ella lachte. »So ungefähr.«

»Gehst du mit Adamma und Maschenka?«

»Nein. Alleine.«

Marte zog einen Augenblick länger als üblich an seiner Zigarette und Ella bemerkte ein mikroskopisches Zucken seiner Augenbrauen.

»Erstaunt?«, fragte sie.

»Ein bisschen.« Er betonte es fast wie eine Frage. »Alleine war bisher ja nicht so dein Ding.«

»Stimmt. Aber ist ja auch kein Konzert.« Ella streifte ihre Sandalen ab, die nicht so luftig waren, wie sie beim Kauf erhofft hatte. Ihre Füße sahen weißlich aus. Wie zu lange gebadet. »Es gibt da durchaus Unterschiede.« Tatsächlich gab es die. Allerdings, da gab Ella Marte und seiner skeptischen Mimik recht, gehörte die Filmpremiere eher in die Konzert-Kategorie und noch vor Wochen hätte sie vermutlich einen Riesenaufstand betrieben, um eine Begleitung an der Seite zu haben. Sie betrachtete ihren Zigarettenfilter und drückte mit dem Daumennagel eine Rille hinein.

»Du hast mich geheilt«, sagte sie und grinste. »Es kommt mir nicht spektakulärer vor als ein Einkauf im Supermarkt.«

»Ich sollte Therapeut werden. Dann könnte ich mir sogar eine größere Wohnung leisten.«

»Würdest du etwa wegziehen?«

»Niemals.«

»Ich bin froh.« Ella drückte ihre Zigarette aus.

Nachdenklich, fand Marte. Als wollte sie noch etwas sagen. Doch sie lächelte nur und stand auf. »Wir sehen uns.«

»Bis dann.« Er sah ihr nach, bis sie in ihrem grünen Trägerkleid durch ihre Hintertür verschwunden war. Resedagrün. Marte weckte seinen Laptop aus dem Ruhezustand und bestellte im Netz eine Dose Maschinenlack.

Hinter der Tür glitt das resedagrüne Kleid auf den Dielenboden und wurde, nachdem Ella sich im Bad kurz frisch gemacht hatte, gegen ein silbriges der gleichen Art ausgetauscht. Obwohl schon klar war, worauf es hinauslaufen würde, hockte sich Ella anschließend vor ihr Schuhregal und starrte hinein.

Kino

Die Bahn hielt unmittelbar vor dem Kino, wo an Stehtischen im Eingangsbereich eine Menge Leute mit Sektglas in der Hand standen. Was Ella bevorstand, war nicht mit einem Einkauf im Supermarkt zu vergleichen. Vielmehr glich es einem Gang über den roten Teppich. Offenbar war sie doch nicht geheilt. Beim Aussteigen meldete sich ihr Herz mit deutlich erhöhter Frequenz. Mit Tunnelblick rettete sie sich zur Eingangstür und drückte bereits gegen die Tür-Stange, als sie jemanden ihren Namen rufen hörte. Ella verharrte in der halb geöffneten Tür – aus dem Innenraum schlug ihr kühle Klimaanlagen-Luft entgegen – und drehte sich um.

In der einen Hand ein Sektglas, in der anderen eine Zigarette, kam Falk in Jeans, T-Shirt und Leinen-Sakko auf sie zu. »Auch noch im Einsatz«, sagte er.

»Yep.«

»Du willst doch bei dem schönen Wetter nicht schon reingehen.« Mit der Zigarettenhand schnappte er ein Sektglas von einem der Tabletts, die fortwährend von Service-kräften umhergetragen wurden. »Erstmal stoßen wir auf das endlich vollendete Filmkunstwerk an, das uns gleich erwartet.« Wie der Zwinker-Emoji mit heraushängender Zunge, damit sie es auch wirklich kapierte, kniff er ein Auge zu. Und natürlich verstand Ella die Anspielung auf die lange Produktionsdauer des Filmes. Ebenso richtig interpretierte sie auch die beabsichtigte Freundlichkeit, die Falk mit dem Sekt zum Ausdruck bringen wollte. Dennoch: Er hätte fragen sollen, anstatt für sie zu bestimmen, was sie NICHT WOLLEN und ERSTMAL TUN würde. Aussagesätze mit Erwartungshaltung. Jahre mit Denne und Mareike hatten

Ellas Gehör darauf gepolt, diese aus jeglicher Kommunikation herauszufiltern und Alarm an ihr Triggersystem zu senden.

»Ich wollte eigentlich direkt reingehen«, sagte sie, immer noch die Tür-Stange umfassend, während Falk weiter seinen ausgestreckten Arm mit dem Sektglas und der qualmenden Kippe in der Hand wie eine Fahnenstange vor ihre Brust hielt.

»Bis das da drinnen losgeht, kannst du mindestens drei Sekt trinken.« Von Falks Zigarette fiel die Asche ab. »Dann hätte ich auch die Hand wieder frei und könnte weiter rauchen.«

Ella ließ die Tür los und nahm das Glas. »Okay.« Aber es fühlte sich nicht okay an. Was war mit ihr los, dass sie nicht Nein sagte? Nicht einmal die scheiß Cookies auf irgendwelchen Websites konnte sie entspannt ablehnen. Sobald statt einem Nur-notwendige-Cookies-annehmen oder Auswahl-speichern ein schlichtes Ablehnen gefordert war, tillte ihr System. Als würden ihr dann wichtige Inhalte nicht mehr angezeigt und sie aus einer angesagten Community unabänderlich ausgeschlossen. Hatte sie Angst, etwas zu verpassen? War es das? Doch was gab es bei Falk schon zu versäumen?

»Danke übrigens für vorhin. Ich hatte echt Druck. Der Sender wollte unbedingt Nick und seine T-Shirts, weil die gerade so angesagt sind. Klimaschutz sells.« Falk zog an seiner Zigarette. Sie war ausgegangen. Der Geschmack der Luft, die er durch den Filter in seinen Mund gesogen hatte, glich dem Geruch des vollen Aschenbechers in seinem Alfa Romeo. Angewidert ließ er die Kippe in den Standaschenbecher neben der Tür fallen und zündete sich eine neue an, wobei er parallel dazu Ella die geöffnete Schachtel anbot und diese, da sie nun sowieso mit Falk in ein Gespräch verwickelt war, eine Zigarette daraus hervorzog und sich von ihm Feuer geben ließ.

»Ja, die T-Shirts sind ein Renner. Steht Klimaschutz drauf«, sagte sie und blies Rauch in die Luft, »sind nachhaltig produziert, aber am Ende auch nur Fashion. Und Fashion ist insgesamt ein Problem. Der Hoodie, den meine Mutter mir vor zehn Jahren gekauft hat, ist immer noch nicht kaputt. Trotzdem habe ich schon drei neue, die ganz ähnlich aussehen. Schätze, dass ich bis zum Ende meines Lebens keinen weiteren bräuchte.« Ella fragte sich, warum sie das niemals mit Nick diskutiert hatte. War nicht annähernd jedes neue Kleidungsstück zu viel? Die Schränke der meisten Menschen, die sie kannte, waren voll. Ella mied inzwischen die Fast-Fashion-Labels, kaufte secondhand oder möglichst gar nicht, aber die Verlockung, hier und da mal ein neues Stück zu erobern, war nach wie vor groß. Dass ausgerechnet Nick, der sich dem Klimaschutz verschrieben hatte, fabrikneue T-Shirts und Hoodies bedruckte und dafür großen Beifall erntete, schien ihr widersinnig. Warum bedruckte er nicht gebrauchte Kleidung? Der Gedanke war ihr nie zuvor gekommen, was sie ebenso ärgerte wie die Tatsache, dass sie sich schon wieder mit Nick beschäftigte.

»Die Welt braucht viele Dinge nicht. Und wir sind trotzdem alle scharf darauf, sie zu besitzen.« Die nächste Bahn fuhr vor und Falk schob Ella, indem er ihr die Hand auf den Rücken legte, etwas von der Tür weg. Hin zum nächstgelegenen Stehtisch, um den herbeiströmenden Leuten Platz zu machen.

Er hatte es fürsorglich gemeint, nahm Ella an. Aber ein paar Worte hätten durchaus gereicht, um sie in Bewegung zu setzen. Sie mit Druck auf ihr Kreuz voranzuschieben wie eine Schachfigur, hatte einen unangenehmen Nachgeschmack. Kurz fragte sie sich, ob sie es womöglich aufmerksam oder charmant gefunden hätte, wenn die Sache in der Pop-up-Galerie nicht passiert wäre. Aber es war nun mal passiert. Und wie bei einem Sehtest, bei dem von der Seite verschiedene Gläser in die Messbrille geschoben werden, legte sich vor Ellas Auge über jeden charismatischen Falk auch sein männlichaggressives Pendant. Dass sie jetzt eine mit ihm rauchte, anstatt seiner bevormundenden Art etwas entgegenzusetzen, rief einen Ansturm von Selbsthass in ihr hervor. Ihr scheiß unterwürfiges Freundlichsein kotzte sie an. Und dieses Angekotztsein von sich selbst, kratzte immer häufiger in ihr. Sie drückte die erst angerauchte Zigarette in den Aschenbecher. »Füllt sich langsam da drinnen.«

»Du willst dir doch nicht den Abend mit diesen langweiligen Grußworten verderben.« Falk hielt sein Sektglas wie eine verheißungsvolle Option in die Höhe.

Ella zuckte mit den Schultern. »Reine Sorgfalt bei der Arbeit.«

Es verunsicherte ihn, dass sie nicht blieb, und er reagierte mit einer Na-dann-eben-nicht-Gebärde. »Wir sehen uns«, sagte er lahm und nahm, da sich gerade die Gelegenheit bot, noch ein Glas Sekt. Er hatte nicht vor, sich die gestelzten Reden der engagierten und sich selbst belobigenden Kulturschaffenden anzuhören. Mit diesem Scheiß war er in seiner Jugend ausreichend vollgestopft worden. Es reichte, wenn er den Film sah.

Obwohl Ella im Foyer einige Leute erblickte, denen sie sich hätte anschließen können, wählte sie im Kinosaal einen Platz für sich allein. Einen Sessel am Gang, auf den Plätzen neben ihr zwei Frauen, die sich flüsternd unterhielten. Ella stellte die Popcorntüte, die alle am Eingang zum Kinosaal bekommen hatten, auf die Ablage an der Rückenlehne des Vordersessels. Die Lockerheit, jetzt Popcorn zu kauen, gab ihr Kiefer nicht her. Sie hatte sich festgebissen an der Begegnung mit Falk und den Gedanken – auch an Nick und Zita –, die diese ausgelöst hatte.

Der Film begann mit einer Szene, in der zwei Freundinnen alte Fotos ansahen. Sie waren etwa so alt wie Ellas Mutter und, Ella drehte den Kopf zur Seite, die Frauen neben ihr. Die Kamerafahrt auf eine der Fotografien zeigte die jugendliche Version der beiden Freundinnen mit nacktem Oberkörper in einem Freibad liegend. Dann Schnitt auf das heutige Schwimmbad der Stadt. Zwei weibliche Teenager, die es wie einen Sieg feierten, dass neuerdings oben ohne im Freibad erlaubt war.

Die Frau neben Ella beugte sich zu ihr und raunte mit Popcorn-Atem: »Alles schon mal dagewesen.«

Ein winziger Satz, aber Ella sah sofort das Bild von Weronika vor sich. Wie sie sich vor der Konzerthalle umgezogen hatte und ihre nackte Brust Ella für einen Moment irritiert hatte. Eine aufploppende Erinnerung, die sich wie eine Sequenz in den Film fügte.

Auf dem nächsten Foto war eine Jugendliche an einer Straßenbahnhaltestelle zu sehen. Zoom auf eine Baum-ab-nein-danke-Plakette auf ihrem Jutebeutel. Schnitt auf den heutigen Stadtwald und eine Szene, in der Jugendliche gegen die Abholzung eines Teilstücks demonstrierten.

Der Film war überraschend gut. Er stellte Szenen aus dem gesellschaftlichen Leben mehrerer Generationen gegenüber. Unkommentiert. Als Stilmittel lediglich den Kameraschwenk auf alte Fotos nutzend.

Ella hatte den Kinosaal schon mit Wut im Bauch betreten. Auf Falk. Nick. Vor allem aber auf sich selbst. Doch der Film befeuerte ihren Zorn zusätzlich. Wie Generationen nicht geschaltet hatten – oder doch, aber zwischendrin resigniert oder weggesehen. Ella selbst mittendrin. Im Saal ging das Licht an.

»Das war verstörend«, sagte die Frau neben ihr, was weder an Ella noch an die andere gerichtet schien. Vielleicht an sich selbst, die Menschen im Kinosaal oder die Welt insgesamt.

»Sehr«, bestätigte Ella. An ihrem Sitz strömten die Leute aus den Vorderreihen vorbei und sie nutzte die Zeit, um sich eine Zigarette aus der Packung zu nehmen.

»Ich muss auch erst mal eine rauchen.« Die Frau lächelte Ella an.

Ella lächelte zurück und gemeinsam mit Popcorn-Atem-Danuta und Sandra ließ sie sich Richtung Ausgang treiben.

»Allein der Begriff OBEN OHNE ist ein Aufreger. Als hätten Frauen keinen Oberkörper. Als fehlte uns gar der Kopf!« Danuta steckte sich ihre Zigarette noch im Vorraum an. »Das war wirklich augenöffnend. Früher habe ich nie ein Bikinioberteil getragen.«

Draußen schlängelten sie sich an der Menschentraube vorbei, die neben der Eingangstür an der Bar stand.

»Das erzählt meine Mutter auch immer.« Ella war überzeugt, dass der Film ihre Mutter zu einer Wutrede veranlasst hätte. Auch Danuta schien nicht weit davon entfernt.

Am Stehtisch kramte sich Sandra durch ihre abgegriffene Wildleder-Beuteltasche, hielt schließlich triumphierend eine E-Zigarette in die Höhe und zog daran. »Wir hatten Haare an den Beinen, unter den Achseln und sie lugten aus unseren Bikinihosen hervor.« Süßlicher Beerenobst-Dunst waberte um Sandra herum. Sie zuckte mit den Schultern. »Die Jungs fanden es aufregend. Ich habe nie einen sagen hören, dass ich mir die Haare abrasieren soll.«

Danuta zupfte die Lesebrille aus ihren grauen Locken, die ihr Gesicht wie eine Pelzmütze umrahmten. »Wir haben uns im Grunde kaum Gedanken darüber gemacht.« Sie setzte die Brille auf und checkte die Getränkekarte auf dem Tisch. »Höchstens darüber, dass wir uns NICHT vorstellen konnten, sie, wie die Amerikanerinnen, abzurasieren. – Weißweinschorle?« Danuta hob ihren Arm, der nickenden Zustimmung folgend, und bestellte. »Die prüde Mentalität der USA hat unsere Standards versaut.«

»Oder ist Hollywood schuld?« Ella hatte die Diskussion mit der Tätowiererin über Sex und wie Frauen dabei auszusehen hatten, noch im Ohr. Sie zündete ihre Zigarette an.

Danuta lachte auf und schob ihre Brille zurück ins Haar. »Hollywood ist auf jeden Fall schuld. Die ganzen Filme haben unsere Gehirne infiltriert. Es gibt dazu sogar eine Dokumentation von der Regisseurin Nina Menkes. Sie heißt Brainwashed: Sex-Camera-Power. Ich habe nur darüber gelesen, aber schon das war erschreckend. Offenbar ist es so, dass Männer und Frauen grundsätzlich unterschiedlich gefilmt werden, ohne dass die Betrachtenden es wahrnehmen.«

»Inwiefern? Gibt es ein Beispiel?«, fragte Ella.

»Die Kameraführung ist von vornherein eine andere. Frauenkörper werden demnach abschätzig, sexistisch dargestellt. Aber ein Beispiel habe ich nicht parat.«

»Ach, das ist doch der Artikel, den du mir geschickt hast. Die Regisseurin nennt das Shot Design. Es geht um die Kameraperspektiven. Zooms auf Brüste und so.« Sandra griff nach ihrem Handy und tippte darauf herum, fand den Link jedoch nicht. »Das Schlimmste ist, dass dieses Shot Design sogar in feministischen Filmen nachzuweisen ist.«

»Die vorgegebene Betrachtungsweise lagert sich so in uns ab, dass sie Einfluss darauf hat, wie wir andere Menschen betrachten. Wie ich DICH betrachte«, sagte Danuta an Ella gewandt.

»Also es geht nicht nur um männliche Sichtweisen, sondern auch darum, wie Frauen sich untereinander wahrnehmen?«, fragte Ella.

»Genau. Wir laufen alle mit diesem Mindset rum und kriegen es nicht aus uns raus.« In Sandras E-Zigarette brodelte es, als sie daran zog. »Oder jedenfalls nur sehr schwer.«

Ella war im Begriff, Sandra und Danuta von der unangenehmen Situation vor der Pizzeria mit der betrunkenen Stefanie und der Person im roten Latexkleid zu erzählen. Ihre bewertenden Schubladen einzugestehen. Aber es war ihr peinlich und sie reagierte nur mit einem »Total-schwer«, das sie mit einem Seufzer so stehenließ. In ihrem Unterbewusstsein hockte also nicht nur das Dorf, wie sie immer angenommen hatte, sondern auch noch die gesamte Filmbranche. Was für ein Fuckup.

Zeitgleich mit der Weißweinschorle kam Falk mit zwei Leuten an den Tisch. »Dürfen wir?«, fragte er, schaffte etwas Platz, sagte lächelnd zu Ella »meine Radiokollegen«, wobei ein Mikroausdruck des Unmuts durch das Gesicht der Kollegin huschte, und stellte sein Rotweinglas auf den Tisch, während er weiter mit den beiden über den Film redete.

Danuta hob die Augenbrauen. »Jedenfalls«, sagte sie und deutete mit ihrem Weinglas ein Zuprosten Richtung Ella und Sandra an, »um auf die Oben-ohne-Sache zurückzukommen: Es ist die reinste Niederlage, dass wir vieles so naiv aufgegeben haben und nachkommende Frauen es sich neu erkämpfen müssen. Wir hätten sinnvolle Dinge tun sollen, statt uns stundenlang mit Epiliergeräten brutal die Haare aus dem Körper zu reißen oder uns giftige Haarfarben auf den Kopf zu schmieren. Kein Mann verschwendet so viel Zeit auf Körperpflege.«

»Sorry«, switchte Falk in das Gespräch der Frauen, »ich stehe jeden Morgen vor dem Spiegel und rasiere mich.«

»Aber wenn du es nicht tust, dann wirst du als abenteuerlich oder verwegen wahrgenommen. Die Frau, die sich die Beine nicht rasiert, dagegen als anstößig in vielerlei Hinsicht«, konterte seine Kollegin.

Sandra ließ ihre E-Zigarette in die Seitentasche ihrer Chino-Hose gleiten. »Oh, da drüben ist Angela.« Sie stupste Danuta an. »Da müssen wir mal Hallo sagen.«

»Hat nichts mit dir zu tun«, raunte Danuta Ella zu, die die Gelegenheit nutzte, sich zur Bar zu verdrücken und mit einigen Filmbeteiligten, die sie dort erspäht hatte, zu sprechen.

Dirk hatte Ella schon während der offiziellen Reden begutachtet. Süßes Ding. Anmutig in ihren Bewegungen. Geradezu grazil. Die Lippen voll und perfekt geschwungen, fast wie die der jungen Nina Hagen damals. Ein sinnlicher Mund. Gemacht, um ihn direkt reinzustecken. Sie stand mit dem Rücken zu ihm, redete mit der Laien-Darstellerin, die im Film ihre kleinen Titten im Schwimmbad in die Kamera gehalten hatte. Die andere Oben-ohne-Darstellerin hatte ihm besser gefallen. Größere Brüste, schmalere Taille und nicht so eine androgyne Kurzhaarfrisur.

Das Gefühl, beobachtet zu werden, saß Ella im Nacken.

Sie drehte sich um und sah einer schmierigen Bradley-Cooper-Version mit Fünftagebart und unter Alkoholeinfluss ins Gesicht. Der Typ grinste sie offensiv an. Abschätzig. Ella drehte sich wieder weg und versuchte, weiter der jungen Darstellerin zuzuhören, doch sie konnte sich nicht mehr konzentrieren. Sie bemerkte, auch an der Reaktion ihrer Gesprächspartnerin, dass er sie weiter musterte. Fühlte seine Blicke über ihren Körper lecken.

Dirk nutzte seine Chance, als jemand das Gespräch zwischen der Kleinbusigen und Ella unterbrach. Anscheinend was Wichtiges, wie Dirk den Gesten entnahm. Offenbar wurde sie auf später vertröstet. Wusste nicht, wo sie jetzt mit sich hinsollte. Sie trank einen Schluck, steckte sich eine Zigarette zwischen die Lippen – diese Lippen! – und tastete nach ihrem Feuerzeug. Er ließ seines vor ihrem Gesicht aufflammen. Sie sog zwei Mal an der Zigarette, bis Glut da war.

»Danke«, sagte Ella und scannte die Gegend nach einem bekannten Gesicht, um ein Ziel zu haben, das sie ansteuern könnte.

Dirk zündete sich ebenfalls eine an, ließ sie dabei nicht aus dem Fokus. Auf seinen Blick war Verlass. Die Frauen standen auf seine stahlblauen Augen. »Suchst du deinen Begleiter?«

Ella schüttelte den Kopf. Kurz und mit irritiertem Gesichtsausdruck. Als wäre ihr ein Insekt ins Ohr geflogen. »Welchen Begleiter?«

Kein Nein, sondern eine Gegenfrage. Dirk klopfte sich gedanklich auf die Schulter. »Vor dem Film. Du hast mit ihm am Eingang gestanden.« Er hatte gesehen, dass Ella alleine gekommen war, der Radiomoderator sie nur abgefangen hatte. Aber ein gelungener Einstieg.

Schon wieder mit Falk in Verbindung gebracht zu werden, nervte Ella, weshalb sie klarstellte, dass er nicht ihr Begleiter sei. Der Bradley-Cooper-Verschnitt klemmte seine Zigarette, die er in der hohlen Hand zwischen Daumen und Mittelfinger hielt, in den Mundwinkel und zog daran. Bedeutend langsam, wobei sich seine Augen verengten. Erst als er den Rauch wieder seitlich auspustete und mit einem »Also-alleine-hier« weitermachte, fing sie an, zu kapieren.

»Beruflich.« Ella beugte sich zum Aschenbecher und tippte Asche ab. Sie hätte eingangs Ja sagen und sich auf die Suche nach Falk machen sollen, Fuck.

»Landesfilmbehörde?«

»Journalistin.«

»In einem so stylischen Kleid.« Dirk ließ seinen Blick über Ellas Körper bis zu ihren silbernen Doc Martens wandern. »Aber hätte das«, seine Hand glitt präsentierend an ihrem Hals vorbei bis zum Becken, wobei seine Zigarette eine kleine Rauchfahne hinterließ, »nicht eine elegantere Fußbekleidung verdient? Warum diese klobigen Schuhe?«

Ella nahm einen Zug von ihrer Zigarette. Inhalierte. Stieß Rauch aus.

Treffer. Er hatte sie überrumpelt. Ihr die Sprache verschlagen.

»Ich mag meine Schuhe.«

Dirk war zufrieden. Sie lächelte. Sein charismatisches Erscheinen faszinierte die Frauen. Er musste sie nur ein bisschen provozieren, um mit ihnen ins Gespräch zu kommen. Sie sprangen darauf an. Immer. Also weiter. »Du hast vielleicht was zu verbergen. Bestimmt hast du hässliche Füße.« Sie lächelten selbst bei den gehässigsten Sprüchen, und während sie nach dem Konter suchten, switchte er in den smarten Modus, machte Komplimente, hauchte ihnen ein paar feuchte Küsse aufs Ohr und nahm sie am Ende des Abends mit nach Hause. Es war für ihn nur eine Frage von Stunden, bis er einen Blick auf Ellas nackten Füße werfen würde.

Selbst bei bestem Empfang kommt es vor, dass Worte nur zeitverzögert den Weg durch das Netz finden.

Ella lächelte noch, nachdem »hässliche Füße« bereits in ihren Gehörgang gedrungen war. Mit der Erkenntnis, dass sie dieses beschissene Höflichkeitslächeln im Gesicht hatte, als wäre diesem Arsch gegenüber Anstand erforderlich, kamen ihr gleichzeitig Weronika und deren Worte in den Sinn: Als Everybody's Darling folgt einem unweigerlich der Schatten des Selbstverrats.

Es vergingen noch zwei bis drei Herzschläge, bevor der Rhythmus auf eine Frequenz hochkochte, die sämtliche über den Tag in Ella abgelagerte Wut aus ihren Arterien riss.

»Meine Füße gehen dich einen Scheißdreck an. Texte wen anders voll. Oder geh nach Hause wichsen.« Ella warf ihre glühende Kippe in den Aschenbecher, drehte sich um und flüchtete ins Foyer.

Dirk sah ihr hinterher. Benommen griff er nach seinem Bierglas und kippte sich den schalen Rest in den Mund. Früher hatte er es genossen, angestarrt zu werden. Damals hatten ihm die Blicke Siegergefühle bereitet. Niederlagen dagegen waren nichts für sein Gemüt. Die Umstehenden musterten ihn. Verhalten nur. Aber die Ablehnung schrammte über sein Ego. Dirk ließ seine Zigarette fallen und trat die Glut mit der Spitze seines Oxford-Schuhs im Weggehen aus. Außen am Gebäude entlang, verdrückte er sich zum Taxistand.

Ella riss die Tür zum Damenklo auf. Der Raum war leer. Vor dem Spiegel verharrte sie. Schlug mit der Faust auf den Waschbeckenrand. Sah in den Spiegel. Und mit all dem zurückgehaltenen Atem aus ihren Lungen, stieß sie dem Gesicht mit der leicht verschmierten Wimperntusche, das darin zu sehen war, ein triumphierendes »Yes!« entgegen.

Das Gefühl von Stärke ist eine zerbrechliche Angelegenheit. Parallel zum harten Leder an ihren Füßen, scheuerte die Bemerkung von diesem Wichser bei jedem Schritt, den Ella von der Bahn nach Hause ging, an ihrer Selbstachtung. Auf halber Strecke blieb sie stehen und schlüpfte aus den Schuhen. Wie hatte der Typ so treffsicher sein können? Was war das für einer, der einem anderen Menschen so einen Spruch skrupellos ins Gesicht schleuderte? Ella schob ihren Zeigefinger durch die Schlaufen ihrer Boots und lief barfuß weiter. Barfuß. Wie Nick so oft. Ob er Zita gerade barfuß durch die nächtliche Stadt zog, wie er es mit Ella getan hatte? Nein. Zita war keine, die sich ziehen ließ und einem Typen hinterherstolperte. Und Ella würde so eine Frau auch nicht mehr sein.

Zu Hause waren ihre Fußsohlen schwarz. Sie stellte sich unter die Dusche und erst, nachdem sie wohlig in Baumwollshorts und einem lockeren Top auf ihrem Bett saß, packte sie das Paket von Selle aus. Auf dem Seidenpapier, in das etwas Weiches eingeschlagen war, lag ein Foto von Wulf vor dem Tattoo-Studio. Er stand da, auf dem Bürgersteig, und knöpfte sein kariertes Flanellhemd zu. Ella selbst hatte das Foto geknipst. Sie schlug das Seidenpapier auf. Das Hemd! Ella presste sich die Hand vor den Mund. Ihre Augen wurden feucht. Wenn sie sich den ganzen Abend über gefragt hatte, warum Selle ihr ein Paket schickte, dann lag die Antwort jetzt vor ihr: Wulfs Todestag am kommenden Wochenende. Ella fasste in ihren Ausschnitt, befühlte das Tattoo und ließ ihre Gedanken zu Wulf flattern.

Sie brauchte eine Weile, bevor sie in der Lage war, das Hemd zu berühren. Als sie es aus dem Karton nahm, es sich vor die Nase drückte, – als ob! Selle hatte es garantiert längst getragen und mehrmals gewaschen –, rutschte ein weiteres Stoffstück aus der Faltung. Überrascht lachte Ella auf. Die Bundeswehrunterhose. Wulf hatte sie nach einem Regenspaziergang, bei dem sie völlig durchnässt worden waren, aus dem mit Klamotten vollgestopften Vintage-Kühlschrank in seinem Zimmer genommen und ihr zugeworfen.

»Zieh die an«, hatte er gesagt und sie hatte ihn ungläubig angesehen. »Ist quasi eine Jogginghose.«

Sie sprang von ihrem Bett, schlüpfte aus der Boxershorts und in die olivgrüne lange Männerunterhose. Vor dem Eingriff baumelte ein kleines Pappschild, das mit einer Sicherheitsnadel befestigt war. *Trag mich bei deinem nächsten Trip aufs Land*, stand darauf.

Fuck nein, dachte sie, und im nächsten Moment: Nick würde es tun.

Überraschend, wie die Sonne an einem kumuluswolkigen Tag, können Augenblicke der Klarheit erscheinen und gleich darauf wieder verschwinden. In Ellas Kopf leuchtete dieser eine Gedanke auf und sie erahnte die Macht, die hinter ihm steckte. Mit aller Kraft und Konzentration versuchte sie, ihn zu fassen, bevor sich die nächste Wolke über ihn schieben würde. Nick würde es tun, Nick würde es tun, wiederholte sie stumm. Sie wusste, da war mehr. Feuerte sich an, die Botschaft dahinter zu entschlüsseln. Und kapierte auf einmal, dass sie den Anteil Nick, den sie so an ihm geliebt hatte, auch in sich erwecken konnte. Sie würde ihm weder hinterherstolpern noch hinterhertrauern müssen, wenn sie den Antrieb in sich selbst entfachen könnte.

Perplex und aufgewühlt von dieser Erkenntnis, ging Ella zum Küchentisch, fingerte eine Zigarette aus der Packung und ließ das Benzinfeuerzeug aufflammen.

Don't forget the fire! Es war die ganze Zeit da gewesen. Wie hatte sie nur so lange brauchen können, um es zu dechiffrieren? Egal. Wer will noch die mühevolle Befreiung aus der Puppe rekapitulieren, wenn der Schmetterling schon fliegt?

Ella nahm ihr Handy, stellte sich vor den Spiegel, schob ihre linke Hand in den Eingriff der Unterhose und machte ein Foto. *Verlass dich drauf,* antwortete sie Selle auf die Herausforderung.

Es war nur ein Scherz von Selle gewesen. Dessen war sich Ella sicher. Und doch. Das war jetzt die Challenge.

Raucherzimmer Redaktion

»Du willst also in einer Bundeswehrunterhose mit dem Zug in dein Dorf fahren.« Adamma pustete Rauch aus, ihr Mund dabei zu einem perfekten Kreis geformt, wie beim Seifenblasenmachen. »Klingt mehr nach Maschenka.«

»Oder nach der Ella, die ich nie rausgelassen habe. Verstehst du, sie ist da in mir drin, ich habe mich nur nie getraut, sie freizulassen. Und das macht mich total wütend.« Ella nahm sich eine Zigarette aus Adammas Packung, griff nach deren Feuerzeug – pink, mit der Aufschrift *FUCK YOU* – und zündete sie sich an.

»Ich will die Nicks dieser Welt nicht dafür anschmachten, dass sie mir vormachen, wie es sich anfühlt, verrückten Scheiß zu machen. Ich will nicht mehr folgen oder hinterherstolpern. Und keine ekelhaften Typen mehr anlächeln. Ich will die nicht ausgelebte Ella in mir vorangehen lassen. In mir ist so viel Wut. Darüber, dass ich das bisher nicht getan habe. So unfassbar viel Wut.«

»Sie dreht das W um«, sagte Maschenka zu Adamma.

»Bitte was?«, fragte Ella.

»Du drehst das W um. Das W in Wut.« Adamma nahm ein Blatt aus der Schmierpapier-Kiste. In großen Druckbuchstaben schrieb sie *WUT*, riss die einzelnen Buchstaben auseinander und legte das Wort auf dem Tisch zusammen. »Und jetzt dreh das W um.«

Mit Daumen und Zeigefinger auf dem Papier drehte Ella das W. Betrachtete es. Zog dabei an ihrer Zigarette. Blies den Rauch langsam wieder aus. »Das ist cool.« Hatte nicht schon Marte gesagt, dass Wut ein effektiver Antrieb sei? Allerdings hatte sie nicht geahnt, dass der Mut schon direkt in der Wut drinsteckte. Ella drückte ihre Zigarette

aus, blätterte durch ihr Notizbuch und nahm die Visitenkarte von Zita heraus. »Okay«, sie wackelte mit dem Kärt-
chen in der Luft, »dann mache ich wohl mal ein paar Fotos.«

Farbatelier

Die Nachricht von Ella, ob Zeit für ein paar Fotos sei, erreichte Zita auf ihrem Balkon. Sie saß da, die Beine angezogen, die Arme drumrum geschlungen und in der rechten Hand eine Zigarette, die ungeraucht verqualmte. Ihre Augen brannten. Der Rauch vielleicht. Oder Nick. Seine leere Zigarettenschachtel lag noch auf dem Tisch. Am Abend zuvor, als er und sie sich auf den Balkon gesetzt hatten, war die Packung noch voll gewesen. Zita wusste inzwischen, wer Ella war.

Sie nahm den Aschenbecher und leerte ihn in der Küche aus. Dann duschte sie kurz und wischte, als es bereits klingelte, noch schnell die Rotweinflecke vom Balkontisch.

Ella hatte eine Art Atelier erwartet, zumindest einen Arbeitsraum. Dass sie nun in Zitas Privatwohnung stand, war ihr unangenehm.

»Kaffee?« Zita befüllte bereits den Wasserkocher.

»Gerne.« Suchend schaute sich Ella nach der Farbküche um, von der Zita gesprochen hatte. Nichts deutete in diesem winzigen Raum auf die Farbproduktion hin. Nicht einmal auf Farbe überhaupt. Der Fußboden war mit schwarzem Vinyl ausgelegt, die Küchenfront mattschwarz gestrichen. Auf der betonfarbenen Arbeitsplatte nahezu keine Gegenstände. Ein puristisches Ambiente. Die Wand neben der offenstehenden Balkontür war zur Hälfte mit schwarzer Tafelfarbe gerollt, nach oben hin ohne klaren Abschluss. Als hätte jemand mittendrin abrupt aufgehört. Ella versuchte, die mit Kreide geschriebenen Worte zu entziffern.

»Gib dir keine Mühe. Mein Kumpel Sam hat eine Drecskhandschrift. Es sind angeblich geniale Gedanken-

fetzen, die er völlig breit da festgehalten hat. Er kifft zu viel.«
Zita goss kochendes Wasser in eine French Press. Sie reichte
Ella eine getöpferte dunkelgraue Bauchtasse, nahm sich
selbst eine und die French Press und deutete auf den Balkon.

Ella schlüpfte zwischen dem mit Kräutertöpfen be-
hängten Balkongitter und dem kleinen Holztisch hindurch
und setzte sich, während Zita noch einmal in die Küche
ging. Sie brachte einen Aschenbecher und eine Tüte Man-
delmilch mit.

»Er hat uns beide belogen.« Zita drückte langsam das Sieb
der French Press runter. Es war nur Kaffeesatz, den sie auf
den Boden der Glaskanne presste. Aber es fühlte sich nach
so viel mehr an.

Mit dem Daumen knispelte Ella die Steuerbanderole
ihrer Zigarettenpackung ab. Sie hatte geahnt, dass es auf
ein solches Gespräch hinauslaufen würde. Vielleicht sogar
gehofft. »Ja.« Sie räusperte sich. »Hätte nicht gedacht, dass
er es dir erzählt.«

»Hat er nicht.« Zita goss Kaffee ein. »Ein Klick auf dein
Instagram-Profil hat all meine Fragen beantwortet.«

Ein Selfie von Ella mit Nick auf einer Treppe sitzend,
Ella eine Stufe unter ihm zwischen seinen Beinen, den
Hinterkopf an seinen Brustkorb gelehnt. Im März. Am
Morgen nachdem Zita die erste Nacht mit Nick verbracht
und er keine Zeit mehr für einen Kaffee gehabt hatte.

»Das Foto mit dem Ring?«, vermutete Ella.

»Auch.« Zita hatte der Atem gestockt, als sie den Ring,
der immer noch auf ihrem Mittelfinger saß, auf Ellas Account
entdeckt hatte. Als ihr klar geworden war, dass Ella ihn für
Nick hatte anfertigen lassen. Wie dreist konnte jemand sein,
den geschenkten Ring von seiner Ex der nächsten Freundin

an den Finger zu stecken?

»Das war doch ganz spontan«, hatte sich Nick wenige Stunden zuvor verteidigt. Auf demselben Stuhl, auf dem Ella gerade saß und nervös an ihrer Zigarettenschachtel herumfummelte.

»Rauchen auf dem Balkon ist ausdrücklich erlaubt.« Zita machte sich selbst eine an und schob Ella das Feuerzeug rüber. In Gedanken war sie jedoch noch bei Nick.

»Jetzt mach doch kein Ding draus«, hatte er die Angelegenheit abgetan. Als wäre es unangebracht von Zita, das überhaupt anzusprechen.

Die Sache mit Ella sei schon lange nichts mehr für ihn gewesen. Noch so ein Satz, den er ihr wie ein Beruhigungsmittel hatte injizieren wollen. Das Gegenteil war eingetreten. Er hatte ihr Wut gespritzt. Nicht die heiße Art, die hochbrodelt und einen unkontrollierte Dinge tun ließ, die später bereut wurden. Es war kalte Wut, die sich langsam in ihr ausbreitete und sie die ganze Tragweite erkennen ließ. Dass er es so drehte, als sei das alles gar nichts und nur sie, Zita, würde es erst zu einem mit Hysterie gefüllten Ballon aufblasen. Dass er Ella am langen Arm hatte verhungern lassen und in der Lage war, dies eines Tages vielleicht auch mit ihr zu machen. Und dass er sie beide belogen hatte, um sich unbequeme Diskussionen zu ersparen. Kein Typ, mit dem eine ins Leben ziehen wollte. Bedauerlich. Seine versponnene Art hatte ihr gefallen. Im aufkommenden Morgenlicht hatte sie sich eine letzte Zigarette angemacht und ihm mit erhobenem Kopf den Rauch entgegengepustet.

»Ja«, hatte Zita gesagt. »Ich denke auch, wir machen besser kein Ding draus. Nicht aus dieser Sache. Und auch nicht aus uns.«

Zwischen Daumen und Zeigefinger rollte Ella das Stückchen Banderolen-Papier zu einer Kugel. »Das Gute daran, von einem Menschen enttäuscht zu sein, ist der Fakt, dass er dich nicht mehr täuschen kann.« Sie warf die Papierkugel in den Aschenbecher. Drehte stattdessen das Feuerzeug zwischen ihren Fingern und sah dabei zu, wie Zita den Ozean-Ring an ihrem Finger drehte. Wie sie ihn abstreifte und mitten auf den Tisch legte. Zita sagte nicht, dass es ja Ellas sei und sie ihn zurückhaben könne. Sie sagte nicht, dass sie ihn nicht mehr wolle. Sie sagte nur: »Was machen wir jetzt damit?«

»Keine Ahnung.« Ella steckte sich die Zigarette an, die zwischen ihren Fingern klemmte.

Ein paar Züge rauchten sie schweigend, starrten auf den Ring. Bis Ella mit der flachen Hand auf den Tisch schlug. »Fuck ja.«

»Ich höre.« Zita verfolgte gespannt jede Regung in Ellas Gesicht.

»Es gibt da dieses abgefahrene Museum.« Ella trank einen Schluck Kaffee. Überlegte beim Schlucken, wie es hieß. »Museum of Broken Relationships!« Sie zeigte es Zita auf dem Handy.

»Ein Beitrag für die Kunst.« Zita stand auf. »Tüten wir es direkt ein.«

Nachdem der Ring und seine Geschichte postfertig in einem Umschlag verpackt waren, sagte Zita, dass die Fotos von der Farbküche wohl hinfällig seien. »Ich werde mir das Atelier doch nicht mit Nick teilen. Und für mich alleine ist die Miete für eine der Kaufhausflächen zu hoch. Die Story ist leider gestorben.«

»Die machen wir trotzdem. Nur ohne Kaufhaus. Und

ohne Nick.« Ella tippte auf ihr Handy-Display, um die Uhrzeit zu checken. Sie musste noch zwei Artikel schreiben und alles, was sie für den einen davon geplant hatte, war gerade weggebrochen. »Die Fotos schaffen wir aber nicht mehr. Ich muss zurück in die Redaktion. Wie wäre es mit einem neuen Termin?« Mit großen Schlucken und aus reiner Freundlichkeit versuchte Ella, den Kaffee auszutrinken. Die Sonne hatte ihn halbwegs warm gehalten. Allerdings hatte sie keine Milch genommen, weshalb er unfassbar bitter war.

»Lass stehen«, sagte Zita, »der schmeckt ekelhaft.« Sie schob ihre eigene Kaffeetasse von sich weg.

Ella wedelte mit dem Umschlag. »Wird direkt verschickt.« Als sie durch die Küche zur Wohnungstür gingen, verharrte Ella. »Eine Frage noch. Wo ist eigentlich deine Farbküche?«

Zita zog einen Rollcontainer aus der Küchenzeile hervor. Sie zuckte mit den Schultern. »Mehr brauche ich nicht. Aber es wäre schon cool, einen Arbeitsraum zu haben, in dem ich die Sachen stehenlassen kann. Ich zeige dir bei der Fotosession alles.«

Bis unten die Haustür zugefallen war, blieb Zita im Treppenhaus stehen. Dann schloss sie die Wohnungstür hinter sich und ließ sich mit dem Rücken an der Tür auf den Fußboden gleiten.

Es kann lange dauern, bis jemand bereit ist, etwas loszulassen. Aber wenn es so weit ist, soll es möglichst schnell gehen. Ella beschleunigte ihren Gang, in der Hand den Briefumschlag. Durch das Papier fühlte sie den in Stoff gewickelten Ring. Fühlte alles, was damit zusammenhing, zurück in ihre Adern fließen. Zurück in ihr Herz. Zurück in ihren Kopf. Erinnerung im Zeitraffer. Und dort, wo der

Postkasten neben dem nach Pisse stinkenden Hauseingang hing, floss dieser ganze Nickfuck zurück in den Umschlag und zurück in den teuren und mit Liebe entworfenen Ring, den sie nun ohne Zögern der Deutschen Post überließ. Vermutlich würde er in einigen Tagen als Fotografie mit nur fünf Zeilen Text auf der Webseite des Museums auftauchen, und, sobald andere Trennungsgeschichten von anderen Menschen auf der Seite eingestellt würden, zwischen all den von der Liebe zurückgelassenen Gegenständen verschwinden.

»Wenn du dich ohne Umschweife von Gegenständen trennen kannst, ist die Liebe aus ihnen gewichen.« Najah setzte ihre Kaffeetasse ab. Sie erlaubte sich einen Gedanken an all die Gegenstände, in denen die Liebe noch gewohnt und von denen sie sich trotzdem hatte verabschieden müssen. Dann wischte sie einen Tabakkrümel vom Tisch. »Vielleicht ist das die Antwort auf deine Frage, die du mir im April gestellt hast. Wie lange Liebeskummer dauert.«

Ella lächelte, hauptsächlich über sich selbst. »Ich hätte ebenso gut fragen können, wie lange ein Winter dauert oder ein Sommer. Wie soll das jemand beantworten? Es ist immer unterschiedlich und dauert so lange, bis es vorbei ist.«

»Bis es vorbei ist«, murmelte Najah.

Schweigend schob Ella ihre Hand auf Najahs. Sie musste nicht fragen, um zu wissen, dass die letzten Worte Khalil galten.

»Ist schon gut.« Najah tätschelte Ellas Hand. »Der Tod zeigt uns, dass wir noch am Leben sind. Ist er da nicht sogar wie ein dunkler Bruder des Liebeskummers?«

Ella nahm ihre Kaffeetasse, trank jedoch nicht. Sah nur hinein. Auf den dünnen Schaumrand, dessen Bläschen in Ringelreihe auf der braunen Flüssigkeit schaukelten. Dunkler Trauerschmerz Hand in Hand mit seinem Bruder dem Trennungsschmerz. Das war also gerade ihr Lebensthema: Abschied. Von Wulf. Von Nick. Sogar von einer Ella, die sie nicht mehr sein wollte. Vielleicht noch nicht einmal mehr war.

»Wenn wir erst wieder aufgestanden sind, bleibt eine Stärke, die uns niemand mehr nehmen kann.« Najah befühlte ihren goldenen Kettenanhänger.

»Zuerst«, sagte Ella, »habe ich mich klein und hilflos gefühlt. Nach der Trennung. Da war nur Angst in meinen Knochen. Sogar Angst davor, alleine zur Hochzeit meiner Freundin zu gehen.« Ella lachte auf. »Marte musste erst anbieten, mitzukommen.« Ihre Dankbarkeit und Erleichterung darüber erschien ihr im Nachhinein absurd übertrieben. »Vor dir sitzt ein weiteres Hollywood-Opfer, dessen junges Ich vom Retterbild des Filmhelden geprägt ist. In gewisser Weise habe ich mir diese Prägung sogar selbst aktiv zugefügt. Jahrelang konsumiert, ohne das alles zu hinterfragen.«

»Es gibt keinen Grund, sich für seine Sozialisierung zu schämen.« Najah griff zu ihrer Zigarettenschachtel und steckte sich eine an. »Sieh mich an. Ich halte es immer noch für revolutionär, zu rauchen. Aber ich bin auch diejenige, die am liebsten die Tür schließen wollte, damit in meinem Kiosk niemand die entblößten Brüste zweier Frauen sieht.«

Überrascht sah Ella auf. »Deshalb die angespannte Atmosphäre, als ich mit Selle hier war.«

»Ja«, sagte Najah. »Die Angst in meinen Knochen, die hat Khalil mit in den Tod genommen. Was sollte mir Schlimmeres passieren? Aber die Heimat, die sitzt tief im Mark. Die schüttelst du nicht aus dir raus.«

Ella nickte. »So wie das Dorf, das du verlassen kannst, das dich aber nie verlässt.«

»Das Dorf oder die Heimat, die Menschen dort, das was sie denken und tun, was sie essen, wie sie reden – das ist tief in uns implantiert.« Najah zog an ihrer Zigarette. »Aber wer wären wir, wenn nicht?« Sie fasste in ihre Hosentasche und zeigte Ella ein Fünfzig-Cent-Stück. »Würdest du jemals auf die Idee kommen, die Prägung der Münze abzuschleifen, um ihren Wert zu steigern?«

Ella schüttelte verwundert den Kopf.

Najah legte das Geldstück zur Seite. »Es ist die Prägung, die den Wert ausmacht. Auch bei Menschen.«

»Und was«, fragte Ella, »wenn es sich um eine Fehlprägung handelt?«

»Sind die nicht noch wertvoller?« Najah sah in die Baumkronen. »Weißt du, ich habe oft über die Ungerechtigkeit des Geburtsortes nachgedacht. Doch mittlerweile empfinde ich jede Erfahrung, die mich zu der Frau hat werden lassen, die ich heute bin, als Geschenk.«

»Ich hoffe, dass ich das eines Tages auch sagen werde. Langsam realisiere ich, dass ich nicht so klein und hilflos bin, wie ich mich nach der Trennung gefühlt habe.« Ella griff nach ihrer Zigarettenschachtel und dem Benzinfeuerzeug. Sie lächelte. Es aufflammen zu lassen, bekam mehr und mehr etwas Rituelles. Etwas, das ihr diese neue Kraft in ihrem Inneren bewusst machte. Es entfachte etwas, das zuvor nur geglommen hatte. »Merkwürdig, aber dieses Feuerzeug«, sie hielt es in ihrer offenen Hand, »empowert mich.«

»Wenn dir ein Gegenstand Kraft gibt, ist es ein Talisman.« Najah legte erneut ihre Hand auf ihren goldenen Kettenanhänger. »Dann stärkt er deine Stimme.«

»Sie ist lauter geworden. Oder ich habe meine Aufmerksamkeit zuvor auf die falschen Stimmen gerichtet. Die Quälgeister. Sie haben alles hinterfragt. Bewertet. Was ich anziehe, welche Musik ich höre. Wie meine Füße aussehen! Ich glaube«, nuschelte Ella, die Zigarette zwischen den Lippen, »ich wollte Everybody's Darling sein.« Sie dachte an Weronika, die schon vor Monaten gesagt hatte, dass Gefallsucht kein guter Ratgeber sei und ihr der Schatten des Selbstverrats folge. Wie lange es gedauert hatte, bis diese

Worte bei ihr angekommen waren.

»Wenn du keinen Beifall mehr erwartest für das, was du tust oder wie du aussiehst, fängt die Freiheit an.« Najah drückte ihre Zigarette aus und trank den letzten Schluck Kaffee. »Bist du bereit?«

Ella leerte ihre Tasse ebenfalls. »Ja.«

Sie beugten ihre Gesichter über den Kaffeesatz.

»Gebogenes Dreieck mit Schlieren?«, rätselte Ella beim Blick in ihre Tasse.

»Ein Flügel?«, fragte Najah.

»Ein Schwalbenflügel!«

»Auf den Dächern in Syrien, zwischen Wassertanks und Satellitenschüsseln, hatten wir viele Schwalben. Sie stehen für Erneuerung und Wiedergeburt.«

Ella legte ihre Hand auf ihre linke Brust. »Eine Schwalbe auf der Haut und im Kaffeesatz. Wow.« Sie schaute in Najahs Tasse. »Halbmond mit Krümelsternen.«

»Zunehmender Mond«, sagte Najah, »das ist vielversprechend. Etwas verändert sich zur Vollkommenheit.«

Hinterhof

Der Halbmond am Himmel hatte die gleiche Form, wie wenige Stunden zuvor der in Najahs Tasse. Was auch immer das bedeutete. Ella saß auf ihren Treppenstufen. Die Eiswürfel in ihrer Weißweinschorle klimperten leise beim Trinken.

Noch bevor Marte in den Hinterhof einbog, hörte sie das sich nähernde Fahrradgeräusch, das vertraute Quietschen der Bremsen vor der Einfahrt. An ihrer Treppe sprang er ab.

Sein Blick blieb auf der olivgrünen Unterhose hängen. »Neuer Style?«

»Wusstest du nicht? Ist gerade angesagt.«

»Hast du noch so eine?«

Ella ging über seine zur Weinschorle deutende Kopfbewegung hinweg. »Das ist nur cool, wenn Frauen das tragen.« Sie lachte und stand auf. »Klar.«

In der Küche sah Marte das Licht angehen. Er hörte, wie sie die Flaschen aus dem Kühlschrank nahm.

»Viel oder wenig Wein?«, rief Ella von drinnen.

»Hälfte-Hälfte.«

Zurück an der Treppe, hielt Ella ihm das Glas hin. »Die Unterhose war übrigens in dem Paket von Selle. Sie gehörte Wulf. Ich soll sie anziehen, wenn wir uns nächste Woche zu seinem Todestag treffen.«

»Und? Machst du es?«

»Yep. Vielleicht gibt es morgen sogar schon einen Probelauf bei der Keller-Club-Party von Maschenkas Hausgemeinschaft.« Sie grinste.

»Niemals.« Marte setzte sich quer auf die untere Treppenstufe, lehnte sich an das Geländer und holte seine Zigaretten aus der Jackentasche.

»Traust du es mir nicht zu?«

Sie schien minimal pissed zu sein. Marte kannte jede Nuance ihres Lächelns. Und dieses war eines mit leicht hochgezogenen Augenbrauen, das scherzhafte Entrüstung vorgab, insgeheim aber nur überspielen sollte, dass er ihren wunden Punkt getroffen hatte. Er fühlte sich mies, es hatte nur ein Spruch sein sollen. »Ich traue dir alles zu«, lenkte er ein. »Sogar, alleine im Supermarkt einzukaufen.«

»Ich gehe nie wieder alleine in den Supermarkt. Da laufen echt schräge Leute rum.«

»Was ist passiert?« Marte steckte sich eine Zigarette in den Mundwinkel und fragte Ella nach Feuer.

Sie zündeten sich beide eine an.

»Das war so krass«, begann sie und erzählte von einem Typen mit kantigem Haarschnitt. »Seine Bewegungen merkwürdig abgehackt. Wie bei einem Roboter.« Ella imitierte den Mann mit ein paar eckigen Armbewegungen. »Er stand an der Kasse hinter mir und – keine Ahnung, er hatte eine gruselige Aura. Alle drumrum waren jedenfalls total panisch wegen einer Wespe, die da rumflog. Als sie auf dem Fließbandrand gelandet ist, zack, haut er mit der bloßen Hand drauf.« Ella schüttelte sich.

»Klingt schräg«, sagte Marte, obwohl er es nicht so spektakulär fand wie sie.

»Und dann«, Ella zog an ihrer Zigarette und stieß den Rauch betont langsam nach oben aus, als würde sie annehmen, dass er den Spannungsmoment kaum aushalten könne, »die Wespe zappelt noch so rum, nimmt er sie mit Daumen und Zeigefinger am Flügel und trägt sie zum Ausgang. Drei Atemzüge später reiht er sich wieder hinter mir ein, ohne eine Miene zu verziehen.«

»Okay«, sagte Marte, wohlwissend, dass sie seine Reaktion zu lahm fand. Er versuchte Zeit zu schinden, trank von seiner Schorle, doch es fiel ihm beim besten Willen kein Kommentar ein, der Ella hätte befriedigen können.

»Findest du das nicht total weird?«, hakte sie nach.

»Schon.« Ihm fiel immer noch nichts ein.

»Okay.«

Sie schien enttäuscht. Er wechselte das Thema. »Mache ich eigentlich Essgeräusche?«

»Was? Wie kommst du jetzt darauf?«

»Erzähle ich dir gleich«, sagte er, »aber ist es so? Mache ich das?« Marte sah auf Ellas Mund. Ihre Zigarette war fast ausgegangen. Sie zog mehrmals, um genug Glut zu erzeugen. Das paffende Geräusch klang wie kleine Küsse.

»Keine Ahnung.« Ella überlegte. »Wir rauchen immer nur. Und trinken.«

»Wir haben auch schon zusammen gegessen.«

»Selten«, sagte sie. »Also warum fragst du?«

»Ich war eben mit einer im Restaurant, ich habe sie neulich bei einer Ausstellung kennengelernt.« Er sah Überraschung in Ellas Mimik aufflackern. Offenbar hatte sie nicht erwartet, dass er sich mit anderen Frauen traf. »Sie meinte…«, er hob seinen Zeigefinger, sagte »Sekunde« und nahm sein blinkendes Handy aus der Hosentasche. »Hey«, meldete er sich, und Ella hörte eine Frauenstimme.

Marte gab Ella erneut ein Zeichen, das alles bedeuten konnte, und schlenderte Schritt für Schritt von ihr weg, während er gedämpft sprach und das Eis im Glas, das er in der anderen Hand hielt, klimperte.

Nach etwa zwanzig Minuten, Marte war zwischendurch immer mal wieder in seiner Wohnung verschwunden, gab

Ella ihm zu verstehen, dass sie reingehen würde.

Drinnen stopfte sie die vom Tragen ausgebeulte Unterhose zusammen mit anderen Kleidungsstücken in die Waschmaschine. Nur für den Fall, dass sie am nächsten Tag wirklich so schräg drauf wäre, sie zu der Party zu tragen.

Partykeller

Ein Schwall feuchter Wärme und wummernder Bässe quoll mit Ella durch die Tür auf den Innenhof, der kaum breiter war als ein Schiffscontainer. Leon, der sich auf ein paar Holzpaletten ausgestreckt hatte, zog an seinem Joint. Vor seinem Gesicht malte der Rauch Figuren in die Luft. Ella kniff die Augen zusammen. Trotz der Lichterketten, die zwischen zwei Hauswände gespannt waren, sah sie im ersten Moment nur schemenhaft. Mit einem Kopfnicken grüßte sie in Richtung Silhouette. Hinter ihr fiel die Feuerschutztür schmatzend ins Schloss, wobei sich der Sound der Musik in ein dumpfes Blubbern verwandelte, einem untergehenden Partyboot gleich.

»Hey.« Leon richtete sich auf. Er erkannte sie sofort.

Noch im Gehen nahm Ella eine Zigarette aus der Schachtel und steckte sie sich zwischen die Lippen.

Auf halber Strecke und im selben Moment, in dem er »Palindrom-Ella« sagte, erkannte sie ihn ebenfalls. Obwohl er dieses Mal ein schlichtes schwarzes Shirt und nicht den auffälligen Leoprint-Pulli trug. Ella schickte einen flüchtigen stillen Dank ins Universum, dass sie sich wegen der Julihitze für die Shorts und gegen die Bundeswehrunterhose entschieden hatte.

»Leon. Was machst du denn hier? Scheinbar kennt echt jeder Mensch in dieser Stadt Leute aus dem Haus.« Mit etwas Abstand setzte sich Ella im Schneidersitz zu ihm auf die Paletten.

Wortlos schob er das Feuerzeug, das neben ihm lag, in ihre Richtung. Seine Fingernägel, kurz geschnitten, waren grün lackiert und schimmerten metallic wie ein Prächtiger Blattkäfer. Sie harmonierten perfekt mit der Farbe des

Feuerzeugs, auf dem in Großbuchstaben *TRUST MY LIGHT* stand. Sie fragte sich, ob er das Feuerzeug bewusst ausgesucht hatte. Ob er eine Ahnung von diesem Fingernagel-Feuerzeug-Match hatte. Oder ob er es wegen der Aufschrift gekauft hatte. Vielleicht nicht einmal das. Nur irgendwo eingesteckt, weil es so rumlag.

»Ich bin mit einem Kumpel hier, der Maschenka kennt. Jamal. Er stand kurz beim Release mit uns am Tisch.« Leon nahm einen Zug von seinem Joint. »Ziemlich stickig da drinnen.« Er deutete mit dem Kopf zur Tür.

»Total.« Das Klicken des Feuerzeugs, die Flamme, die Ellas Gesicht erhellte, der erste gepaffte Zug und der zweite inhalierte, dessen Rauch sie zur Seite blies, ließen eine minimale Pause entstehen. »Partys im Juli sollten ausschließlich draußen stattfinden.« Sie reichte Leon das Feuerzeug zurück.

Er behielt es in der Hand und ließ es zwischen seinen Fingern hin und her wandern. »Möglichst am Wasser.« Leon schloss die Augen und richtete sein Gesicht zum Himmel.

Als wäre dort eine Sonne, unter der sein Körper Vitamin D produzieren könnte, dachte Ella. Doch da war nur der schwache Schein der warmweißen LED-Glühbirnen, unter denen seine Haut leuchtete wie der Karamell-Sirup, mit dem sie ihren Kaffee aromatisierte.

»Jetzt am Kiesteich«, sagte Ella, was wie Südsee-Sehnsucht klang, und beide hingen dieser Vorstellung einen Moment nach.

»Ich war heute Nachmittag da.« Ella richtete sich auf. »Am Kiesteich.« ALLEINE, dachte sie, sagte es aber nicht. »Das Wasser ist leider nicht mehr so toll. Und es war mega voll.«

»Check den Kanal, da ist kein Mensch.«

»Den Kanal?« Ella verzog ungläubig das Gesicht. »Darf man da überhaupt schwimmen? Und ist das Wasser nicht total dreckig? Wegen der Schiffe und so?«

Dass Leon auflachte, belustigt anscheinend, als sei sie nicht cool genug, ließ Ella innehalten.

Er hatte es wieder getan. Genau das hatte Isa ihm dauernd vorgeworfen. Dass er sie durch sein Lachen herabsetzte. So wollte er nicht sein. Leon zog an seinem Joint, bis das aufbrennende Blättchen knisterte. Hielt ihn anschließend Ella hin. Wie ein Friedensangebot. Doch sie schüttelte den Kopf.

»Falls du das gedacht haben solltest – ich habe nicht über dich gelacht. Nur darüber, dass sich die Erzählung vom gefährlichen, verseuchten Kanal so zäh hält. Das ist längst vorbei.«

Ella vermied es, Leon ins Gesicht zu sehen, und senkte ihren Blick auf seine Hände. Er spielte nach wie vor mit dem Feuerzeug. Als wäre er derjenige, der etwas überspielen müsste.

»Inzwischen ist die Wasserqualität wirklich gut. Trotzdem sehe ich nur selten Leute im Kanal baden. Was auf jeden Fall ein Vorteil ist. Solltest du ausprobieren.« Er lächelte sie an.

»Vielleicht mache ich das«, sagte sie. »Wo kann ich das bestenfalls testen?«

Er beschrieb ihr eine Stelle, nicht allzu weit von ihrer Wohnung entfernt.

»Danke für den Tipp. Vielleicht sehen wir uns da mal.« Ella drückte ihre Kippe aus. »Kommst du mit rein?«

Seine geröteten Augen weiteten sich. »No way.« Leon rollte den Rest des Joints zwischen den Fingern. Das Teil war am

Ende. Und hatte nichts besser gemacht. Isa war immer noch da drinnen mit diesem fucking Joghurtgesicht. »Sorry«, sagte er, »bin ein bisschen neben der Spur.« Er warf den Joint in den Ascher und fuhr sich mit der Hand durch die Haare.

Ella stand auf.

»Bin heute du.« Leon rieb sich über die Wange. »Beim Release. Als du gecheckt hast, dass dein Ex eine neue Freundin hat. Weißt du noch?«

Natürlich wusste Ella. Wie könnte sie das glühende Schwert vergessen, das bei der Erkenntnis in ihren Körper gedrungen war?

»Isa ist da drin mit ihm. Wir sind schon länger nicht mehr zusammen, aber«, Leon schloss die Augen und atmete aus, als wäre da noch Rauch in seiner Lunge, »weird, sie mit ihm zu sehen. Ich meine, er küsst sie, sie lacht. All diese Momente, die vor ein paar Monaten noch ihr und mir gehörten.«

Kaum etwas verbindet Menschen so stark, wie eine ähnlich verlaufende Lebensphase. Das Wiedererkennen des eigenen Ichs in den Erfahrungen des Gegenübers ist wie Kitt, der zwei Gemüter für eine Weile zusammenhält.

Ella setzte sich wieder. »Verstehe«, sagte sie.

Die Feuertür flog auf, aus dem Keller drang ein neuer Schwall wummernder Technobeats zusammen mit einer Handvoll Leute, die direkt an der Tür stehenblieben. Feuerzeugflammen flackerten vor ihren Gesichtern auf.

»Kann ich irgendwas tun? Also ich meine«, Ella zögerte, »was würdest du jetzt gerne machen?«

»Nicht wieder da rein und nur hier weg.« Leon ließ seinen Blick über die Mauern der angrenzenden Hallen schweifen, die dieses Loch wie einen Knast-Innenhof umgaben. Resigniert lehnte er sich zurück, fasste in seine Hosentasche und holte den Grinder hervor. »Vielleicht bleibe ich einfach hier sitzen, bis die Party vorbei ist.«

Er baute das Teil mit der gleichen Seelenruhe, mit der Ella ihn beim Release die Zigarette hatte drehen sehen. »Schade, dass ich nicht kiffe. Es gibt so schöne Grinder.« Seiner hatte eine filigrane Hanfblatt-Prägung auf dem silbernen Deckel. Sie machte sich eine Zigarette an und verfolgte die komplette Zeremonie des Jointbauens. Erst nachdem das Teil fertig war, schlug sie es ihm vor: »Wir könnten zusammen gehen.«

»Klingt gut. Aber hey, hab Spaß. Ich will dir nicht die Nacht vermiesen.«

Leon war im Begriff, sich den Joint anzuzünden, ließ das Feuerzeug jedoch wieder sinken, als Ella meinte, dass sie sowieso genug von der Party habe. Sie zuckte mit den Schultern.

Er steckte das fertig gebaute Teil in die Tabakpackung, das Feuerzeug in die Hosentasche und stand auf.

»Etwas albern, aber es kommt mir so vor, als hätte ein anderer mein Leben übernommen«, sagte Leon draußen. »Jedenfalls danke fürs Mitkommen. Da so losermäßig alleine an Isa vorbeizustreifen, das hätte ich einfach nicht geschafft.« Er kam sich dumm vor und lachte. »Das war nicht besonders erwachsen von mir.«

»Ist jemals irgendwas erwachsen? Eine Frau hat mal zu mir gesagt, sie käme sich vor wie eine Zwanzigjährige im Körper einer Fünfzigjährigen.«

»Immerhin. Manchmal bezweifele ich, die Sechzehn überschritten zu haben. Oder überhaupt die Dreißig zu schaffen.« Umständlich holte Leon den fertig gebauten Joint hervor. »Das hier«, er hielt das Teil zwischen ihre Gesichter, »ist doch auch nur ein Vehikel, sich der erwachsenen Welt zu entziehen. Aber was soll's.« Er steckte sich den Joint an, inhalierte und sagte, dass es zu seinem Smellscape gehöre.

»Deinem was?«

»Smellscape. Habe ich von meiner Therapeutin.« Es war Isa gewesen, die ihn gedrängt hatte, sich Hilfe zu suchen. Jetzt war sie trotzdem weg. Er konnte es nachvollziehen. Sie hatten so ein On-off-Ding gehabt. Mit Ultimaten, Tränen, Drama, Friedenssex und dem ganzen Fuckup. Eine ausweglose Verpaarung aus Wunsch nach und Angst vor Sesshaftigkeit. So aussichtslos wie der Blick aus dem Fenster an einem nebligen Morgen. »Smellscape«, sagte Leon, »ist die Geruchslandschaft, die bei einem Menschen für Wohlbefinden sorgt. Meist hängt es mit den gewohnten Gerüchen aus der Kindheit und Jugend zusammen. Bei mir«, er stieß eine süßliche Rauchwolke aus, »Weed-Schwaden, die sich in Hochhausschluchten mit Rosa-Kaugummi-Atem und übertriebenster Jungs-Parfümierung vermischen.« Der Mix war ihm früher an jeder Hausecke in die Nase geweht. Manchmal fragte er sich, ob sie so aufdringliche Düfte verwendet hatten, um den Gestank des Brennpunkt-Viertels zu überdecken. »Und bei dir?«

»Hundepfotengeruch.«

»Und weiter?«

»Weiß nicht. Zigarettenrauch?« Ella legte den Kopf in den Nacken. Dachte an ihr Zuhause. »Und Werkstatt. Maiglöckchen. Flieder. Waldboden. Wiese. Waffeln.«

»Du zählst deine Lieblingsgerüche auf. Aber es ist eher landschaftlich gemeint. Es geht um den einen olfaktorisch unschlagbaren Cocktail, der dich in deine vertraute Welt beamt, in der du DU sein kannst.«

Intuitiv legte Ella ihre Hand auf das Tattoo. Bei Wulf. Bei ihm war sie einfach sie selbst gewesen. Er, sie, Vieh und Kaschmir auf dem Bett und eine große Pizza mittendrin. Das Fenster zu den Wiesen hinter dem Haus weit geöffnet. Sie atmete tief durch und die Erinnerung spielte ihr all die inkludierten Gerüche mit Leichtigkeit zu. Seine immer etwas nach Öl riechenden Hände, die frisch gemähten Gräser und die Zigaretten, die sie nach der Pizza rauchten.

»Wie lange hast du gebraucht, um den perfekten Satz für deinen Smellscape zu formulieren?«

»Ewig.« Leon lachte. »Jedenfalls ist Kiffen sowas wie Heimat für mich. Weshalb ich, wie du siehst, immer weitermache. Und vielleicht lohnt es sich auch gar nicht, mich mit Aufhör-Gedanken zu kasteien. Die Welt ist sowieso im Arsch. Vielleicht bricht morgen schon alles zusammen. Wir können nur auf das Heute setzen.«

Ein Splitter riss sich in Ellas Hirn: Der Spruch hätte von Nick kommen können.

Leon grinste. »Machen wir einen Abstecher zum Kanal?«

Sie mochte die Gespräche mit ihm. Er war charmant. Sweet. Ella sagte »Ja«. Folgte ihm durch die Straßen zu seiner Badestelle. Nahm eine der Bierdosen, die er im Wasser zwischen den Steinen gelagert hatte. Lachte, weil ihr die Flüssigkeit beim Öffnen über die Hand sprudelte. Schlürfte den Schaum ab. Zog an seinem Joint. Sprach mit euphorisierter Stimme. Sprang mit ihm nackt ins Wasser und schlüpfte nass wieder in Shorts und T-Shirt. Auf die Frage, ob sie mit zu ihm kommen wolle, antwortete sie noch einmal mit »Ja« und rauchte noch einmal von seinem Joint, nachdem sie in seiner Wohnung war. Ein Zimmer mit Kochnische. Darin ein Bett, ein rostiger Spind und ein Teppich, wie er bei Mareikes Großeltern im Wohnzimmer lag. Das Keyboard fiel ihr auf. Daneben ein Tisch mit MacBook und Lautsprecherbox drauf.

Vielleicht lag es daran, dass sie lange keinen Sex mehr mit etwas anderem als ihrem Toy gehabt hatte. Vielleicht daran, dass sie sich immer mehr zu ihm hingezogen fühlte. Möglicherweise war es auch das Gras, das seine Wirkung entfaltete. Jedenfalls wurde Ella heiß und sie hatte das drängende Bedürfnis, ihr T-Shirt auszuziehen, zerrte es sich in aller Eile vom Körper und streckte sich auf Leons Bett aus. Sie wollte, dass er sie anfasste, seine Hand in ihre Shorts schob. Sie wollte es. Und sagte ein weiteres Mal »Ja«.

Er schlief noch, als sie aufwachte, schlug jedoch bei ihrer ersten Bewegung sofort die Augen auf. Kein Hey oder Wie-geht-es-dir, sondern ein schlichtes »Fuck-wie-spät-ist-es«, murmelte er.

»Keine Ahnung. Ich weiß ja nicht mal genau, wo ich bin.« Ellas Stimme war belegt. Sie räusperte sich. Sah sich um. Die Abwesenheit von persönlichen Statements an den Wänden, in Form von Bildern, Büchern, Gegenständen oder überhaupt Regalen, irritierte sie. Auf dem Teppich, rund um ein flaches Flightcase auf Rollen, lagen drei Kelim-Kissen.

Leon rieb sich mit den Händen durchs Gesicht und wühlte sich unter der schwarzen Bettdecke hervor. »Kaffee?« Er ging nackt zur Kochnische, stellte den Wasserkocher an und füllte Kaffeepulver in den über einem Glaskrug hängenden Filter. Nichts an seinen Bewegungen ließ darauf schließen, dass er sich in seinem Nacktsein unter Ellas Blicken unwohl fühlte. Während das Wasser kochte, ging er ins Bad und trotz des Brodelns im Kocher hörte Ella, wie er pinkelte, die Spülung drückte und – sie schreckte innerlich zusammen – beim Händewaschen furzte.

Es war ihr in der Nacht nicht aufgefallen. Oder egal gewesen. Aber in dieser Wohnung konnte jemand nicht einmal heimlich atmen. Sie musste ebenfalls auf Klo. Dringend. Und das war ein Problem. Sie konnte nicht entspannen, wenn sie wusste, dass wer zuhörte. In vergleichbaren Fällen setzte sie sich auf der Klobrille so zurecht, dass sie die Keramik traf, was nahezu geräuschlos ablief. Aber sie hatte keine Lust mehr auf diese anstrengende Körperverleugnung oder darauf, für die Außenwirkung einen Schein zu wahren. Zuhören lassen wollte sie ihn aber auch nicht. Deshalb ging sie es offensiv an und fragte, als er aus dem Bad kam, ob er Musik anmachen könne.

»Ja klar«, sagte er und nahm Tassen aus dem Regal.

»Ich meine«, Ella schlüpfte in ihre Shorts, »kannst du vielleicht jetzt Musik anmachen?«

Leon sah auf. Was machte sie denn für einen Stress? In der Nacht hatte sie deutlich entspannter gewirkt.

»Okay«, sagte Ella, sobald ihr klar wurde, dass sie so nicht weiterkam, »du hast es nicht anders gewollt. Ich will nicht, dass du mir beim Pissen zuhörst.«

Schmunzelnd trat Leon an seinen Laptop. »Also eine Sozialphobie. Wusstest du, dass es ein Wort dafür gibt?«

»Für Sozialphobie?«

»Nein. Für Nicht-pinkeln-können, wenn andere zuhören.« Er scrollte durch seine Playlists und klickte die *Mornings* an. Sie begann mit *Ivy* von Frank Ocean. Er drehte den Sound hoch.

»Dafür gibt es ein Wort?« Ella erhob ihre Stimme, damit Leon sie verstehen konnte.

»Shy bladder Syndrome oder auf Deutsch: schüchterne Blase. Der Fachbegriff ist Paruresis.« Er griff nach Tabak und Blättchen.

»Wusste nicht, dass es eine Diagnose gibt.« Sie versuchte, nicht auf seinen Schwanz zu sehen. »Woher weißt du das?«

»Mein Kumpel – der, mit dem ich gestern auf der Party war – ah fuck, der hat keine Ahnung, wo ich abgeblieben bin.« Leon fuhr sich mit der Hand durch die Haare, sah sich um. »Ach da.« Er nahm sein Handy vom Flightcase und sagte »Jamal« beim Tippen. »Der kann nicht, wenn jemand neben ihm steht.« Er legte das Handy wieder weg. Sah sie an, wie sie da stand in ihren Shorts, den Oberkörper noch frei, auf der Brust ein Schwalben-Tattoo. »Ich kann mir Kopfhörer aufsetzen«, bot er an.

»Alles gut. Danke.«

Auf dem Klo schloss Ella die Augen, konzentrierte sich darauf, loszulassen, und lächelte erleichtert, als es floss. Sie sah sich um, während sie leise das Toilettenpapier abzupfte. Er hatte den Fliesenspiegel im Bad mit schwarzer Farbe übergerollt. In der Regel war das in Mietwohnungen nicht erlaubt. Das hatte Ellas Vater ihr beim Umzug in die Stadt eingebläut. Nur Maßnahmen, die rückgängig gemacht werden konnten, waren gestattet. Und diesen schwarzen Mattlack zu entfernen, schien ihr unmöglich.

Ella betätigte die Spülung und stellte sich ans Waschbecken. Mit dem Zeigefinger rieb sie den verschmierten Kajal unter den Augen weg, spülte sich kurz den Mund aus und trocknete sich mit dem einzigen schwarzen Handtuch, das an einer Stange neben der Tür hing, die Hände ab.

Er hatte sich in der Zwischenzeit Boxershorts übergezogen – schwarz mit grünen Hanfblättern – und drehte sich eine Zigarette. »Auch eine?«

Ella nickte und sah sich nach ihrem Shirt um. Es lag

neben dem Kelim-Kissen. Als sie sich danach bückte, fragte er, ob sie nicht finde, dass es etwas zu heiß für weiteren Stoff sei.

Es musste mindestens schon Mittag sein, die Sonne knallte durch das Fenster und die Wohnung lag direkt unter dem Dach. Der Gewohnheit folgend, steckte Ella trotzdem die Hände durch die Ärmel, verharrte kurz und ließ das Shirt wieder zu Boden gleiten. Ohne war es angenehmer. Dennoch kam sie sich unangezogen vor. Absurderweise sogar ungezogen. Aber im Grunde war es nur eine weitere Challenge. So wie die, alleine in Cafés zu sitzen.

Sie ging auf Leon zu, der eine fertig gedrehte Zigarette im Mundwinkel klemmen hatte und ihr die andere hinhielt. Sie nahm sie, doch beide zündeten sie nicht an. Sie tranken auch den Kaffee nicht. Und setzten sich nicht auf die Kelim-Kissen. Vielleicht war es die Sonne, die Ellas Körper erhitzte. Wahrscheinlich aber sein Blick, unter dem sie aufbrannte, als wäre sie ein Joint, an dem er zog.

Playlists nehmen keine Rücksicht auf Zeitabläufe und den Rhythmus zweier Menschen beim Sex. Leon kam beim *Depri Dance* von Nugat, Ella nach dem Songwechsel zu *Herz aus Gold* von Alli Neumann.

Der Kaffee war noch warm. Es hatte nicht lange gedauert. Auf dem Bett sitzend steckten sie sich die fertig Gedrehten an und fragten sich Sachen, die sich Leute fragen, die schon Sex hatten, aber noch nicht ihre Nachnamen kennen.

»Bist du Musiker?« Ella deutete auf das Keyboard.

»Produzent.« Leon pflückte einen Tabakkrümel von der Bettdecke. Er wusste, dass es besser klang, als es war. Wie alle, hatte Ella dieses interessierte Leuchten in den Augen, das üblicherweise erlosch, sobald sie dahinterkamen, dass er nicht der spannende Musikproduzent war, den sie sofort vermuteten, sondern für die nervigen Jingles verantwortlich, die sie mit der Werbung ins Ohr gedrückt bekamen. Insofern schob er die Image-Zerstörung direkt hinterher. »Hauptsächlich Werbung, mit der ich meine Existenz sichere.«

Das benutzte Kondom lag immer noch neben dem Kopfkissen. Nick hatte es auch nie entsorgt. Was dachten sie? Dass es eine erotische Erinnerung sei? Oder brachten sie es nicht übers Herz, ihr Sperma in den Müll zu werfen? Ella hustete, was im Zusammenhang mit der Aussage über Werbung wahrscheinlich schräg rüberkam, aber ausschließlich an der filterlosen Selbstgedrehten lag, die sie nicht gewohnt war. »Klingt, als würdest du lieber etwas anderes machen.«

Er lachte. Ein bisschen bitter. »Mehr Musik. Mehr fame sein.«

»Mehr Musik – soll heißen, es gibt welche?«

»Schon.«

»Darf ich sie hören?«

»Vielleicht. Irgendwann.«

Später fragte sich Ella, ob es IRGENDWANN irgendwann geben würde. Und ob es nur Sex gewesen oder ob da mehr war.

Sie fragte Maschenka in einer Nachricht, wie sie das unterscheide, woraufhin Maschenka schrieb: *Denkst du nonstop an ihn oder bist du froh, wieder allein zu Hause zu sein?*

Beides war der Fall.

Wobei Leon neuerdings dabei war, beim Alleinsein. Die Ruhe, mit der Ella diese Zeit in den vergangenen Wochen immer häufiger zelebriert hatte, diese gechillte Me-Time im

Kopf, stellte sich nicht ein. Vielmehr fand dort eine Obduktion statt. Sie sezierte alles, was Leon in der kurzen gemeinsamen Zeit gesagt oder getan hatte.

Splitter im Hirn verhalten sich ebenso unberechenbar wie solche unter den Fingernägeln. Eine unachtsame Bewegung und sie fangen an, zu rumoren. Ella stand unter der Dusche, als sich der in ihrem Gehirn bemerkbar machte und sie Parallelen zwischen Leon und Nick ziehen ließ. War das so? Gab es da Ähnlichkeiten im Charakter? Und war das gut oder schlecht? Und warum dachte sie jetzt überhaupt an Nick? Fuck!

»Wenn du an ihn denkst, ohne ihn zu vermissen, dann will dich der Gedanke vielleicht auf etwas anderes aufmerksam machen. Etwas, das weniger mit Nick, sondern mehr mit dir zu tun hat.« Najah gab Ella eine Packung Zigaretten.

»Danke, dass du noch mal aufgemacht hast.« Mit dem Fingernagel kratzte Ella an dem Foliennippel der Verpackung und riss die Schachtel, nachdem sie ihn endlich erwischt hatte, auf. »Also«, sie steckte sich eine Zigarette an, »das Vermissen ist vorbei. Aber es ist verwirrend, dass jeder Gedanke an Leon gleich einen an Nick anstößt. Ich dachte, das hätte ich abgeschlossen. Überhaupt sind diese ganzen Beziehungsgedanken extrem ermüdend.« Ella hielt Najah die Zigarettenschachtel hin. »Möchtest du auch eine?«

Najah warf einen Blick nach draußen. Der Himmel verdunkelte sich immer mehr, inzwischen zerrte schon der Wind an den Baumkronen. Wäre Ella nicht aufgetaucht, hätte sie es vermutlich vor dem Gewitter in ihre Wohnung geschafft. Der Tag hatte sie überrollt, im Kiosk war pausenlos Kundschaft gewesen. Die Füße und der Rücken schmerzten.

Ein Donnergrollen ließ Najah zusammenzucken und mit einem inneren Seufzer nahm sie die angebotene Zigarette. Bevor sie sie anzündete, schloss sie die Waggontür von innen, damit es nicht hineinregnen würde.

»Ich meine«, sagte Ella, »die meiste Zeit verbringe ich damit, über Männer nachzudenken. Nick, Wulf, Marte, jetzt Leon, zwischendurch mal Jonze – was für ein Brainfuck. Und einer von denen lebt nicht mal mehr.«

»Die Toten sind am lautesten.«

Ein Blitz erhellte den Straßenbahnwaggon und Najah

flackerte darin wie im Stroboskoplicht. »Siehst du.«

Gleichzeitig legten beide eine Hand auf ihren Brustkorb. Najah mittig auf den Kettenanhänger, Ella links auf ihr Tattoo.

Draußen begann es zu tosen.

Najah öffnete den großen Glastür-Kühlschrank mit dem Dosensortiment. »Mit einem Getränk lässt es sich angenehmer hier verharren.« Sie nahm sich einen Baileys Iced Coffee Latte und schüttelte ihn. »Was möchtest du?«

»Sieht lecker aus, den nehme ich auch.«

Einzelne dicke Regentropfen fielen draußen auf das Straßenpflaster. Der Platzregen folgte unmittelbar. Im gleichen Maße wie er immer schnellere und lautere Beats auf die Stahlhülle des Kiosks hämmerte, legte sich Ellas Aufruhr. »Nick hatte recht. Ich sollte weniger an morgen und gestern denken. Morgen kommt sowieso. Vermutlich werde ich also mitbekommen, wie es weitergeht.«

Werkstatt

»Und wie geht es bei dir nun weiter?«, fragte Mareike eine knappe Woche später. »Hast du schon jemanden Neues kennengelernt?«

Ella zog die Augenbrauen zusammen, als verstünde sie die Frage nicht richtig.

»Na ja, ein halbes Jahr nach der Trennung – man sollte meinen, dass da doch langsam wieder was gehen könnte«, setzte Mareike nach.

»Fünf Monate«, stellte Ella klar. Fünf. Das hatte sie bisher gar nicht bemerkt. »Und WER sollte das meinen? Du? Denne? Die Leute im Dorf?«

Sie standen in der Werkstatt, die anderen waren noch nicht da und Denne hackte draußen Holz für die Feuerschale. Auf der Werkbank hatte Mareike Teelichter vor einem Foto von Wulf aufgestellt und ordnete sie zum dritten Mal neu an. Als würde es für ihn noch einen Unterschied machen, ob sie im Kreis oder in Herzform dort lagen.

»Ach komm schon, Ella. Du weißt genau, was ich meine.«

Ella zuckte mit den Schultern. »Es geht auch ohne jemanden an meiner Seite weiter, wie du siehst. Das ist durchaus möglich.« Sie zündete sich eine Zigarette an.

Mit der Hand fächelte Mareike den Rauch vor ihrem Gesicht weg. »Aber du willst doch auch mal Kinder kriegen.«

Darum ging es also. Ihre biologische Uhr tickte und Mareike machte sich Sorgen, dass Ella den Zeitpunkt verpassen könnte. Fürs Heiraten und Kinderkriegen. Allein dieser kriegerische Begriff. Als gäbe es da einen Kampf, in dem eine Frau einem Mann ein Baby abringen müsste. Aufgestauter Widerwille zischte aus Ella hervor.

»Will ich das? Und du weißt das so genau, weil du mich

besser kennst als ich mich selbst? Weißt du was, Mareike.
Ich will eine ganze Menge, das meiste davon weiß ich noch
gar nicht, aber was ich genau weiß, ist, dass ich niemals in
so einer begrenzten Schwarz-Weiß-Denke festklemmen
möchte wie du.« Ella sah Mareikes Unterlippe zittern. Einen
Schockmoment lang war sie im Begriff, sich für das Gesagte
zu entschuldigen, und die Idee eines Zurücknehmens hing
zwischen ihnen in der Luft für fünf, vier, drei, zwei, eins
ringende Emotionen. »War mal Zeit für die Wahrheit.«

Mareike drehte sich um und schob Teelichter zurecht.

Es war kaum zwei Stunden her, dass Ella angekommen war.
Zur Begrüßung hatte Mareike auf die Bundeswehrunterhose
gestarrt und gesagt, dass sie es nicht für möglich gehalten
habe, dass jemand Selle mit diesem entarteten Wulf-Kult
noch übertreffen könne.

Um des Friedens willen hatte Ella gelächelt und an das Foto
gedacht, das Leon von ihr am Bahnhof aufgenommen hatte,
als sie in der Unterhose in den Zug gestiegen war, die Haare
vom Schwimmen im Kanal feucht, und sich noch einmal
zu ihm umgedreht hatte.

Nice, hatte er dazugeschrieben.

Während der Zugfahrt hatte sich Ella das Foto immer
wieder angeschaut. Nicht den Schnappschuss, auf dem Leon
sich mit einem Handtuch durch die Haare rubbelte. Sondern
die Aufnahme, auf der sie selbst zu sehen war. Übergossen
mit sonnigen Lichtstrahlen, die durch das Bahnhofsdach
gedrungen waren. Diffus. Eine Frau in Bundeswehrunterhose, die in der Zugtür stand. Zur Abfahrt bereit. Wohin
auch immer. Ihr gefiel diese Version von sich.

Ella trat aus der Werkstatt, lehnte sich in der Sonne gegen

die Holzwand und steckte sich direkt eine neue Zigarette an. Das Benzinfeuerzeug behielt sie in der Hand. Aus der Werkstatt drang Stille.

»Bisschen warm für lange Unterwäsche!« Jonze schlenderte durch das Hoftor auf sie zu und gab sich keine Mühe, seinen auf den Eingriff der Unterhose gerichteten Blick zu zügeln.

»Ist atmungsaktiv, wie du siehst.« Ella schob das Handy unter den Gürtel, den sie sich um die Taille gebunden hatte.

»Wulf hatte so eine«, sagte Jonze.

In Zeitlupe zeichnete sich in seiner Mimik etwas ab, ein Erkennen, das Ellas Kreislauf in Unruhe brachte. In ihren Ohren begann es zu rauschen.

»So war das also.« Jonze senkte seinen Blick, richtete ihn wahllos auf das Kopfsteinpflaster, das vor seinen Augen zu einer grauen Fläche verschwamm. Als er sich halbwegs gefangen hatte, sah er ihr wieder direkt ins Gesicht. »Das ist also die Frau, deren Namen er mir nie genannt hat.« Abrupt drehte er sich zur Werkstatttür.

»Warte.« Ella fasste nach seinem Arm, aber er riss sich los.

Sie folgte ihm, Mareike starrte sie an, in der Hand ein Paket gelbe Servietten, passend zu den Sonnenblumen, die sie inzwischen neben Wulfs Foto drapiert hatte. Jonze nahm sich eine Bierflasche aus der Kiste und öffnete sie mit seinem Feuerzeug.

»Ich kann dir das erklären«, versuchte Ella, Jonze zu stoppen, der einen Schritt auf die Werkbank zuging, die mit dem Bild von Wulf und den mittlerweile von Mareike angezündeten Kerzen einem Altar glich. Ella sah ihn das Foto fixieren, den Kiefer angespannt, mit der Faust die Flasche umklammernd, sodass die Sehnen an seinem Unterarm hervortraten.

»Fick dich, Wulf.« Die Flammen der Kerzen erloschen zischend, als Jonze das Bier über das Foto goss. Der Wulf im Bilderrahmen lachte ihm weiter geradewegs ins Gesicht. Mit aller Kraft seiner Selbstbeherrschung stellte Jonze die Flasche leise auf der Werkbank ab, anstatt sie auf dem Boden zu zerschmettern. Ohne ein weiteres Wort ging er hinaus.

Mareike fing an zu weinen und Ella war sich sicher, dass es nur wegen ihrer scheiß Dekoration war.

Dass Tote keine Antworten mehr geben, ist die ewige Last der Lebenden. Es war Selle, die Jonze davon überzeugte, dass Wulf ihn nicht belogen oder hintergangen, sondern lediglich aus einer Situation heraus und aus nachvollziehbaren Gründen ein paar Informationen verschwiegen hatte. Sie waren sich auf der Straße begegnet und Jonze hatte nur deshalb keine Gelegenheit gehabt, sie zu ignorieren, weil Vieh ihn mit hündischer Begeisterung begrüßte. Es war ebenfalls Selle, die Jonze wieder mit auf den Hof brachte, wo Ella mit dem Rücken an die Werkstattwand gelehnt hockte und in der Bahn-App nach dem nächsten Zug suchte, Denne ihr mit einem Bier in der Hand dabei zusah, und Mareike in der Werkstatt die Bierlache aufwischte.

»Für Drama sind wir eigentlich zu nüchtern«, bemerkte Denne. Toxische Schweigsamkeit nach Auseinandersetzungen hatte er noch nie aushalten können. Er hatte zwar keine Ahnung, was hier abging, aber der Anblick von dem mit Bier übergossenen Foto auf der Werkbank hatte gereicht, um zu kapieren, dass etwas aus dem Ruder gelaufen war.

Alkohol kann gleichermaßen vereinen und entzweien.

Das wusste Denne nur allzu gut. Er vertraute auf Ersteres. Aus der Werkstatt holte er einen Pappkarton Pfeffis und verteilte die Fläschchen.

Jonze kippte seinen direkt, ohne auf die anderen zu warten.

Mit dem Wischeimer in der Hand kam Mareike aus der Werkstatt und huschte an ihnen vorbei ins Haus.

Fünf Minuten blieben Ella noch, um sich für den Zug nach Hause zu entscheiden. Fünf. Nichts sehnte sie mehr herbei, als dieser Szene zu entfliehen, diesen ganzen Scheiß hinter sich zu lassen und sich auf dem Bett fläzend eine Serie anzusehen, deren Figuren in einen Fuckup verstrickt waren, der nicht ihr eigener war. Aber so lief das nicht. Bevor sie überhaupt ihre Wohnung erreicht hätte, würde sie alles einholen. Mareike würde Nachrichten schicken. Oder eben nicht. Beides schien Ella unerträglich. Ebenso wie ihre Gedanken, die keine Ruhe geben und sie so lange malträtieren würden, bis sie die Sache geklärt hatte. Also konnte sie es auch direkt aus der Welt schaffen.

Ella drückte Vieh zur Seite, dessen Begrüßung sie dazu genutzt hatte, Jonze nicht ansehen zu müssen. Sie griff in den Karton und zog fünf weitere Fläschchen daraus hervor, mit denen sie Mareike ins Haus folgte.

»Mit meinem Karma stimmt heute wohl was nicht.« Ella stellte die Pfeffi-Fläschchen auf den Küchentisch.

»Stimmt hier überhaupt noch was?« Mit dem Brotmesser in der Hand, den Rücken weiterhin Ella zugekehrt, zerschnitt Mareike Baguette, als wolle sie es schlachten.

»Nein«, sagte Ella. »Vielleicht haben wir uns alle in verschiedene Richtungen gelebt.«

Mareike lachte auf. In einer abrupten Drehung fegte sie die Baguettescheiben mit der Handkante von der Arbeitsplatte, sodass sie quer durch die Küche flogen. »DU hast dich in eine andere Richtung gelebt. Ich dachte die ganze Zeit, es wäre erst in den letzten Jahren passiert. Dabei hast du mich schon viel früher ausgeschlossen. Du warst also mit Wulf zusammen. Ernsthaft? Und hast mir niemals ein Wort davon erzählt, während ich jede Einzelheit zwischen Denne und mir vor dir ausgebreitet habe? Und jetzt kommst du hier in deiner Bundeswehrunterhose an, damit wir alle beeindruckt sind, wie eng ihr wart? Schon bei der Hochzeit! Die zurückhaltende und ängstliche Ella mit Schwalbentattoo! Denkst du, dahinter kannst du dich verstecken? So, wie hinter Nick? All diese Verrücktheiten, die du plötzlich gemacht hast. Niemals hättest du dich das alleine getraut.«

Es ist schwer zu ertragen, sich die eigenen Schwächen selbst einzugestehen. Noch schwerer jedoch, wenn andere sie enttarnen. Mareikes verbaler Angriff traf Ella unverhofft und schmerzhaft. Sie rang nach Atem, doch Mareike fuhr unerbittlich fort.

»Früher hast du keinen Schritt gemacht, ohne mich zu fragen, was ich dazu sage. Wollen wir wirklich Alkohol trinken, Mareike? Soll ich ihn wirklich küssen? Kommst du mit zur Gynäkologin?«

»Stopp! Stopp, stopp, stopp. Du warst diejenige, die meinte, dass ich unbedingt die Pille nehmen müsse. Ich erinnere mich genau, wie du gesagt hast: Du musst dir aber die Pille holen, wenn du mit Jonze zusammen bist.« Ella war nicht stolz darauf, dass sie Mareikes Tonfall von damals nachäffte. Sie hatte deren Stimme exakt im Ohr, die Situation wie eine Fotografie vor Augen. Wie sie auf Mareikes Bett gesessen hatten. »Du hast die Visitenkarte deiner

Ärztin aus der Schublade gekramt und ich habe lediglich gefragt, ob du mitkommst.« Sie konnte nicht fassen, dass Mareike alles verdrehte. »Und die Sache mit Wulf«, sagte sie, »da warst du doch in einem völlig anderen Film. Als ich zu dir kam, um mich wegen Jonze auszuweinen, hast du nach drei Sätzen umgeschwenkt und mir vorgeschwärmt, dass Denne dir eine Kette geschenkt hat. Die mit dem Herz-Anhänger und euren Initialen drauf. Wahrscheinlich war das seine letzte romantische Tat und jetzt bist du es, die sich hinter ihrem tollen Landleben versteckt und sich nicht eingestehen will, dass sie nur Denne dabei zusieht, wie er mit seinen Jungs an irgendwelchen Maschinen rumschraubt. Dabei wolltest du mit ihm durch Europa reisen. Stattdessen stehst du hier und schmierst Brote.«

»Schon mal darüber nachgedacht, dass ich vielleicht gerne Brote schmiere? Dass ich gerne hier bin? Ich will das alles. Familie. Kinder. Europa war doch nur so eine Spinnerei.« Es war nur die halbe Wahrheit. Mareike ließ das Brotmesser sinken. Sie starrte auf die Baguette-Stücke auf dem Boden wie eine Mörderin auf Leichen, von denen sie nicht glauben konnte, sie selbst umgebracht zu haben. All die Träume. Niemals würde sie das Ella gegenüber preisgeben. Ella, die da so lässig in ihrer Bundeswehrunterhose stand, als wäre das der neue heiße Scheiß. Die sich einfach mal eine Schwalbe tätowieren ließ. Herkam, wann immer es ihr passte, und wieder verschwand, wenn sie die Nase voll hatte.

Ella ging auf Mareike zu und nahm ihr behutsam das Messer aus der Hand. Mareike ließ es geschehen. Auch, dass Ella sie umarmte. Diese schlaffe Gestalt, wie eine Stoffpuppe, mit hängenden Armen und starren Augen, die nichts lieber wollte, als sich bei Ella auszuweinen und nichts weniger zulassen konnte, als sich vor Ella zu entblößen.

Die Standuhr, die Denne von seiner Uroma geerbt hatte und die in der modernen Einbauküche von vornherein fehl am Platz gewirkt hatte, tickte.

Tickte. Tickte. Tickte.

Ella riss die Laschen von zwei Pfeffis ab und schob Mareike einen über den Tisch. Sie tranken, als handele es sich um eine Pflichtübung. Ohne ein Lächeln oder die rebellische Verbundenheit, mit der sie früher jeglichen Widerständen getrotzt hatten.

»Du kannst Europa immer noch machen«, lenkte Ella ein.

»Denne muss seinen Kirchturm sehen, das weißt du doch. Der verlässt das Dorf maximal eine Woche am Stück.«

»Dann eben ohne Denne.«

»Wir bauen nächstes Jahr. Wir haben den Bauplatz am Sportplatz gekauft.« Mareike sprach ohne Enthusiasmus und Ella ahnte, dass es nur ein folgerichtiger Schritt in einem durchgeplanten Leben war, das Mareike für sich und Denne vorgesehen hatte, und in dem sie sich keine Umwege erlauben würde.

»Wow«, sagte Ella deshalb nur, »Glückwunsch.«

Durch die Küchentür trottete Vieh und machte sich über die Baguette-Stücke auf dem Boden her. An jedem anderen Tag hätte Mareike ihn aus der Küche gescheucht. Doch sie blieb stumm und sah Vieh protestlos beim Fressen zu.

Ella tastete nach ihren Zigaretten. »Ich gehe mal eine rauchen.«

»Du kannst mich doch hier jetzt nicht so sitzen lassen.«

»Ich bin ja nicht weg, nur weil ich draußen rauche. Und…«, Ella zögerte, wollte sagen, dass Bauplatzkaufen sich als Paartherapie nicht bewährt hatte, verkniff sich aber den Kommentar und sagte stattdessen, dass sie für Mareike da sei, wenn diese mal ernsthaft reden wolle.

Vor der Tür steckte sich Ella die Zigarette an und ging zur Werkstatt rüber. Der Tag war so im Arsch.

»Hat Mareike endlich die Baguettes fertig?« Denne hockte mit mauligem Gesichtsausdruck auf einer Bierkiste.

»Alter, geh rein und mach dir eins«, sagte Jonze. Er lehnte an der Wand und schnippte seine aufgerauchte Kippe in die Feuerschale, wo sie auf einem Rest kalter Asche neben ein paar anderen Zigarettenstummeln verglomm.

Ella starrte darauf. Auf dieses Stillleben, das ihr wie ein Gleichnis vorkam. Als wären die verendeten Kippen die Figuren in einer Familienaufstellung und sie selbst die Person mit der Aufgabe, das Bild zurechtzurücken. Entweder die Teile, die da auf dem niedergebrannten Aschehaufen ihres gemeinsamen Lebens lagen, in ein friedvolles Miteinander zu führen oder der Szenerie unaufgelöst den Rücken zu kehren. Letzteres kam ihr für den Moment äußerst verlockend vor. Andererseits war sie absolut nicht in der Lage, sich ihr Leben ohne diese Menschen mit all ihren verschrobenen sowie liebenswerten Eigenschaften vorzustellen. Und ja, Mareike triggerte sie ständig mit ihrer bevormundenden Art, ihren bestimmenden Aussagesätzen. Aber war es nicht an ihr, Ella selbst, daraus Erkenntnisse zu ziehen? Zu erforschen, warum es sie triggerte und sich mit der Ursache auseinanderzusetzen?

»Hör auf deine Trigger und du weißt, was du bearbeiten musst«, hatte Marte gesagt, und empfohlen, einen Schritt zurückzutreten. Er hatte es gedanklich gemeint, doch Ella trat nun tatsächlich einen Schritt zurück, nahm einen Zug von ihrer Zigarette und sah der Reihe nach Jonze, Selle und Denne an.

»Lasst uns Mareike mit den Baguettes helfen«, schlug sie vor und warf ihre Kippe zu den anderen in die Feuerschale.

Es sind oft die einfachsten Dinge, die Menschen wieder miteinander reden lassen. Das Hin- und Herreichen von Schüsseln beim Abendessen, das Annehmen von Paketen für die Nachbarin oder eben das Belegen von Baguettes in einer Küche.

»So wenig Salami?«, fragte Denne.

»Schon vergessen? Ella ist Vegetarierin.« Mareike bedachte ihn mit einem zurechtweisenden Blick, wandte sich Ella zu und rollte mit den Augen.

Das Leben, wie sie es kannten, war vorbei und ging dennoch weiter. Ebenso, wie sie alle sich verändert hatten und dennoch sie selbst blieben.

»Du warst echt schon auf dem Absprung vorhin, oder?« Jonze zündete eine Zigarette an und reichte sie Ella. Sie waren am Feuer sitzen geblieben, nachdem Selle mit Vieh nach Hause und Denne und Mareike ins Bett gegangen waren.

»Feuerwache«, hatte Jonze es genannt, doch es war allen klar gewesen, dass dies nur ein vorgeschobener Grund war. In der Dunkelheit, mit dem Feuerschein hinter ihm, wirkte sein Gesicht noch markanter.

»Eine Fünf-Minuten-Entscheidung. Wäre knapp geworden mit dem Zug. Und wir waren noch nicht fertig miteinander, oder?«, fragte Ella zurück.

»Nein. Waren wir nicht.« Das Feuerzeug flammte erneut

vor Jonze auf, er steckte eine weitere Zigarette für sich selbst an.

»Bist du bereit für die Geschichte von der Frau, deren Namen er dir nie genannt hat?«

»Nicht nötig. Ich kenne sie. Sie fühlte sich verlassen und wendete sich dem besten und einzigen Gesprächspartner zu, den sie in der Gegend finden konnte. Es gab keinen besseren. Ich war vorhin nicht auf dich sauer, Ella. Ich war enttäuscht von meinem besten Freund, der seine wichtigste Story nicht mit mir geteilt hat. Ich war verletzt, weil er mir nicht vertraut hat und offenbar meinte, dass ich nicht damit hätte umgehen können.«

»Hättest du denn?« Von Ellas Zigarette stieg Rauch wie tanzende kleine Geister in die Nacht.

Jonze seufzte. »Keine Ahnung. Ich würde gerne sagen: Ja klar. Aber ich weiß es nicht.« Er nahm einen Zug von seiner Zigarette und stellte sich die Frage im Stillen noch einmal. Hätte er? Hätte er damit umgehen können, dass Ella mit Wulf abhing, anstatt mit ihm? Obwohl er selbst die Sache mit ihr beendet hatte – was für ein Idiot er gewesen war! –, musste er sich eingestehen, dass das nicht der Fall gewesen wäre. »Nein«, sagte Jonze und schnippte seine Kippe ins Feuer. »Hätte ich nicht.« Damals, dessen war er sich sicher, hätten sich seine Emotionen nicht über einem von Kerzen umrundeten Foto entladen, sondern direkt in Wulfs Gesicht hinein, und er hätte seinen besten Freund, noch bevor dieser tot gewesen wäre, für immer verloren. Was für ein armseliger Dude er doch war. Lediglich, um mit etwas beschäftigt zu sein, nahm Jonze die nächste Zigarette aus der Schachtel. Seine Finger zitterten.

»War bestimmt nicht leicht für Wulf, mir nicht von euch zu erzählen. Ich meine«, Jonze wischte Asche von seiner Hose, »das war das ganz große Ding für ihn und da war niemand, mit dem er es teilen konnte. Was für einen unwürdigen Freund er in mir hatte.«

»Das ist nicht wahr.« Ella nahm Jonze die Zigarette aus der Hand und zog daran. »Du weißt, dass das nicht wahr ist.«

»Vielleicht.« Jonze übernahm die Zigarette wieder. »Ich vermisse ihn.«

Sie saßen nah genug beieinander, dass Ella das Aufschluchzen spürte, bevor es Jonzes Körper wie ein Erdbeben erschütterte. Sie hielt ihn fest in ihren Armen, bis es sich wieder legte und ihn zusammengesunken zurückließ. Minuten später wischte er sich mit dem Handrücken über die Augen, und es schien Ella, als würde er ebenfalls seine gezeigten Gefühle wegwischen wollen.

»Ich sehe mal nach, was noch Trinkbares in der Werkstatt ist.« Jonze streckte den Rücken durch und stand auf.

Aus dem Gebäude ertönte das Klirren von aneinanderstoßenden Flaschen.

»Bier?« Jonze hielt Ella eine Flasche hin. »Leider warm.«

»Ich nehme es trotzdem.«

Die Kronkorken lösten sich ploppend, als Jonze sie mit seinem Feuerzeug abhebelte. Sie tranken schweigend. Mit dem Daumennagel kratzte Ella Riefen in das Silberpapier am Flaschenrand.

»Immer noch das gleiche Muster.« Jonze grinste.

»Was?«

Er deutete mit dem Kopf auf die Bierflasche. »Das hast du früher schon gemacht.«

»Ach so.« Ella steckte sich eine Zigarette an. »Dass du dich daran erinnerst.«

»An alles.« Jonze sah auf seine Sneaker. »Und?«, fragte er. »Was wird nun aus uns?« Er zwang sich, seinen Blick zu heben und Ella in die Augen zu schauen.

Noch bevor sich die Überraschung in ihrem Gesicht abzeichnete, wusste er, dass er niemals hätte fragen sollen.

Ella zog an ihrer Zigarette. Es war einer jener Züge, die nur dafür da sind, die Lippen um etwas zu schließen, um eine Antwort, zumindest für wenige Sekunden, unmöglich zu machen. Sie pustete den Rauch an Jonzes Gesicht vorbei.

»Jonze«, sie zog erneut an der Kippe, stieß den Rauch jetzt nach oben in den Himmel, räusperte sich und sagte »ich brauche gerade ein bisschen Zeit für mich.«

Wohnung

Es war die gleiche Antwort, die sie am übernächsten Tag Leon gab. Als seine Nachricht kam, hatte Ella gerade eine Tiefkühlpizza in den Backofen geschoben. Draußen regnete es. Zum ersten Mal seit Wochen. Dennoch war es kaum kühler geworden. Die Wetter-App zeigte fünfundzwanzig Grad an.

Regenschwimmen im Kanal?, hatte Leon geschrieben.

Ella erinnerte sich an den Hall ihres unbeschwerten Lachens unter der Brücke. An sein erregendes Atmen beim Sex in der überhitzten Wohnung. An das Bahnhofs-Foto. Alles daran war gut gewesen. Aus welchem Grund also sollte sie eine Wiederholung ablehnen?

Ella tippte ein *Ja*. Zögerte. Und löschte es wieder.

Ja, schrieb sie erneut, doch ihr Körper verweigerte die Dopaminausschüttung, die sie aufspringen, den Ofen abschalten und zum Kanal hätte radeln lassen. Sie hatte keine Ahnung, wo das euphorische Gefühl geblieben war. Aber es war weg. Sie löschte das *Ja* erneut. *Ich brauche gerade ein bisschen Zeit für mich*, schrieb sie und tippte auf Senden.

Durch das geöffnete Fenster drang der Geruch, den auf ausgedörrte Erde fallender Sommerregen verursacht. Ella atmete ihn tief ein, während im Hintergrund die Playlist spielte, die sie kurz nach der Trennung von Nick für das Magazin zusammengestellt hatte. Die Songs gefielen ihr immer noch. Aber sie harmonierten nicht mehr mit ihrer Stimmung. Abrupt stoppte sie die Wiedergabe.

Es ist das Wesen der Magie, dass sie die Menschen passend zur Lebenssituation mit Rüstzeug beschenkt. Und so fand Ella nach wenigen Klicks in der Playlist einer anderen Userin den Song, der ihre Seele berührte und ihr wie die Essenz der vergangenen Monate erschien. Das Stück der Musikerin katie drives hieß *Why Fall In Love When You Can Fall Asleep?* und als Ella den Refrain zum zweiten Mal hörte, erhob sich ihre Stimme aus ihrer Brust wie eine Schwalbe. Flatternd zuerst. Dann segelnd. Mit ausgebreiteten Flügeln.

Ella aktivierte den Wiederholen-Button, hockte sich vor den Ofen und betrachtete die Pizza. Noch eine Minute. Höchstens zwei. Der perfekte Zustand einer Tiefkühlpizza ist exakt erreicht, wenn sich die Käseblasen in der Mitte heben und senken wie ein pochendes Herz. Als es so weit war, öffnete Ella die Ofenklappe, und mit dem Duft der fertigen Pizza durchströmte sie die beglückende Freude des Alleinseins.